教育部人文社科研究规划基金项目成果(项目编号：12YJA740075）

汉诗英译的
比较诗学研究

魏家海 ◎ 著

中国社会科学出版社

图书在版编目（CIP）数据

汉诗英译的比较诗学研究/魏家海著 . —北京：
中国社会科学出版社，2017.6
ISBN 978 - 7 - 5203 - 0144 - 2

Ⅰ . ①汉…　Ⅱ . ①魏…　Ⅲ . ①诗歌—英语—文学翻译—研究
Ⅳ . ①I207. 2 ②H315. 9

中国版本图书馆 CIP 数据核字（2017）第 074491 号

出 版 人　赵剑英
责任编辑　郭晓鸿
特约编辑　席建海
责任校对　李　莉
责任印制　戴　宽

出　　　版　中国社会科学出版社
社　　　址　北京鼓楼西大街甲 158 号
邮　　　编　100720
网　　　址　http://www.csspw.cn
发 行 部　010 - 84083685
门 市 部　010 - 84029450
经　　　销　新华书店及其他书店

印刷装订　北京君升印刷有限公司
版　　　次　2017 年 6 月第 1 版
印　　　次　2017 年 6 月第 1 次印刷

开　　　本　710×1000　1/16
印　　　张　23. 25
插　　　页　2
字　　　数　283 千字
定　　　价　99. 00 元

目　　录

绪　　论

第一节　研究背景

　　所谓汉学家，主要指国外研究中国传统文学、艺术、历史、文化、哲学等学问的专家。所谓汉诗，并非仅指汉朝的诗歌，而是泛指中国古代诗人用汉语创作的诗歌，包括流传于世的各类诗歌形式。英美汉学家大多是翻译家，自 19 世纪以来，他们翻译了大量的中国古诗，从中国国家图书馆、英国剑桥大学图书馆、牛津大学图书馆、美国国会图书馆、哈佛大学图书馆、耶鲁大学图书馆等可以查到汗牛充栋的汉诗英译本，这些丰富的资源是我们了解西方翻译家翻译汉诗轨迹的宝贵财富。中国古典诗歌是中国传统文化的象征，也是中国诗性文化的最重要的特性之一。一百多年以来，汉诗最早由西方传教士和驻华外交官译入英语等西方语言，开启了汉诗的西传之旅，德庇士（Sir J. F. Davis）、理雅各（James Legge）和翟理斯（H. A. Giles）被誉为英国早期汉学的三大"星座"，为汉诗的西传做出了积极的贡献。之后，汉学家亚瑟·韦利（Arthur Waley）的英译本《汉诗选译》

（1916）、《汉诗 170 首》（1918）和《汉诗选译续》（1919），以及《诗经》和《九歌》，为汉诗英译做出了重要贡献，从此掀起了西方的汉诗英译的第一次高潮。

庞德为了推动英诗创新，推动意象主义的诗歌运动，从美国东方主义学者费诺罗萨的遗孀手中获赠费氏在日本学习唐诗的注释笔记，从而在该笔记直译和注释的基础上润色和加工，出版英译诗集《华夏集》（Cathay），从而开辟了诗人和汉学家英译汉诗的新高潮。近半个多世纪以来，美国汉学家葛瑞汉（A. C. Graham）、霍克思（David Hawkes）、沃森（Burton Watson）、白之（Cyril Birch）、王红公（Kenneth Rexroth）、赤松（Red Pine）、西顿（J. P. Seaton）、亨顿（David Hinton）和宇文所安（Stephen Owen），以及华裔汉学家刘若愚（James J. Y. Liu）、余宝琳（Pauline Yu）和叶维廉（Wai‐lim Yip）等汉学家翻译出版了大量的汉诗。21 世纪以来，西方掀起了翻译中国古典诗歌的第三次高潮，不仅有新的选集出版，如梅恒（Victor Mair）编译的《哥伦比亚中国传统文学选读精简版》（The Shorter Columbia Anthology of Traditional Chinese Literature，2001），还出现了中国古典诗人诗歌的选译或全译单行本，如伯顿·沃森（Burton Watson）的《杜甫诗选》（The Selected Poems of Du Fu，2009），杨大卫（David Young）的《杜甫：诗歌人生》（Du Fu: A Life in Poetry，2008），特别是宇文所安不久前出版了五卷本的译本《杜甫诗歌》（The Poetry of Du Fu，2015），在中国和西方都广受关注。几代汉学家沉醉于汉诗的无穷魅力，前赴后继翻译出版了各种不同版本的古典诗歌，有力推动了汉诗走入西方文学，开启了中西文学交流之旅。

当前，中国的经济发展取得了举世瞩目的伟大成就，成为世界第二大经济体，中国在世界上的影响力日益增强，但中国的文化和学术在国际上的地位同中国的经济不相称，需要加以改变。因此，总结汉学家的汉诗英译实践经验，对我国的文学外译和中国文化"走出去"具有重要的借鉴意义。

本书主要基于20世纪以来英美汉学家翻译的中国经典诗歌，进行点面结合的研究，从中西比较诗学的视角来观照汉学家的汉诗英译，以探讨他们翻译的模式、策略、方法、价值和传播。

第二节　国内外研究现状

近年来，随着中国的经济、政治和文化的全面崛起，汉诗英译开始受到学术界的重视，本节旨在梳理国内外汉诗翻译研究的主要成果和不足，以拓展新的研究思路和研究方向。

国外学术界目前主要关注汉学家的汉学研究成果，而对其翻译作品（尤其是汉诗英译本）大多限于书评，不过也陆续出现了一批有价值的汉诗英译研究成果。这些研究重点是译介研究和语言翻译技巧研究。最早的汉学家汉诗英译专著是罗伊·提尔（Roy Earl Teele）所著的 *Through a Glass Darkly：A Study of English Translation of Chinese Poetry* (1949)，此后一些汉学家的研究专著有：钱德尔（Mary Chiedle）的著作《埃兹拉·庞德的儒家翻译》（*Ezra Pound's Confucian Translations*），在著作的第六、七章中主要探讨了庞德如何通过译诗中的抒情和讽刺的手法，传递"诚""信""知"等儒学核心概念和"修身""齐家""治国""平天下"的入世思想；海外华人学者叶维廉（Wai‑lim Yip）的 *Ezra Pound's Cathay* (1969) 较早从翻译的角度来探讨《华夏集》，探讨了庞译的"再创造性""发光的细节",以及庞德的创译改造和还原了汉诗面貌并为英诗读者所接受的翻译特性;华裔汉学家刘若愚(James J. Y. Liu)有专著《中国诗歌艺术》(*The Art of Chinese Poetry*,1962)和《语际批评家》(*The Interlingual Critics: Interpreting Chinese Poetry*,1982),欧阳桢(Eugene Chen Eoyang)著《透明的眼睛》(*The Transparent Eye*,1993),谢明著《庞德和中国诗歌的改写》(*Ezra Pound and the Appropriation of Chinese Poetry*,1998),钱兆明著《庞德与中国》(*Ezra Pound and China*,2003)。还有一些博士学位论文,如Christopher Shang Kuan Chan的《失去的地平线——〈诗经〉英译研究》(*The Lost Horizon: A Study of English Translation of the Shijing*,1991),塔尼亚·威尔斯(Tanya Wells)的《庞德的〈华夏集〉与美国的中国观》(*Ezra Pound's Cathay and the American Idea of China*,1983),Cheung, Chi - Yiu的《阿瑟韦利——中国诗歌的翻译家》(*Arthur Waley: The Translator of Chinese Poetry*,1979)等。

德伯(L. S. Dembo)的《庞德诗经评论》(*The Confucian Odes of Ezra Pound: A Critical Appraisal*)是一部很有分量的关于庞译《诗经》的专著,主要探讨了"风"的意义和庞德的译诗,以及《诗经》翻译背后的诗学观念,从庞德的历史诗学观来评论其《诗经》翻译中的"抒情化"与"口语化"翻译的目的与得失。

这些成果主要关注庞德的《华夏集》和《诗经》英译,其次是阿瑟·韦利(Arthur Waley)的英译中国古诗研究,此外还有散见于国外各类期刊上的对有关翻译家的书评和少量的研究论文,这些研究成果以华裔汉学家为发表主体,以个案研究为主,综合研究为辅,大多采用语文学的研究方法,译文语言分析比较详细透彻,但总体来说,国外对汉学家的汉诗英译的研究重视程度不够,还有待深化。

国内翻译界和外国文学界近年来开始关注汉学家的翻译研究，并同中国翻译家的译文作比较，探讨各自的优势，用中西翻译理论进行解释和分析。具体特点如下。

第一，译诗文本和译本比较研究。译诗语言的词语、句法和语篇结构的翻译特点；意义转换的忠实与叛逆及正误；修辞和风格的翻译；音韵、节奏、意象和意境的翻译等，是研究者关注的重点。吕叔湘早年的《中诗英译比录》在翻译研究界产生了深刻的影响，并为资料来源不畅的研究者提供了不少有价值的汉英对比研究语料，至今广为引用。郦青的《李清照词英译对比研究》（2005）从李清照词英译三种类型的宏观角度，对比分析了中西译者的韵体译诗、自由体译诗、散文体译诗的特点；就西方汉学家和华裔翻译家的"定向叠景"和传神达意的翻译特点，从语言、词语和语篇结构的微观层次上进行了对比，总结了各个译本的翻译价值和得失。李玉良的《〈诗经〉英译研究》（2007），描写和分析了《诗经》在各个时期不同的语言、修辞、风格的翻译特点和历史背景，是一部难得的个案研究著作。姜燕的《理雅各〈诗经〉翻译与儒教阐释》（2013）分析了理雅各的三个英译本的归化翻译策略和宗教、政治、学术思路的轨迹。梁高艳的《诗经翻译研究》（2013），重点研究了文本翻译的文学性、史料价值和文化价值。袁靖的博士学位论文《庞德〈诗经〉译本研究》（2012）研究了庞德译本的现代主义诗学观、翻译策略所体现的中西传统互为参照和译本所体现的中国文化及其反思，具有很强的开拓性。陈橙的《文选编译与经典重构——宇文所安的〈诺顿中国文选〉研究》（2012），以英语世界的中国古典文学选集为切入点，探讨文选编译与中国文学经典的异域重构问题，研究了中国文学以西方读者能理解与能接受的方式在英语世界系统性的译介的传播，并探讨了翻译原则和翻译策略，对宇文所安的翻译和编选体例作了宏观勾勒，分类新颖，评价客观。特别值得一提的是王峰的《唐诗经典英译研究》(2015)，该著作是一部唐诗专门研究的力作，作者有效整合了文论、文化学、社会学和翻译学理论，对中西翻译家的经典译作进行了深刻剖析和阐释，在梳理唐诗英译史的基础上，重点分析了唐诗英译的影响论、主题论、目的论、主体论、标准论、方法论、批评论和经典论，并作了深入细致的研究，内容全面，问题意识突出，评价客观公正，经得起推敲，有很多新观点。

第二，译者研究。翻译离不开译者的艰辛努力，译者在整个翻译活动中处于中心地位。朱徽的著作《中国诗歌在英语世界——英美译家汉诗翻译的研究》(2009)，选取了二十位英美翻译家作为研究对象，简明扼要地分析了翻译家的翻译思想、翻译策略、翻译标准和翻译实践及其评价，是汉学家翻译专题研究的开山之作。吴伏生的《汉诗英译研究：理雅各、翟理斯、韦利、庞德》(2012) 以四位汉学家为研究对象，结合译者的时代背景、社会现实和翻译策略，对他们作了客观的评价。陈慧的英文专著《阿瑟·韦利翻译研究》(2012) 分析了阿瑟·韦利的译介策略、翻译思想、传播和经典化，对韦利在翻译史上的地位作了客观公正的评价，考证严谨，论证充分，从翻译事实中挖掘了韦利翻译对中国文化传播所做出的贡献，该论著不仅具有翻译史意义，还有文化传播史价值。

第三，汉诗英译史研究。近年出版的相关专著有江岚的著作《唐诗西传史论——以唐诗在英美的传播为中心》(2009)，该书分析了各个历史阶段西方翻译家的选择、目的、价值观和翻译策略的特点，资料翔实，脉络清晰，是唐诗英译史研究的扛鼎之作，具有很高的学术价值。胡安江的专著《寒山诗：文本旅行与经典建构》(2011)，以

翔实的资料，梳理了寒山诗的各种译本在主要西方国家的译介旅行及
对中国唐诗研究的反馈，研究了寒山诗在国外的经典化动态过程及其
时代背景，为我们进一步研究中国作家作品的对外译介和流行提供了
方法论范本。

第四，译诗的多视角观照。刘华文的《汉诗英译的主体审美论》
（2005）从中西美学视角研究了翻译审美主体的审美方式和审美转换
方式。王明树的博士学位论文《"主观化对等"对原语文本和翻译的
制约》（2010），从认知语言学的视角分析了中西译者在汉诗翻译中的
意义的主观对等的模式与策略，这是汉诗英译的认知语言学转向的力
作。贾卉的博士学位论文《符号意义再现——杜甫诗英译比读》
（2009），从符号学理论出发，在微观层面上对杜诗的多个译本做了比
较研究。吴迪龙的博士学位论文《互文性视角下的中国古典诗歌英译
研究》（2010）从互文性理论出发，分析了汉诗各元素的翻译方法和
策略。此外，还有不少散见于各类期刊的相关论文，如包通法的《宋
诗学观照下白居易诗歌"浅、清、切"诗性体认与翻译》（《外语与
外语教学》2005 年第 12 期），陈大亮的《刘勰的"三文"与译诗的
"三昧"》（《天津外国语大学学报》2012 年第 1 期）、《诗歌意境的"情
景交融"与"象外之象"——Burton Watson 译〈寻隐者不遇〉评析》
（《宁波大学学报》2012 年第 4 期）。这些都是难得的、有分量的中国
文论和诗论视角研究。

此外，还有顾正阳的汉诗英译研究系列专著《古诗词曲英译论
稿》（2003）、《古诗词曲英译美学研究》（2006）、《古诗词曲英译文
化探索》（2007）和《古诗词曲英译文化视角》（2008），毛华奋的
《汉语古诗英译比读与研究》（2007）等。以中国翻译家的汉诗英译
为研究对象而出版的专著和博士学位论文也不少，如张智中的《许渊

冲与翻译艺术》（2006）和《汉诗英译的美学研究》（2015），蔡华的《巴赫金诗学视野中的陶渊明诗歌英译复调的翻译现实》（2008），这些主要以中国翻译家汉诗翻译为研究对象的成果，重点探讨了"意美""形美"和"音美"，以及"韵味"等，无疑为汉学家的汉诗英译研究提供了佐证和对话渠道，是我们的宝贵财富。许渊冲的著作，主要是以汉学家的译文作为批评的靶子进行了对比研究，以图许氏翻译理论的自我构建。

第五，汉诗英译理论构建研究。祝朝伟的《构建与反思——庞德翻译理论研究》（2005）从庞德的翻译实践和翻译论著的副文本出发，提炼出庞德翻译理论。从滋杭的《中国古典诗歌英译理论研究》（2007）借鉴中西翻译理论和汉诗英译的实践，总结了汉诗英译的一般理论，这是汉诗英译理论化的有益尝试，尽管还有待深化和扩展。

以上研究成果的研究对象，既有中国翻译家的语料，又有西方汉学家的语料，涉及汉诗英译的诸多方面，研究内容比较丰富，为我们进一步进行汉学家汉诗英译研究打下了坚实的基础，启发了研究路径，开辟了研究新领域。但现有的研究主要限于西方话语下的汉学家的汉诗英译研究，语料以早期汉学家的译作居多。

当代汉学家的翻译文本较少，在论证过程中，要么是引用某些译例同中国翻译家的译文作对比，要么是为了构建某个理论体系而拿一些汉诗英译的例子作支撑材料，且多为二手资料，反复炒作，往往点到为止，很不全面，缺乏总体的梳理和具有代表性的个案研究，对他们缺乏客观公正的评价，或者评价没有说服力。

以往的研究，"二战"后的翻译家研究得很不够，从国别来看，英国的几位翻译家比较受重视，美国的翻译家（Ezra Pound 和 Kenneth Rexroth 除外）则重视不够，例如宇文所安和 Burton Watson 等著名翻译家的汉诗英译研究，虽然已经取得了不少成果，但还不够深入，这显然同"二战"后的国际汉学研究（包括汉学家翻译中国经典）中心由欧洲转移到美国的历史事实不相称；从研究的视角来看，微观研究多，宏观研究和微观研究相结合的少，且以中国传统诗学和哲学研究的成果还不多见；从研究方式来看，研究中外翻译家诗歌翻译对比的个案多，从翻译家的角度研究的少；从研究成果来看，主要涉及"二战"前的译文，有关西方汉学家研究的专著只是部分章节探讨了某些汉学家的汉诗英译研究，没有进行系统的研究。至今，把英美汉学家兼翻译家置于更大的跨文化合作的语境下，采用综合方法（整体研究和个案研究相结合），以中西传统诗学视角观照汉学家的汉诗英译研究，则更是少见。

有鉴于此，本书拟从新视角出发，主要运用中西比较诗学和比较文化理论，通过探讨汉学家的汉诗英译文本的美学、思维方式、翻译能力、翻译伦理、文化形象、文化传统、翻译批评方法等，研究汉学家在中国古典诗歌翻译中的地位和作用，借此为中国文学"走出去"提供有效的翻译模式，并反观中国诗歌的国际影响力。

第三节　目的、意义、方法

汉学家汉诗英译是近年翻译研究中的一个热点，这同目前中国文化"走出去"的时代背景是分不开的。随着中国的和平崛起，中国已经成为世界第二大经济实体，发展速度举世瞩目，中国的政治、经济、文化的影响力在国际舞台上日渐飙升，向全世界展示了"中国梦"的魅力。中国文化的发展和繁荣，不仅要继续"请进来"，而且还要不断地"走出去"，增进中西文化的互识、互补和互用，以平等和开放的心态，促进中西文化的交流和发展。由于历史和现实的原因，当前，中国文化包括中国文学，对西方文化的影响，远远不及西方文化对中国文化的影响，文化"贸易逆差"现象仍然十分突出，这同中国的国际地位很不相称，亟待扭转。

中国的发展模式无疑有助于中国的"理论自信""学术自信"和"文化自信"，越来越多的"自信"意味着越来越多的"走出去"。在中国文化"走出去"的过程中，翻译成了文化生产的核心环节之一，文字创意、语言风格、审美特征、潜在信息和故事形式的恰切翻译以满足不同消费者的需要，既是推行中国文化"走出去"战略的目标，也是决定翻译操作的具体手段。因此，译者的翻译水平和翻译质量便起到了决定作用。

由于各种因素的制约，国内高层次的汉英翻译人才还很缺乏，虽然中国翻译家的汉英翻译数量和质量不断提高，但在总体上还不是令人很满意，这严重制约了中国文化的"走出去"，"业内人士估计，能够胜任中译外定稿水平的高级中译外专家在全国也超不过一两百人"①，特别是高层次的汉英文学翻译人才更是匮乏，中国翻译家很难单独完成如此艰巨的任务，不可避免地需要借助国外汉学家的力量，汉学家将长期是中国文学走向世界的桥梁，"我们面对的一个现实是，外国人比以往任何一个时期都更想深入地了解中国，所以中国文学的对外翻译任务也比任何一个时期都更加繁重"②。越是任务繁重，越是

① 黄友义：《中国特色中译外及其面临的挑战与对策建议》，《中国翻译》2011年第6期。
② 黄友义：《汉学家和中国文学的翻译——中外文化沟通的桥梁》，《中国翻译》2010年第6期。

需要发挥汉学家的特殊作用，实际上，中国许多文学作品都是由汉学家独立或与中国翻译家合作翻译从而在中国或国外出版的，这为我们进一步借助他们的优势——既有良好的英文水平，又有跨文化传播能力——提供了很好的平台，总结这些经验，对我们扩大对外翻译出版中国文学作品具有深远的现实意义。

从中西比较诗学理论出发，基于汉学家的汉诗英译实践，考察汉学家的汉诗英译的语言、修辞、风格、意象、意境翻译的策略与方法，探讨汉语同中国古典诗学的关系，汉诗英译的诗学价值、社会文化功能、诗歌翻译和诗歌研究的关系，有利于超越、汇通、整合翻译的内部研究和外部研究的二元对立，有利于翻译研究的"文化转向"和"语言学回转"的和谐共容。客观公正地评价汉学家在诗歌翻译史上的地位，通过充分观察、描写、批评和解释，可以为文学翻译批评和翻译学的建构引入新理论的滋养和有说服力的语料例证。

汉学家的汉诗英译研究，有助于解释汉学家的翻译现象，总结他们的翻译方法、翻译思想、传播方式和接受途径，为中国典籍英译"走出去"提供借鉴，培养更多紧缺的高层次的汉译英翻译人才，为我国制定适当的外宣政策和计划，推动中国文化的外译、出版、发行和海外传播，增强中国的"软实力"，提供有价值的参照。

本书的研究方法有：

语料库法：根据文献学方法论，考证原诗的底本和版本，并将选取的译文和原文对齐，输入电脑，制作小型语料库。

比较法：比较中西文学规范和文化传统对译者的翻译理念产生的影响，比较译者的翻译策略在翻译实践中的一致性，比较不同风格诗人的诗歌在翻译中风格的异同，比较译者在汉诗研究中和汉诗英译选集中的译诗的异同。

阐释法：主要根据中国古典诗学的基本理论，结合有关中西诗学理论，评价译文的诗学和文化价值，并根据主体文化系统的历史和文化背景，从汉学家的汉诗英译语料和重构中国经典的翻译策略、观点和经验中，归纳其丰富多彩的翻译思想，解释这些不同的翻译策略背后不同的原因。

第一章 中西传统诗学对诗歌
翻译的借镜意义

第一节 中国传统诗学与西方诗学的异同

一 中西诗学的概念和本质比较

诗歌是最早产生的文学形式。亚里士多德的《诗学》是世界上最早出现的诗学专著，而刘勰的《文心雕龙》则是同亚里士多德的《诗学》相媲美的中国开拓性的古典文论，二者在西方和中国产生了巨大的影响。亚氏的《诗学》指"对被看作自律主体的文学（他指的是戏剧）的性质和实践所做的描述"①。不过，这部旷世经典著作研究的对象不仅包括戏剧，还包括史诗。要想给"诗学"下一个明确的定义是很困难的，从广义上讲，"诗学"是指包括一切文学在内的文学

---

① ［美］厄尔·迈纳:《比较诗学》，王宇根等译，中央编译出版社 1998 年版，第
16 页。

理论，西方诗学包括文学理论和文学批评；从狭义上讲，"诗学"专指诗歌的理论。中国古代有十分丰富的文论和"诗话"，"诗话"往往是诗人的诗歌创作的零碎感悟和片段散论，不成系统性，可作为中国传统诗学研究的原始资料，但它们都不是西方学术话语严格意义上的"诗学"。朱光潜在《诗论》中指出："中国向来只有诗话而无诗学。"① 中国古代文论中有一部分是关于诗歌的论述，"诗论"的范围大于"诗话"，但包括"诗话"。中国诗论"只讨论诗歌和散文这些文学形式，因而可称为狭义的诗学"②，也就是说，中国"诗学"是一种既区别于诗话，又超越诗话，既不同于西方广义的诗学，又不同于狭义诗学的新型诗学。

亚里士多德的"诗学"揭示了作家通过戏剧和史诗对生活的模仿的艺术，实质是"模仿诗学"。亚氏以其哲学家的分析和归纳，探讨的是"诗艺术"，作为一个哲学家，而不是诗人，诗学的核心就是关于"诗艺术"。虽然"诗学"和"哲学"不在一个层面上，且"诗学"不可避免地富有文学感性色彩，但抽象化的理性主义的哲学思辨是西方"诗学"的理论基石，把诗的艺术提升为"学"，其发展趋势是同现代哲学合流，即"诗学"与"哲学"的趋同。中国诗学发轫于中国古代文论和诗话（诗论），主要是诗人的经验之谈和感悟，也包括一些学者的归纳，有些支离破碎，缺乏系统性，不是一种哲学性的思辨，而是比西方诗学更加感性化，不是严格意义上的（诗）"学"，而是带有浓厚中国人文色彩的诗性文化形态。西方诗学和中国诗学无论在本质上，还是在形态上都迥然有别。正如劳承万所言："从亚氏诗学（诗艺术）形态到'中国诗学'形态之构成，尚有遥远

---

① 朱光潜：《诗论》，上海古籍出版社 2005 年版，第 1 页。
② 狄兆俊：《中英比较诗学》，上海外语教育出版社 1996 年版，第 5 页。

的距离。"① 不过，二者也有相似之处，劳承万接着指出："如果中国真的有'诗学'，那么其能与亚氏诗学（诗艺术）相接头、相对峙者，便是这个'诗'字，即诗的文化形态。"②

二 中西诗学的理论基础比较

西方诗学的形而上之道是模仿诗学。古希腊哲学家苏格拉底认为，人是文艺模仿的对象，包括人的外部形体（如动作）和人的"精神特质"，如人的性格、善、恶、美、丑都可以"模仿"，从模仿的效果来看，把人的情感，特别是美和善的情感描绘出来，更能引起"观众的快感"，模仿从自然模仿扩展到精神层面的模仿。柏拉图继承并改造了苏格拉底的模仿理论，认为"理念"是世界根源，自然是模仿理念的结果，文艺又是模仿自然的结果，因此，文艺本质上是模仿理念。诗学理论建基于戏剧和史诗的亚里士多德，批判和发展了柏拉图的模仿理论，他指出：模仿乃人的天性，诗来源于人的模仿，诗人模仿的对象是过去的事或现在的事、传说中的或人们相信的事、应当有的事，模仿是人产生快感的源泉，艺术模仿是对自然事物的自由创造，也就是说，诗的本质在于模仿。当然，亚氏所说的诗是史诗，而不是抒情诗。继亚里士多德之后，西方诗学既注重模仿，也关注情感，贺拉斯强调"寓教于乐"的诗学观念，从诗人过渡到读者，更加重视读者的感受，丰富了诗学的内涵，"从历史上看，贺拉斯之后的西方诗学可以说是模仿的和情感的，或者说模仿的、情感的和表现的"③。

---

① 劳承万：《中国诗学道器论》，安徽教育出版社 2010 年版，第 7 页。
② 同上。
③ ［美］厄尔·迈纳：《比较诗学》，王宇根等译，中央编译出版社 1998 年版，第 35 页。

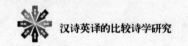

　　"崇高"也是西方诗学的重要范畴,古希腊的假郎加纳斯在《论崇高》中指出:崇高是"伟大心灵的回声"。崇高是一种风格,用高妙的语言措辞把诗歌和散文提升为不朽的篇章,其庄严伟大的思想、高尚的胸怀、强烈而激动的情感、藻丽的语言技巧、高雅的修辞、堂皇卓越的诗篇结构,构成了威武、雄壮、心醉神迷的精神状态,展示了恢宏的气势和无穷无尽的力量和壮美,崇高思想深刻影响了西方古典文学和浪漫主义文学,"崇高确实是西方审美性诗学的纲领"①。

　　中国诗学(中国古典诗学)的形而上之道是儒道禅诗学观念。儒家的诗学思想强调"美"与"善"的统一和"知"与"仁"的互补。孔子在《论语》中说:"《韶》尽美矣,又尽善矣。谓《武》,尽美矣,未尽善也。"孔子虽然说的是乐曲,但对诗歌创作产生了影响,诗歌既要"善",更要"美",美是诗歌的重要尺度,是诗歌追求的重要目标。荀子继承和发展了孔子的思想,提出了"美善相乐"的观点,同贺拉斯的"寓教于乐"诗学观点具有异曲同工之妙。儒家诗学的社会功利观和教化观并不排斥诗歌的艺术性和娱乐性。

　　儒家的"知—仁"互补诗学观对中国文化精神的内核产生了深刻的影响,孔子在《论语》中指出:"知者乐水,仁者乐山,知者动,仁者静。知者乐,仁者寿","知者不惑,仁者不忧"。这不仅是中国文化的思维模式,而且是儒家具有代表性的诗性智慧。水的流动性和不定性,在诗歌审美活动中体现为一种动态美;山的稳重感和崇高感,表现为一种艺术的静态美。二者在诗歌创作和评论中相映成趣,相得益彰,相互补充,中国的山水诗,山水画反映了儒家的诗性哲学观。"在文化精神内部,山水诗,山水画的审美情趣以及'见仁

―――――――――

　　① 史忠义:《中西比较诗学初探》,河南大学出版社 2008 年版,第 86 页。

见智'之思想方法论，则积淀为国人认识世界、欣赏艺术的一双'慧眼'，这是中国民族诗性的心理结构的双星座。"[1] 儒家诗学比西方诗学的"真""善""美"认识论观点更加具体，更加宽广，超越了美学本身，上升到了精神提升的境界。

道家虽然拒绝文学艺术，但道家思想却对中国诗学产生了巨大的影响。老子在《道德经》中提出："道生一，一生二，二生三，三生万物"，"道法自然"。"道"指无形的存在和规律，"自然"不是指大自然，而是指在"道"的无形力量支配下，一切顺乎自然，自然而然，消除人为的东西。老子的"无为无不为"的思想也体现了"道法自然"的思想，其关键在于追求自然而然的状态，这些哲学观点蕴含了道家的"美在于本真"[2]。老子所说的"美言不信""信言不美""大象无形""大音希声"，实际都是强调自然朴拙之美的诗学观点，并启发了后来的文学艺术家的"虚实"观念。庄子在《齐物论》中提出的"人籁""地籁"和"天籁"三种声响，认为"天籁"是最美的声音，这也是道家崇尚自然美的具体表现。道家的"心斋"与"坐忘"（实际是孔子提出的）两个诗学"静观"现象，是一种"物""我"两忘的绝对自由的审美心态，对诗歌创作的审美心理具有重要的意义。

佛禅中的"以心为本"的思想观念对中国古典文论、画论和诗论产生了重要影响，它强调"心"的过滤、消化、品味和折射功能，而不是西方诗学中对外界世界的模仿。"心"将世界加工和改造处理之后，世界就有了诗意。坐禅的过程就是用"心"过滤和筛选的过程，也是用"心"诗化的过程，"禅化"与"诗化"异质同构。坐禅的过

---

① 劳承万：《中国诗学道器论》，安徽教育出版社 2010 年版，第 133 页。

② 史忠义：《中西比较诗学初探》，河南大学出版社 2008 年版，第 86 页。

程如同诗人创作构思的过程，"心"把"佛性"与"诗性"打通，成佛的过程可以理解为成诗人的过程。在审美活动中，"心"是审美对象的源头，"外师造化，中得心源"（张璪语）就是审美中的"心源"的创作功能。佛禅中的"心"无疑同道家的"心斋"具有天然的相似性，童庆炳指出："道家与释家的理论是'互证''互释'的，甚至是融合在一起的，难于截然分离。"① 中国佛禅的南宗慧能主张成佛的"顿悟"说，把成佛的过程简单化了，这对文学创作思维产生了深刻的影响。诗人的审美思维离不开"顿悟"的作用，复杂的情感在一定的条件下，立刻因灵感而"开窍"。

第二节　中西诗歌结构比较

一　中西诗歌意象比较

"意象"大致可译为 Image，但是，从词源学来看，"意象"最初并非一个词语，"意"和"象"是相互独立的。"象"是《易经》里卦的本源，以卦表示类，表达物象，即取象比类，是典型的"象"思维。这时，"意"和"象"直接挂钩，但以"象"作为思维的方法。汉代王弼在《周易略例·明象》中说："夫象者，出意者也；言者，明象者也。尽意莫若象，尽象莫若言。言生于象，故可寻言以观象；象生于意，故可寻象以观意。意以象尽，象以言著。故言者所以明

---

① 童庆炳：《中国古代文论的现代阐释》，中国人民大学出版社 2010 年版，第 30 页。

象，得象而忘言；象者，所以存意，得意而忘象。……是故，存言者，非得象者也；存象者，非得意者也。……然则，忘象者，乃得意者也；忘言者，乃得象者也。得意在忘象，得象在忘言。"① 这个论断道出了"言—象—意"之间的三层关系，即"象—意""言—象""言—意"，也就是说，以"象"表"意"，以"言"表"象"，以"言"表"意"，归根结底，"言"通过"象"而获得"意"，"象"是表"意"的中间媒介，"言"是表"意"的工具。

王弼并没有把"意象"作为一个复合词提出来。西晋的陆机在《文赋》中指出创作过程中的"意不称物，文不逮意"的难题，"物"即"象"，"文"即"言"，从中可以逆推出"言与意的关系"和"意与象的关系"②。刘勰在《文心雕龙》中首次明确提出"意象"（即"窥意象而运斤"），在文学创作构思阶段，"意象"实际上就是审美心理活动中创作思路的"图形化"，"强调的就是内心意象孕育和营构的重要性和它在创作论中的重要性"③。"窥"（内心的图形化过程）的目的是为了把"意象"（"意"中之"象"）进行"运斤"（行诸笔端）。唐代王昌龄在《诗格》中提到的"意象"（"久用精思，未契意象"）也是指未曾语言化的内心的"意"中之"象"的孕育过程。后来的"意象"概念多与"意境"混用。今人袁行霈认为："意象是融入了主观情义的客观物象，或者是借助客观物象表现出来的主观情意。"④ 他明确地把审美主体的"主观"之情同物象的"客观"之物联系起来，强调了"意象"之"象"（物）隐含的情感性。他还区分了"意象"和"意境"，指出："意境是诗人的主观情意和客观

---

① 王弼：《王弼集校释》，楼宇烈校释，中华书局1980年版，第609页。
② 张思齐：《诗心会通》，中央编译出版社2014年版，第116页。
③ 顾祖钊：《窥意象而运斤》，《兰州学刊》2016年第6期。
④ 袁行霈：《中国诗歌艺术研究》，北京大学出版社1996年版，第53页。

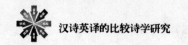

物象互相交融而形成的艺术境界。"① 换言之，"意象"更实，"意境"更虚。袁氏的"意象"概念具有划时代的意义，在诗歌欣赏和诗歌批评中更具有可操作性。

在西方文论中，"Image"源于拉丁语"imago"，在希腊语里有"影像"之意，其内涵是"形象""意象"和"艺术形象"，在英语里有"影像""意向""镜像"之意。由此看来，"image"并不等于汉语的"意象"，并没有中国文论中的情感附加意义。直到20世纪初，庞德通过费诺罗萨的有关中国古典诗歌的读书笔记，为了英语诗歌革命的需要，发明了"imagism"一词，最初"进口"到中国时，有多种译法，后来有学者受到中国古代文论中的"意象"的启发，才最终确定为"意象主义"，随之而来"image"便被译为"意象"。可见，"image"的"意象"之意是受中国"意象"激荡和冲击而生发的意义，但是，"image"和"意象"有重要的区别。庞德给"Image"下了一个经典的定义：An image is that which presents an intellectual and emotional complex in an instant of time. （意象是瞬间生发出来的心智与情感的复合物）后来，庞德由于诗歌创作倾向的转向，先后两度对"image"的定义作了修改，分别变成了"意象是一个能量辐射的中心或者集束"② 和"意念的漩涡或者集合"③，含义越来越抽象，越来越难以分析。后来，艾略特提出的"客观对应物"，似乎也没讲清楚"image"究竟是什么。

中国的"意象"和西方的"image"植根于不同的哲学和文学传统，意义迥然有异，中国意象强调主观与客观的密切关系，情感深刻积淀在物象之中，情与物不可分割，具有比较固定的象征意义，其根

---

①　袁行霈：《中国诗歌艺术研究》，北京大学出版社 1996 年版，第 53 页。
②　黎志敏：《庞德的"意象"概念辨析与评价》，《外国文学》2005 年第 3 期。
③　同上。

源在于传统的"天人合一"的哲学观念。而 Image 主要指物象和情感的结合不固定，其特点具有临时性、瞬间性、易逝性，缺乏相对固定的象征意义，其根源在于西方哲学的模仿论。西方 image 重"形"，中国的"意象"重"象"，且"意"比"象"重要，"象"比"言"重要。也就是说，"意象"和"image"存在天然的不对应性，汉语中的意象在英语中很难找到对应的概念，反之亦然。这在汉英翻译中造成了意象的相当程度的不对应现象。

二　中英诗歌形式比较

（一）中英诗歌声情

汉字和英语词语的语音各具特色，音意之间的联想关系也不相同。英语是典型的语音中心主义的语音，语音具有抽象性，语音与语义之间几乎没有关联。汉字是单音节，一字一音节，除个别感叹词是单纯的元音外，其他全部都是辅音加元音构成的单音节字，元音永远位于字尾，也就是说，汉字是阴阳组合式结构。汉诗注重押尾韵，尾韵多为一韵到底，不过也可根据诗歌情感变化的需要而变换尾韵。格律诗有工整的平仄韵律，中古汉语声调有平声、上声、去声和入声。唐宋以降，汉语的四声根据声母清浊对应的阴调和阳调，分为四声八调，便于把四声分为平（平声和上声）和仄（去声和入声）两类，搭配成平仄组合关系。律诗在句内平仄交替，平仄对比。在一联内上句与下句之间，则平仄交替相反，如"平平仄仄平仄仄"与"仄仄平平仄平平"构成交替相反的对应关系。五言诗和七言诗都有比较固定的节拍，属于音韵的一部分。

英语词语虽有单音节词，但大多数是多音节词，诗歌的音韵格律主要靠词语内部轻重音和词语与词语之间的轻重音的搭配，英诗的格律很复杂，但以"抑扬格"和"扬抑格"为主，"抑"是短而轻的音节，"扬"是长而重的音节，其他都是变体，"音步"表示格律的频率，英诗也押尾韵，一般不是一韵到底，而是多有变化，如"十四行诗"等格律诗即如此。

汉字和英语词语的语音都有联想意义，但各自的音意同构的密切度不同。汉字的元韵开口度的大小同意义的感情色彩关系密切。一般而言，开口大的字的意义同积极性的意义有关，开口小的字常表示消极性的意义。英语词语也有类似情形，但开口大的词语常表示程度大，而开口小的词常表示程度小，同词义的褒贬没有多大关系。

由于汉字存在"天然"的单音和组合的灵活性，汉字的同音字的数量多，位置灵活机动，英语受语法规则的限制，加之多为多音节词，缺乏"天然"的灵活性，押韵不易做到一韵到底，甚至多韵也很有难度。在翻译过程中，英诗格律汉译的可译性远远大于汉诗格律英译的可译性，所以，汉诗英译成英语格律诗是不常见的，成功的案例也不多，也有译为部分压尾韵（变韵）的格式，但毕竟不是当代西方汉学家的汉诗英语普遍追求的译法。辜正坤对此有专门的论述。①

（二）中英诗歌形态

汉诗的形态历经了非工整性到工整性再到非工整性的变化，不过总体而言，汉诗具有整饬性特征，唐诗是典型代表，宋词是长短句的交错，但也有格律可循，属于交错型整饬。古诗没有标点符号，但句

---

① 参见辜正坤《中西诗比较鉴赏与翻译理论》，清华大学出版社 2010 年版，第 21—24 页。

读可以断句，读起来抑扬顿挫，朗朗上口，以音韵的切分来划分句子的排列顺序。直到近代，汉诗的书写借用西诗的分行方法，才在视觉上和听觉上同时满足了整齐划一的排列方式。西诗的分行或跨行书写形式，可能受到了一排排船只在海上航行轨迹的影响，划过的水波给诗人以形式的联想，也可能受到用马拉犁在地里耕地而产生的沟壑形状的启迪。

由于英语词语多为多音节词，诗行排列自然不如汉诗整齐，而汉字方块字如同砖块，放置的位置灵活多变。汉语作为表意的文字，汉字至今有不少还保留了象形文字的特点，字形与字义同构，字形具有意义的理据性。汉字在句子中的词序灵活多样，可以自如地倒装，而英语作为表形的文字，早已失去了形义同构的关系，符号化色彩几乎主宰了英语的一切形态特征，排列顺序也受到诸多限制。

汉诗对偶句多，传统上，声音平仄相对，意义同类相对，不过，词性不同的词也可对偶，如动词与名词等也可构成对偶。① 这凸显了汉诗结构的整饬性。句法的整饬性也是一种音韵形式，而英诗虽然也有对偶句，但大多没有汉诗规整，主要是结构相似，英语词语长短不一，排列自然不及汉诗整齐。汉诗句法没有时态和人称变化，且人称主语大多是模糊不定的，可以理解为第一人称，也可以理解为第三人称。英语则不然，人称和时态的变化使得句子长短不一，影响了对称美。这也给汉诗英译带来了难度，汉诗句子的对偶形态难以在英译中保留下来，而且添加的人称和动词时态，消弭了汉诗的模糊性，也清除了汉字的表意痕迹。

---

① 沈家煊：《从唐诗的对偶看汉语的词类和语法》，《当代修辞学》2016 年第 3 期。

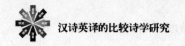

三 中英诗歌语言比较

诗歌的语言离不开诗歌的主题、基调、诗人的修养与审美情趣、诗歌的修辞、时代的风貌和地域的特征等方面。汉诗的语言受到儒家、道家和佛禅思想的深刻影响，诗人的语言风格烙上了中国传统文化的印记，如李白、杜甫和王维的诗歌语言分别刻上了道、儒、禅的风格特征，存在着典型的语言风格特征。汉诗语言风格偏重体现"内在的人格"，西诗偏重于"外在的语言形式"，① 虽然汉诗中也有比较"中性"的语言，如《诗经》中的《国风》，但儒家思想占统治地位，其次是道教和佛禅思想。汉诗的语言常常抒发诗人的人格和品格，诗品与人品同构，诗歌中的措辞、炼句、炼词等，体现了诗人的人格追求，如豪爽的语言、沉郁的语言、恬静的语言等，分别是诗人的人格魅力在诗歌语言中的投射。

英诗重修辞，在于模仿诗学的传统，汉诗中人格，在于模仿内心的情感。英诗中的语言注重修辞技巧，强调"诗歌的破格变体"②，偏离为诗歌语言变体的重要方式，如词汇、语法、书写、语音、语义、方言、语域和历史时期方面的偏离，平行结构的词语和句法结构重复等"前景化"手段，以及比喻性语言，都强化了英诗的语言效果。诗歌的语言同时代和地域的关系密不可分。汉语诗歌语言的比较，必须考虑跨时空和跨民族的差异，诗人的诗歌创作，不可避免地受到创作语境的制约，特定社会和时代的诗歌风尚和地域色彩，或多或少会影响诗人语言的选择，如汉乐府须满足那个时代的诗歌需求，

---

① 曹顺庆：《中西比较诗学》（修订版），中国人民大学出版社 2010 年版，第 157 页。
② Geoffrey Leech, *A Linguistic Guide to English Poetry*, Beijing：Foreign Language Teaching and Research Press，2001，p. 36.

丁尼生的诗歌必然有英国浪漫主义诗歌运动的影子。

　　在中英诗歌翻译中，译者的英译必须综合考虑汉诗语言的各种特征，在再现汉诗语言风格的同时，也可能有自己的风格，还要符合英语语境的诗歌风貌和时代需求。翻译既要考虑汉英语言的异同和文化特性，又要充分发挥译者的主体性，顾及读者的接受能力。汉学家的汉诗英译，首当其冲地涉及汉英诗歌的诗学理论、意象、韵律和语言风格的比较，翻译批评也离不开这些要素。

第二章 汉诗英译中的"象思维" 架构的勾画

　　"象思维"是中国的传统思维方式。王树人率先提出"象思维"概念,并正确地指出,西方传统的概念思维的整个过程都是围绕实体概念展开,而中国传统思维则以"象"为核心,围绕"象"而展开。①"'象思维'是人类最本原的思维,是前语言、前逻辑的思维,又是富于原创性的思维。"② "象思维"尽管不是一种具体的思维方式,但具有"原创性""本原性""流动性""变化性",其根本属性建立在意象隐喻思维的基础上。

　　"象思维"的根本出发点在于主体对物的认识是图像化和形象化,一个成功的诗歌译者,在理解、欣赏和分析诗歌的过程中,有意无意会对中国古典诗歌的意境作图像化的勾画,即揣摩诗歌中的"象思维"。尽可能培养"象思维"的分析能力,这是诗歌翻译的支点。译者的"象思维"能力会对翻译产生决定性的作用,具体表现在空间、时间和隐喻方面。

---

　　① 王树人:《中国的"象思维"及其原创性问题》,《学术月刊》2006 年第 6 期。
　　② 王树人:《中国哲学与文化之根——"象"与"象思维"引论》,《河北学刊》2007 年第 5 期。

第一节　汉诗英译中的空间"象思维"

一　字象的空间"象思维"在译诗中的裂变

石虎提出汉语"字思维"① 概念，受到汉语语言文化界的广泛关注。汉字的"六书"造字法中的前四法"象形""指事""形声""会意"，都是以"象形"为核心，实质是"字象"思维。汉字的字形历经甲骨文、金文、篆书到隶书的符号化过程中，都没有改变象形性这一汉字的根基。② 同英文重语音不同，汉字重书写，被视为书写的神话，原因之一就是汉字本身的形象代表了一种象思维。"字象"思维就是一种微观空间象思维。

其实，20 世纪初，美国的东方学者费诺罗萨未发表的论文《作为诗歌手段的中国文字》就注意到汉字象形思维的特征，"费诺罗萨的理论同庞德积极开拓的现代主义诗学是一致的"③，庞德深受启发。费诺罗萨认为，"汉字的早期形式是图画式的，但即使在后来的规约性的变动中，它们对形象思维的依靠也很少动摇"，"大部分原始汉字，甚至所谓部首，是动作或过程的速记图画"。④ 换言之，汉字在词

---

① 石虎：《论字思维》，《诗探索》1996 年第 2 期。
② 王树人：《中国的"象思维"及其原创性问题》，《学术月刊》2006 年第 6 期。
③ Christine Froula, "The Beauties of Mistranslation: On Pound's English After Cathay", *Ezra Pound and China*, Zhaoming Qian, (ed.) Ann Arbor: University of Michigan Press, 2003, p. 61.
④ ［美］厄内斯特·费诺罗萨：《作为诗歌手段的中国文字》，赵毅衡译，《诗探索》1994 年第 3 期。

源学上是诗学的象，在结构上以象形表意（ideographic），在诗学上表现为图画式的构型，字画同构。在微观层次上，汉字的空间象思维的特征显而易见。例如：

太阳藏在萌发的植物之下＝春

太阳的符号纠缠在树的符号中＝東（东）

"稻田"加上"用力"＝男

"船"加上"水"＝洲（水波）

费氏据此认为汉字的形态相似性和表意功能之间，汉字的字象和物象之间，存在一定的关联性，这种掺杂了对汉字隐喻功能和叙事功能误读和误释的认识，实际上就是汉字的"字象"思维。石虎先生指出："字象是汉字的灵魂，字象与其形相涵而立，是汉字思维的玄机所在。"① 可见，字形和字象的关系在字思维中的重要性。领悟了字形对应的字象意义，就把握了字思维的精髓。洪迪把"字思维"界定为"基于字象的诗性思维"②，也抓住了字的形和意之间关系的本质属性。王岳川也注意到了汉字"字形、字象、字音、字义都与中国文化紧密相关"③ 的文化价值。字象思维是空间思维在汉字内部的缩影。

庞德深受费氏影响，也认识到汉字是由象形的笔画、字根或部首构成，理所当然地可以拆解成相应的部分。这启迪了他的翻译灵感，在翻译《诗经》时，巧妙使用这种方法，把某些词拆解，分译为短语或句子。这如同"宇宙"爆炸，"小宇宙"（庞德认定的象形字）扩张成了"大宇宙"（庞德翻译成的句子或短语）。例如，《诗经》中

---

① 石虎：《论字思维》，《诗探索》1996 年第 2 期。
② 洪迪：《字思维是基于字象的诗性思维》，《诗探索》2003 年第 1—2 期。
③ 王岳川：《汉字文化与汉语思维——兼论"字思维理论"》，《诗探索》1997 年第 2 期。

《北风·静女》中的"静（靜）女"译为 lady of azure thought，庞德翻译的理据是把"青"字从"静"字中拆解出来，"青"在汉语中是一个多义词，其义项之一是"蓝色"，译为 azure，其后的 thought 是译者添加上去的。而"娈（孌）女"译为 Lady of silken word（丝言之女），"娈"（孌）本义是"美好"的意思，庞德将其拆解为"丝—言—丝—女"，故有此译。

《诗经·小雅》中有"渐渐之石，维其高矣"，庞德译为：

Where the torrent bed breaks our wagon wheel,

Up up the road.

其中，"渐"（漸）字可拆分为"水、车、斤（斧砍）"，庞德联想到湍急的河床割破了车轮，由此词半译半写为 where the torrent bed breaks our wagon wheel，所以，一个字分解为多个意象，这些意象组合成译语中的一句话。又如，《诗经·大雅》有两句诗"崧高维岳，骏极于天"，两句译为：

High, pine – covered peak full of echoes,

Proud ridge – people of heaven, roof – tree.

原诗中的"崧"（通"嵩"）和"岳"（嶽）都意为"高山"，但庞德根据它们的字形分别解构为"盖满松树的山"和"回声"（山中两只犬之间的"言"），故第一句译为 High, pine – covered peak full of echoes（松树覆盖的高山充满回声）。再者，《诗经·大雅·招旻》曰："天降罪罟，蟊贼内讧。"两句译为：

Heaven let down a drag – net of ill – doing,

The locusts have gnawed us with word – work.

第一句译得相对忠实，但第二句中的 word – work，是由"讧"（訌）字拆分为"言—工"而来。汉字本身的象形性和表意性的密切关联，为庞德在译诗中把字象图像分解为句法奠定了物质基础。尽管庞德使用这种方法在《诗经》翻译中并不普遍，且这种解释大多牵强附会，但这无疑是一种新颖的创译手段，庞译"读起来像诗歌创作尝试"①，也是解构和建构手段，"尝试"是庞德的"诗歌革命"的目标和审美诉求。字象的短语化和句法化裂变是庞德脱离原诗的字形桎梏，以译语为指向的翻译创新模式。

二 意象的空间"象思维"在译诗中的断裂

中国古诗中的意象组合方式多种多样，空间象思维也相应体现了这种特征。古诗篇幅短小，内容和结构尽量避免单调。陈植锷认为："意象精炼化的程度越高，组合的方式越多样，就越能体现'诗贵含蓄''尺幅而有万里之势'的特点。"② 胡雪冈也有类似的观点③。因此，交错式意象组合最能适应这种特征。意象的交错组合就是意象在不同的诗行里纵横交织，是一种空间"象思维"的断裂形式。

西方的"意象"同中国的"意象"概念和内涵迥然有别，以庞德诗学核心为代表的意象的内涵突出物象的瞬间性，而中国的意象更注重物象与情感的结合，是主观与客观的交融。中国的意象是"象思维"的特殊表现形式。庞德翻译中国古诗的过程中，也领悟了中国诗歌的象思维，特别是空间"象思维"的某些特征，空间"象思维"

---

① Eugene Chen Eoyang, *Transparent Eye: Reflections on Translation, Chinese Literature, and Comparative Poetics*, Honolulu: University of Hawaii Press, 1993, p. 197.
② 陈植锷:《诗歌意象论》，中国社会科学出版社 1990 年版，第 83—84 页。
③ 胡雪冈:《意象范畴的流变》，百花洲文艺出版社 2002 年版，第 138 页。

的功能同意象的关系可以透过庞译勾勒出来。庞译的美学价值同空间 "象思维" 的关系迄今还未受到应有的重视。

庞德翻译《华夏集》时，虽然不识汉字，但他借助费诺罗萨笔记中的译释，充分发挥自己的想象力，领悟了这种空间象思维的实质，内化为翻译的策略，得 "意"（交错式空间思维方式）忘 "形"（原诗的意象组合形式），在译诗中摆脱了原诗形式的羁绊，使用了拆句翻译的创译方式，译诗中的意象呈移位化的趋势。在庞德看来，诗形也是一种形象，拆句法是一种审美诉求，是译诗的一种创造性的建构美，意象在分行中构筑醒目的空间美，作为诗歌创作的 "寄体" 或媒介，为诗歌创新开辟了捷径。庞德把原诗中的诸多意象拆开分散到短语化或分句化的平行诗行中，尽管句子的形态发生了变异，但可以强化这些意象的视觉出现频率，意象醒目，节奏明快，增强译诗的可读性，这同庞德重译文而不重原文的翻译诗学是一致的。

Bassnet 指出：庞德很少注重 "翻译诗歌形式特征"，因为他 "认识到形式在跨文学中绝不能对等"，强调译文的可读性，主张 "译者应该首先是读者"[①]，诗歌翻译的形式变异是理所当然的美学追求。因此，庞德的译诗不像 "译" 诗，而是更像 "写" 诗。诗歌与翻译的关系如同 "种子移植"[②]，是创作相似的文本，是形式的 "位移"。在庞德的诗歌创译中，物态象的翻译也是一种 "种子移植"，"移植" 意味着在不同的诗行中 "移位"。虽然从原诗的角度来看 "移植" 是 "失"，但从译诗的角度来看则是 "得"，因为它释放了语言的能量，"种子" 可以以另一种形式 "开花"。分散的 "种子" 花开得更加多

---

① Susan Bassnet & Andrew Lefevere（ed.），*Constructing Cultures：Essays on Literary Translation*. Shanghai：Shanghai Foreign Language Education Press，2001，p. 64.

② Ibid.，p. 57.

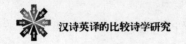

姿多彩。意象由集中到分散，是为了释放译诗中意象的表现功能和审美功能。例如，李白的《登金陵凤凰台》（*The City of Choan*）云：

凤凰台上凤凰游，凤去台空江自流。

吴宫花草埋幽径，晋代衣冠成古丘。

三山半落青天外，一水中分白鹭洲。

总为浮云能蔽日，长安不见使人愁。

庞德译为：

The phoenix are at play on their terrace.

The phoenix are gone，the river flows on alone.

Flowers and grass

Cover over the dark path

Where lay the dynastic house of the Go.

The bright cloths and bright caps of Shin

Are now the base of old hills.

The Three Mountains fall through the far apart.

The isle of White Heron

splits the two streams apart.

Now the high clouds cover the sun

And I cannot see Choan afar

And I am sad.

上例中，庞德英译李白的七言律诗《登金陵凤凰台》的头两行基本采用了原诗的句法结构，把握了原诗的形态思维结构，但是，庞德并不满足因循原诗的结构，而是在结构上创新，译诗结构的跨行拆分强化了形态上的显性视觉效果。"吴宫花草埋幽径"分译为跨行连续的三行，使具体的意象"花草"（flowers and grass）、"埋幽径"（cover over the dark path）、"吴宫"（dynastic house of the Go）在这样的形态安排下强化了意象的前景化。还有三行诗句——"晋代衣冠成古丘"／"一水中分白鹭洲"／"长安不见使人愁"——分别译为两行跨行句，彰显了意象的排列气势，意象词被提取出来，如"衣冠"（bright cloths and bright caps）、"古丘"（base of old hills）、"白鹭洲"（isle of white Heron）、"长安"（Choan）等具体、形象、生动，在分行中格外醒目，译诗加深了读者的印象。

这种"象思维"把形式作为媒介，通过形态包装意象，彰显译者的形式审美体验，意象分散在不同的诗行中，给人以意象处处开花的印象，为他领导意象派诗歌创作尝试提供一种潜文本范式。他以译诗之名，行诗歌创新之实，既可避免遭受可能的攻击，又突出了原诗中的意象，作为"另类"在当时格外引人瞩目。他关注的重点是物态意象分散化，诗句形式的多样化，意象配置的陌生化。

三 意象的空间"象思维"在译诗中的聚合

在诗歌中，空间"象思维"决定意象的组合方式（空间位置）。"美国现代诗日益倾向于明快简练的风格，是受中国诗的影响，肇始于庞德开创的意象主义的新诗运动。"① 庞德翻译的中国诗是意象化的诗，译诗的意象组合方式对美国现代诗的创作技巧产生了深刻影响，可见空间"象思维"在译诗意象组合中的重要意义。"庞德的诗歌创

① 赵毅衡：《诗神远游——中国如何改变了美国现代诗》，上海译文出版社 2003 年版，第 221 页。

作与翻译可以说是一为二用、二者合一的二一体。"① 庞德把翻译方法和创作方法紧密结合起来，亦译亦写，写中有译，译中有写，释放出意象组合产生的裂变能量。庞译中的意象平面化，即并置（juxtaposition）是典型的意象创译，为庞德的英诗创作提供了可资借鉴的范式。庞德的"另类"翻译，尽管是建立在对原诗的误读之上，但是渗透了他自己的象思维的模式，译诗的"奇异性"和"陌生化"显示了译者丰富的象思维联想力，从译诗的效果看，意象的空间并置更传神，更具有艺术张力和导向功能。

庞德英译中国古诗中使用了脱体法，连接词、动词、副词和冠词等全部脱落和省略，意象并置，产生了平面化的效果，这为其他诗人在创作中迅速效仿。虽然庞德"发明"意象并置的创译方法，受到电影蒙太奇手法和旋涡派绘画艺术的影响，但是归根结底是由于庞德把握了意象思维的本质，即意象和意象并置合成的空间思维境界，以及由此产生的艺术张力。不同的意象在译诗里排列组合，其效果不是简单的相加，而是产生爆发力，冲击旧的诗歌范式，达到思维上的创新，以强化语势，增强具体语言特性的震撼力。例如，李白《古风五十九首》之六：

> 惊沙乱海日，
> 飞雪迷胡天。

> Surprised, Desert turmoil, Sea sun.
> Flying snow bewilders the barbarian heaven.

---

① 祝朝伟：《建构与反思——庞德翻译理论研究》，上海译文出版社 2005 年版，第 170 页。

庞译背离了费诺罗萨的正确注译，根据自己的想象，独辟蹊径，按并置思维模式，把"惊沙乱海日"分解为"惊"—"沙乱"—"海日"，分别译为"Surprised""Desert turmoil"和"Sea sun"，几个意象词并列构成一句诗行，不用任何连接词，空间配置上取得了最经济的效果，英诗传统中没有此类句法，这样的创译抛开了传统翻译方法的常规，为英诗输入了新的语言模式和风格。第二句的译文基本是模仿原诗的句法，是比较松散的意象组合。又如李白《古风五十九首》之十四：

> 荒城空大漠，边邑无遗堵。
>
> Desolate castle, the sky, the wide desert,
> There is no wall left to this village.

上例中的第一句的译文也是典型的意象并置，"荒城空大漠"被切分为"荒城"（desolate castle）——"空"（the sky）——"大漠"（the wide desert），庞德的意象思维善于把立体的空间集中在一句诗行里，译为名称短语，无须添加其他成分，使立体画面平面化，即意象空间的平面化，尽管它不是一个正常的英语句子，而基本上是对原文意象的模仿，译诗明显受到原诗意象思维的影响，但是，其浓缩的信息贯穿在并置的意象里，描写了空旷沙漠里的壮观，是一种创造性主体审美特征，其陌生化吸引了当时不少诗人和读者的注意。限定性词语的脱落，动词的省略，有利于静态画面的拼接，可为读者留下无穷的想象空间。虽然表面上是庞德的直译，但实际上他另有用意，是意象思维在译诗中的具体化和表征化，是对诗歌英译传统的深度撞击。译诗中的意象平面化，是空间象思维在平面上的投影，为英语读者提供了新颖的审美空间。

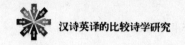

四 意象的空间"象思维"在译诗中的叠架

意象叠加（superposition）也是典型的意象空间组合方式，也是一种翻译方法，它是意象并置的一种特殊形式，指比喻性意象（隐喻）不用连接词直接与所修饰的意象连在一起。① 意象在同一诗行或者不同诗行中叠加，本体和喻体组合，它们之间的隐喻关系由读者联想推断而出，即"同一意象往往由不同的词语来表示"②，它是意象思维中平面意象在句子中的立体化，它们之间的关系不是模糊的并排关系，而是明晰的叠床架屋式的立体层次关系，意象空间更加明确，因为彼此互不相干的两个意象可以构成比喻关系，强化了叠加通过跳跃式想象产生的意义聚合效果。例如，庞德在出版《华夏集》之前创译了汉武帝的悼亡诗《落叶哀蝉曲》（*Liu Che*）：

> 罗袂兮无声，
>
> 玉墀兮尘生。
>
> 虚房冷而寂寞，
>
> 落叶依于重扃。
>
> 望彼美之女兮安德，
>
> 感余心之未宁。
>
> The rustling of the silk is discontinued,
>
> Dust drifts over the court – yard,
>
> There is no sound of footfalls, and the leaves

---

① 参见赵毅衡《诗神远游——中国如何改变了美国现代诗》，上海译文出版社 2003 年版，第 228 页。

② 陈植锷：《诗歌意象论》，中国社会科学出版社 1990 年版，第 82 页。

Scurry into heaps and lie still,

And she the rejoice of the heart is beneath them:

A wet leaf that clings to the threshold.

这首诗的英译，庞德改动幅度很大，如"虚房冷而寂寞"译为 There is no sound of footfalls（听不到脚步声），把抽象的情感具体化，而如下几句：and the leaves/Scurry into heaps and lie still, /And she the rejoice of the heart is beneath them（而树叶/卷成堆，静止不动。/她，我心中的欢乐，长眠在下面），都是译者对原诗背景和情感的阐释和补充。原诗中的意象"虚房"和"落叶"叠加在两行诗行里，根据意象思维的特点，这对叠加意象喻为"思念和哀愁"。译诗并没有译为叠加意象，而是分解为两个独立的意象，灵活自然。且原诗最后两句被删除，"落叶依于重扃"成了俳句式的"叠加意象"，译为 A wet leaf that clings to the threshold（一片黏在门槛上的潮湿叶子），意即"哀愁象落叶"，这里的意象叠加是一个由定语从句修饰的名称结构，译句中意象空间层次分明，呈立体化形态，效果生动、具体、形象，是典型的空间意象思维。又如，李白的《黄鹤楼送孟浩然之广陵》（*Separation on the River Kiang*）：

故人西辞黄鹤楼，

烟花三月下扬州。

孤帆远影碧空尽，

惟见长江天际流。

Ko－jin goes west from Ko－kaku－ro.

The smoke－flowers are blurred over the river.

His lone sail blots the far sky.

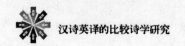

And now I see only the river,

The long Kiang, reaching heaven.

这是一首充满意象的送别诗，"西辞""烟花""孤帆""远影""碧空""长江"和"天际流"等意象组合贯穿整首诗歌，意象思维统领送别友人的感伤主题，译诗抓住了原诗的主旨，但创作的成分很浓厚，尤其是"烟花"译为 the smoke – flowers（像烟雾似的花），即"烟雾似的花"（雾霭）"笼罩（blurred）"在江面上，朦朦胧胧，孤船消失在江雾中，诗人孤独地注视着远去的船，留给诗人无限的惆怅。尽管是对原诗意义的误读，但此译法是典型的意象叠加，叠加意象增加了译诗的审美艺术性和创造性，是整首诗的关键意象，烘托了离别的伤感气氛，这也是意象思维跳跃的结果。但从诗歌创作的角度来看，译诗作为一种创作的媒介，意象叠加作为象思维的方式之一，是意象阶段的思维方式，反映了具体的象思维的"小宇宙"中的关联和联想关系。意象之间表面上没有必然联系，但思维的想象把这些意象串联起来，汇集在这个"小宇宙"中，发挥其发散分布中的凝聚作用，为英诗创作铺垫了一个表现的途径。

庞德中国诗的创译是"象思维"感悟式的翻译，无论是意象组合的空间配置还是意象的浪漫化，以及字象的图像分解，都是"象思维"的思维框架内的翻译运作，带有很强的创作意图。

第二节　汉诗英译中的时间"象思维"

作为诗性文化的时间意象蕴含着丰富的情感，在诗歌的意象组合中，时间意象同空间意象存在着互构关系，即时间意象的空间化，这是因为时间意象在诗歌中几乎总是伴随着空间意象。时间组合意象也是"象思维"，是过程哲学中的思维方式，表示行动过程中的状态模式的改变，是情绪化、审美化和空间化的诗性思维。例如，《离骚》中的"朝—夕"意象模式至少出现了七次，反映了诗人为了实现自己的政治理想，不愿和小人同流合污，而以神话思维结构上下神游和求索的艰辛历程。这些时间意象结构的运动轨迹构筑了相应的潜在空间意象结构。这些时间意象的翻译可再现循环思维方式，是"套型"的"象"的思维模式在译文中或再现，或变异，也反映了译者对时间意象的思维方式的理解。沃森对七对"朝—夕"意象的翻译如下：

（1）朝搴阰之木兰兮，夕揽洲之宿莽。

Morning I gathered mountain magnolia,

Evenings I picked winter grasses on the shoals.

（2）朝饮木兰之坠露兮，夕餐秋菊之落英。

Mornings I drink the dew that drips from the magnolias,

Evenings feed on fallen petals of autumn chrysanthemum.

（3）謇朝谇而夕替。

I give admonitions at dawn, by evening I am banished.

（4）朝发轫于苍梧兮，夕余至乎县圃。

Iunchocked my wheels at dawn, set out from Ts'ang – wu;

by evening I had reached the Hanging Gardens.

（5）朝吾将济于白水兮，登阆风而绁马。

In the morning I made ready to cross the White Waters,

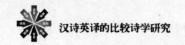

then climbed Lang – feng and tethered my horse there.

（6）夕归次于穷石兮，朝濯发乎洧盘。

Evenings the goddess returned to lodge on Ch'iung – shih,

Morning washed her hair in the waters of Wei – p'an.

（7）朝发轫于天津兮，夕余至乎西极。

In the morning I set off from the Ford of Heaven,

by evening I had reached the westernmost limit.

这些意象组合是诗人"飞行"的时空关系，都是"朝"发"夕"至。译诗中的"夕—朝"也几乎都是"morning—evening"模式，只有一处 dawn 是例外。不过，有的是在介词短语中，有的是直接作为主语，如 Morning washed her hair...，比喻手法生动形象，译者使用的直译法，译为 morning/dawn—evening，可以让西方读者联想到"上天"寻求诉求途径的艰难曲折，基本再现了原诗的时空跳跃特性，由此窥见诗人历经艰辛，无处诉说的困境。汉诗中的"黄昏"意象背后的隐喻思维也是典型的时间"象思维"，蕴含着无可奈何的愁绪和感伤。例如，沃森英译《离骚》中的"暮"意象：

恐美人之迟暮

And feared that my Fair One too would grow old.

日忽忽其将暮

But the sun hurried on in its setting.

《离骚》中的夜幕意象同"黄昏""深秋"和"晚年"融为一体，象征着悲伤的情调，隐喻着理想无法实现的无奈和焦虑心态。译者根据语境分别译为 old 和 setting，西方读者当然可以悟出诗人的忧伤情绪。不过，这里的显性化翻译脱离了原诗中的"象思维"，丧失了象征性，变成了纯粹的语义的登场，即语言的逻辑化思维。如此翻译造成了译诗意境的弱化，联想范围的缩小，当然，日"暮"译为"the sun...setting"可能是迫不得已，而"迟暮"译为"grow old"，是意义平面化的结果，尽管点出了核心意义，但减少了诗味。又如，刘方平的《月夜》：

更深月色半人家，

北斗阑干南斗斜。

今夜偏知春气暖，

虫声新透绿窗纱。

译文1：

In the depth of night the moonlight floods one side of the houses of

men,

The Great Bear has dropped crosswise and the Southern Dipper is

aslant;

This evening one really feels that the spring air is warm,

For the first time the sounds of insects penetrate my window of

green gauze.

（Jenyns　译）

译文2：

When the moon has colored half the house,

With the North Star at its height and the South Star setting,

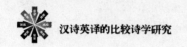

I can feel the first motions of the warm air of spring,

In the singing of an insect at my green – silk windows.

（Bynner 译）

这首诗的前两句以意象叠加，通过明暗对比成功地描绘了月夜静谧美。夜半更深，朦胧的斜月映照着家家户户，庭院一半沉浸在月光下，另一半笼罩在夜的暗影中。这组意象组合中的时间"象思维"透露出夜的寂静和时间的流逝的信息。诗的后两句，意象组合独辟蹊径，表现了月夜静谧美中万物复苏、生命悸动的时间意识的"象思维"。Jenyns 把"今夜偏知春气暖"译为 I can feel the first motions of the warm air of spring，"知"译成了"feel"，静态变成了动态。张今指出：译诗"使观察锐敏、见微知著的诗人的面貌大大褪色。这是对原诗语言形式不加钻研，以自己的思路代替作品思路的结果。Bynner就比他高明多了"。① 不仅如此，综观译文，译者还有"以自己的思路代替作品的思路"而使原诗的静态变为译诗的动态的地方，如："虫声新透绿窗纱"译为 For the first time the sounds of insect penetrate my window of green gauze。这样一来，原诗的静谧含蓄美变成了动态的白描，使原诗意象组合美发生了扭曲，变得有些索然无味了。再如张泌的《寄人》：

别梦依依到谢家，

小廊回合曲阑斜。

多情只有春庭月，

犹为离人照落花。

---

① 张今：《文学翻译原理》，河南大学出版社 1998 年版，第 25 页。

After parting, dreams possessed me and I wandered you know where.

And we sat in the verandah and you sang the sweet old air

Then I woke, within no one near me save the moon still shining on,

And lightning up dead petals which like you have passed and gone.

(Giles 译)

《寄人》这首诗的意象组合既鲜明，又含蓄深厚，意象中的"别梦""小廊""曲阑""春庭月""落花"等，通过梦境含蓄间接地吐露了诗人对旧日情人的怀念之情。译文将原诗的第二句任意发挥想象而加上了一句 and you sang the sweet old air，将最后一句中的"离人"，译为 you have passed and gone（意为"死去"），这使得原诗中的意象含蓄美大打折扣，译文中没有"春庭月"的意象，使时间的"象思维"湮没在直白的意象之中，这当然同早期汉学家的汉诗英译不注重准确性有关。

第三节　汉诗英译中的文化隐喻"象思维"

"象思维"的隐喻性，通过改造和重新阐释，可借鉴于诗歌翻译研究之中，作为研究西方汉学家英译中国诗歌的切入点，据此追寻汉学家宇文所安的汉诗英译的诗学和文化价值，探讨中国元素在隐喻"象思维"翻译中的地位和作用。

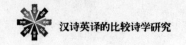

一　植物隐喻思维

隐喻思维是一种创造性抽象思维，是重要的诗性文化认知模式，把"象"抽出来，以简单具体的事物表达复杂抽象的事物。也就是说，隐喻思维借助"象思维"中"象"与"意"之间的相似性，以简单思维代替复杂思维。作为一种象思维，隐喻思维在文学中起到了象征作用，以"象"象征隐含的意义，并对文学翻译有启示意义。中国传统文化中，有很多植物隐喻，如松、竹、梅"岁寒三友"，梅、竹、兰、菊"花中四君子"，这里只以《离骚》中的植物隐喻的翻译为例。

屈原的《离骚》有诸多隐喻思维，诗中的三次飞天，是典型的想象性的隐喻思维，"扣阍"和"求女"实则象征屈原上下求索，以获得楚王的支持，实现"美政"的宏伟蓝图。

《离骚》中的植物崇拜具有强烈的隐喻性，是香与臭、明与暗、真与假、善与恶的对比，涉及的植物有江离、辟芷、木兰、宿莽、申椒、菌桂、蕙、茝、留夷、揭车、芳芷、秋菊、木根、薜荔、胡绳、芰荷、芙蓉、幽兰、琼枝、夏茅、萧艾、椴等，大致分为香花美草和艾蒿两类，象征了两种决然相反的品性。储斌杰认为："洁与污，美与丑的对立，经过诗人创意性的构思，而出现了一系列具有象征性的香花美草的意象。"[①] 这些象思维具有鲜明的隐喻特征，如何翻译这些隐喻，反映了译者的象思维认知能力和翻译能力。

---

① 储斌杰：《诗经与楚辞》，北京大学出版社 2003 年版，第 197 页。

（一）植物隐喻思维的类型与功能

1. 香草隐喻

《离骚》里以香草比喻君王和贤德，历来被楚辞专家所接受。如："荃不揆余之中情兮。"（Lord Iris did not fathom my nature within.）"荃"即荪，据姜夫亮综合古今各家之言考证，《楚辞》中的"荪"喻指"楚王"[①]，译者因找不到对应词而译为 Iris（蝴蝶花），且之前加上 lord（领主）一词表示君王，基本直译出原诗中香草的喻义，译文读起来更明白，显示了宇文所安的考据功夫。又如：

> 杂申椒与菌桂兮，
> 岂维纫夫蕙芷！
>
> Shen's pepper was there, together with cassia,
> white angelica, sweet clover were not strung alone.

诗中的"菌桂"与"蕙芷"，王逸、洪兴祖和朱熹等都认为是喻指贤者，译者分别译为 cassia（肉桂）和 angelica（白芷），这两种植物都源自希腊语，在西方比较常见，尽管没有特殊的象征意义，但 angelica 之前加上解释性的颜色词 white，且之后又附上同位语名词 sweet clover（草木樨），其中的 sweet 和 clover 令人联想到"甜蜜"和"富裕"，这样，通过归化和异化的中和，原诗中野草的隐喻和象征所蕴含的"贤人"意义就清晰可感了。以香花美草配忠贞是《离骚》常用的隐喻模式，如：

---

① 姜夫亮：《屈原赋今译》，北京出版社 1987 年版，第 7 页。

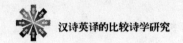

扈江蓠与辟芷兮，

纫秋兰以为佩。

I wore mantles of river rush and remote angelica,

strung autumn orchids to hang from my sash.

朝搴阰之木兰兮，

夕揽洲之宿莽。

At dawn I would pluck magnolia on bluffs,

in the twilight on isles I culled undying herbs.

上例中的"江蓠"（蘼芜）、"芷"（香草）、"秋兰"、"木兰"（辛夷）和"宿莽"（紫苏）等香草，都比喻美德和忠贞，译文分别直译为 river rush、remote angelica、autumn orchids、magnolia 和 undying herb，其中，"芷"译为 remote angelica，加上形容词 remote（偏僻的，隐居的），把兰的隐喻意义明示化。而宿莽意译为 undying herb（长生不死的香草），彰显了原诗的情感意义。尽管"江蓠"译为 river rush 没有充分展示这种香草的象征意义，但在译文的意象组合中，可利用想象来理解其大概意义。

2. 恶草隐喻

《离骚》中的恶草有不少，通常象征着阿谀奉承、见风使舵的小人，如：

薋菉葹以盈室兮，

判独离而不服。

Haystacks of stinkweed are heaped in their rooms;

you alone stand aloof and refuse such attire.

椒专佞以慢慆兮，

樧又欲充夫佩帏。

Pepper is master of fawning, it is swaggering, reckless,

only mock – pepper stuffs sachets hung from waists.

"薋菉葹"（恶草菅草和枲耳）译为 Haystacks of stinkweed，译出了恶草之深层含义，"椒"和"樧"（茱萸一类的草）都有辣味和异味，喻指趋炎附势和谄媚的小人或没有价值的东西，译文为 pepper 和 mock – pepper，尽管 mock – pepper 不太准确，但 mock（模仿，类似）所带的解释意义，连同句中的补充信息，可联想到贬义的文化内涵。

（二）植物隐喻思维的模仿翻译方法

1. 对应模仿法

矫菌桂以纫蕙兮，

索胡绳之纚纚。

I reached high to cassia for stringing sweet clover,

and corded the coilings of the rope – vine.

"菌桂""蕙"和"胡绳"（可以做绳的香草）分别译为 cassia、sweet clover 和 rope – vine，英汉两种语言里毕竟有不少基本等值的概念，可资对应模仿，这是直译模仿的根本前提。又如，

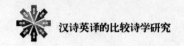

览椒兰其若兹兮，

又况揭车与江离？

Look on orchid and pepper, see them like this—

Will less be true of river rush and wintergreen?

"椒兰""揭车"和"江离"分别译为 pepper/orchid, winterg-reen/river rush，也是典型的英汉对应模仿，有助于英语读者直接进入西方文化生活系统来解读原诗。

2. 类义模仿法

制芰荷以为衣兮，

集芙蓉以为裳。

Waterlilies I fashioned to serve as my robe,

I gathered the lotus to serve as my skirt.

在中国传统文化里，芰荷衣和芙蓉裳指隐士的衣服，喻指隐士的高洁。"芰荷"即菱角，本可译为 water caltrop 或 water chestnut，但宇文所安故意译为 waterlily，因为此植物在西方文化里几乎家喻户晓，著名画家莫奈创作了大量以睡莲为题材、人和大自然和谐相处的画作，强化了睡莲的文化喻义和象思维模式。又如，

畦留夷与揭车兮，

杂杜衡与芳芷。

I made plots for peonies and for the wintergreen,

mixed with asarum and sweet angelica.

"留夷"（辛夷）、"揭车"、"杜衡"（马蹄香）等在英语里难以找到对等词，故以类似的词语代之，分别译为 peony, wintergreen 和 asarum（野姜），这些香花美草在西方比较常见，方便读者理解。

3. 释义模仿法

> 揽茹蕙以掩涕兮，
>
> 霑余襟之浪浪。

> I plucked sage and lotus to wipe away tears,
>
> that soak my gown's folds in their streaming.

> 何昔日之芳草兮，
>
> 今直为此萧艾也？

> These plants that smelled sweet in days gone by
>
> have now become nothing but stinking weeds.

宇文所安把"茹蕙"理解为两种草，所以译为 sage and lotus，是对原诗的阐释。译者有时把艾草译为对应的词 mugwort，但在此处把"萧艾"译为 stinking weed 使读者对这种恶草的臭气一目了然，显然是解释性模仿。

二 神话隐喻思维

卡西尔认为，神话思维的"一切思想、一切感性直观以及知觉都依存于一种原始的情感基础"，即"融汇在这种情感之中的""特定的界限和区别不是由间接的逻辑思维通过理智分析和综合做出的；它们归结为依据这种情感已经建立的区别"。① 换言之，神话思维是没有逻辑观念的原始情感思维，把人的思维看成神的思维，二者是混沌不分的，实际上是一种隐喻象思维。但是，《离骚》中的神话思维结构却与此不同，是"神性与人性的交融"，其自我形象透视着"谲怪奇幻的远古神话传说"。② 这种理性化的神话思维把"理性"与"情感和想象"融为一体，③ 是融会了人性思维的高层次的神话思维。

因此，作为特殊隐喻象思维的神话思维，《离骚》的语言结构贯穿着神话思维模式。为了追求"真""善""美"的理想国，诗人屈原在诗中的"三次飞行"神游，中间夹杂着分别同女媭、重华、灵氛和巫咸等的"四次对话"，而女媭、重华、灵氛和巫咸是南方的"处女星神"（美之女神）、舜帝的神灵和神巫，这些叙事结构基本是神话思维模式，并留下了大量的神话词汇。如：

吾令羲和弭节兮，

望崦嵫而勿迫。

I bade sun – driver Xi – he, to pause in her pace,

to stand off from Yan – zi and not to draw nigh.

饮余马于咸池兮，

总余辔乎扶桑。

折若木以拂日兮，

① ［美］恩斯特·卡西尔：《神话思维》，黄龙保等译，中国社会科学出版社 1992 年版，第 108 页。
② 郭杰：《屈原新论》，吉林大学出版社 2006 年版，第 117 页。
③ 同上书，第 136 页。

聊逍遥以相羊。

I watered my horses in the Pools of Xian,

and twisted the reins on the tree Fu – sang,

snapped a branch of the Ruo Tree to block out the sun

I roamed freely the while and lingered there.

上例中的"羲和"是太阳神战车的车夫,"崦嵫"是神话中的日落之山,"咸池"是太阳神洗澡的天池,"扶桑"和"若木"则分别是日出和日落之处的两棵神树。译者使用了音译方式,只是在池和木前面分别加上解释性类义词 pool 和 tree,但译者都在脚注里注明了它们所蕴含的神话含义。译者把中国神话思维移植到译诗中了。

三 拟古隐喻思维

屈原在《离骚》中不仅对神话传说,而且对历史典故兼收并蓄,引经据典,以伊尹、彭咸的人格自居,期望楚王能"法先王",像尧、舜、禹、文、武那样任用贤才,实施"美政",同时诗中列举了不少暴君和反面人物的恶行与恶德,以警醒后人,唤醒人们的复古、追古意识,其拟古思维,"超现实想象,完全是一种理性自觉的艺术思维"[1],是一种理性化和情感化的象思维,译者认同这种思维模式,就会在翻译中基本保留原诗中的典故,旨在以历史视角为出发点,在译语里传承东方典故的古典诗性言说。例如:

鲧婞直以亡身兮,

终然夭乎羽之野。

---

① 郭杰:《屈原新论》,吉林大学出版社 2006 年版,第 126 页。

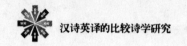

Gun was unyielding, he fled into hiding,

at last died untimely on moors of Mount Yu.

译诗直译和音译人名"鲧"和地名"羽",在注释里详细介绍了鲧的身份和传说:"鲧系高阳之子,尧帝任命他负责治水,失败后被处死,其尸体被抛弃在羽山。根据传说,他最终化为熊。"尽管译者认为鲧死后化为熊的解释似乎有点荒唐,但保留了典故的文化思维,让读者领悟到了中国文化元素。

翻译古代性,折射了译者的尊古文化思维,以中国古代的传说为依据,向西方人传递了古老的中国文化形象,既不是以简单的删除,也不是以西方的典故来置换,充分尊重历史文化价值,文化的传承也是翻译中文化的异质性的保全手段之一,是一种正确的历史观。"反历史观就是不用历史唯物主义的眼光分析、看待问题,以今律古,以今废古,或偏废于史绩,或苛求于古人。"① 因此,宇文所安的直译和音译再现了原诗隐含的古代性的隐喻象思维,把读者的审美意味拉向古老的传说,摒弃了"现代性"的急功近利。

四 翻译策略

宇文所安立足直译,使用了多种具体的翻译策略。

1. 音译注释法

吾令丰隆乘云兮,

求宓妃之所在。

---

① 刘宓庆:《翻译与语言哲学》,中国对外翻译出版公司2001年版,第116页。

Feng Long I bade to go riding the clouds,

to seek out Fu – fei down where she dwells.

吕望之鼓刀兮,

遭周文而得举。

Once there was Lu Wang who swung a butcher's knife,

yet he met Zhou's King Wen and he was raised up.

以上 "丰隆" 和 "宓妃" 是神话传说中神的名字, 而 "吕望" 和 "文" 则是历史上的人物, 译者均以音译法译之, 且加注释阐释他们的身份和地位, 类似的例子还有很多。

2. 直接导入法

指九天以为正兮,

夫唯灵修之故也。

I pointed to Heaven   to serve as my warrant,

it was all for the cause   of the Holy One.

麾蛟龙使梁津兮, 诏西皇使涉予。

I signaled the dragons   to make me a bridge,

I called to West's Sovereign   to take me across.

原诗中的 "九天" "灵修" "蛟龙" 和 "西皇" 分别译为 Heaven, Holy One, dragon 和 West's Sovereign, 基本是对中国文化概念和传统的直接导入。

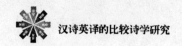

3. 动感拼接法

> 望瑶台之偃蹇兮，
>
> 见有娀之佚女。

> I viewed the surging crest of a terrace of onyx,
>
> there saw a rare woman, the You – Song's daughter.

> 飘风屯其相离兮，
>
> 帅云霓而来御。

> Then the whirlwinds massed, drawing together,
>
> they marshaled cloud – rainbows, came to withstand me.

"偃蹇"译为 surging crest，带有高手如云的动感，"帅"译为 marshal，名词转化为动词，生动形象，有一种大气和魄力。

4. 身份名片法

> 及少康之未家兮，
>
> 留有虞之二姚。

> If still not yet married to Shao – kang the Prince,
>
> there remained the two Yao girls   of the clan You – Yu.

> 后辛之菹醢兮，
>
> 殷宗用而不长。

> Shang's Zhow, the Lord Xin, minced men to stew,
>
> Whereby Yin's great lineage   could not last long.

"少康"译为 Shao – kang the Prince，表明了其身份是王子。"虞"

即传说中的远古帝王舜，五帝之一，姓姚，名重华，号有虞，译者把虞之二姚（舜的两个女儿）译为 two Yao girls of the clan You - Yu，把舜的身份交代得清清楚楚，足以说明译者的中国文化的学养。

5. 虚实互代法

  百神翳其备降兮，

  九疑缤其并迎。

The gods blotted sky, their full hosts descending,

Spirit vassals of Many Doubts joined to go greet them.

"百神"和"九疑"（即舜帝的埋葬地苍梧山）中的数字都是虚指，而非实指，分别译为 gods 和 Many Doubts，以虚译虚，抓住了中心意思。

6. 还原法

这种翻译方法指不译表面的指称意义，而译出实际意义。如，"尚少阶前玉树兰"（《牡丹亭》第五出），汪榕培译为 I have begot no male heir to my clan，把原文中"玉树兰"（延续家族香火的子嗣）还原为 male heir。又如，"驷玉虬以桀鹥兮"（I teamed jade white dragons, rode the Bird that Hides Sky），"循绳墨而不颇"（they kept the straight line, they did not veer）。"鹥"和"绳墨"分别被宇文所安译为 Bird that Hides Sky 和 straight line，译出了实际意义。

五 隐喻象思维的翻译同中国文化精神价值的会通

（一）翻译的整体直观的原发创生性

宇文所安在诗歌研究和翻译过程中，由于潜移默化地受到中国象思维的影响，强调立足于原诗的整体直观效应，看重语言结构的原初性，注重这种原初性在英语里的陌生化效果，象思维的整体直观性通过"观"具象、意象的可感知之象，通过"观"原诗之象，认知原诗之整体审美框架，移植原诗的总体意蕴。"体验""体悟""体认""体会"中国古典美学范畴"观物取象""立象尽意"和"得意忘象"是典型的整体直观象思维。"观物取象"在诗歌创作上可理解为通过对自然和社会生活的观察，由具体的形象提炼成观念中的形象，到达审美上的象思维。在诗歌翻译中，译者在观察原诗中的具体形象（包括意象和诗的结构）的基础上，提炼加工成译诗中的审美之象，这个过程是抽象化的象思维过程。"立象尽意"的前提是"言不尽意"，"象"具有"言"所不能及的特殊表达功能，即"象"等于"意"。在诗歌翻译中，以"象"译"象"来尽"意"，彰显象思维的优势。"得意忘象"即为意出于"象"而高于"象"，以至超越"象"，不过，它不是不要"象"，而是不拘泥于"象"，换言之，是保持"象"的前提下，挖掘"意"的潜力，是强调"意"的情况下的高层次的象思维，因此，诗歌翻译中，既要译"象"，更要译"意"。

通过对"物"—"象"—"意"连贯关系的分析，可以看出，《离骚》翻译在整体上尽力观照原诗的直观性，立足于原发创生性，尽力保持原诗的原汁原味的风格和审美情趣。也就是说，在创生性中再现原诗的审美思维结构，即象思维结构。所以，直译就成了翻译的最佳选择。直译可以最大限度地创生原诗的象思维模式，借此产生"随物赋形"的审美效果。

（二）译者文化思维的中国性

宇文所安的象思维模式既有中国语言模式的印记，又有西方哲学和诗学传统的介入。凭借深厚的汉语古文和古诗功底，译者的东方化思维占据了上风，在翻译中起到了主导作用。

同时，柏拉图的模仿哲学和亚里士多德的模仿诗学也影响了译者的翻译思维。且中国的象思维与西方的模仿诗学，尽管模仿对象不同，但亦有相似的审美观和审美直觉意识，它们都是经验性思维。译者对东西方的审美经验的融合达到了炉火纯青，也就是说，译者的诗学观从审美的"自发"（西方的审美观）发展到审美的"自觉"（东方的审美观），二者构成"耦合"，生成象思维的审美"镜像"。

宇文所安坚持直译的象思维，在一定程度上是中国文化的崇拜者和代言人、协调者，他把汉诗英译看成中美文化交流和国际政治的途径，希望美国民众和学者更多地了解中国诗歌的独特性。正是由于他把中国诗歌当作同美国诗歌相异的异质文学样式，其翻译思维注定会倾向于中国文化，竭力保留中国文化元素，无论是神话传说还是历史典故，译者不惜笔墨加以注释说明，而没有为图省事，一删了之。这样读者可更多地了解"真实"的中国诗歌的审美意蕴和另类的内涵，满足读者的好奇心，同时也可纠正某些学者如雅各布森等认为诗歌不可译的武断观点。宇文所安通过自己的"悟""体验"和"认知"，贴近中国的象思维模式，出神入化地模拟了《离骚》的美学价值，展示了文化的魅力和语言的特性，使中国经典在异质文化里"复活"和"再生"，同时，也显示了译者"为有源头活水来"的身份意识，也是对中国文化的包容和代言。

作为西方比较文学的大师，宇文所安自觉地肩负着平等地传播中国异质文化的历史使命，以弥补英美诗歌的不足。"翻译的旨归就是引进异性文化和异性思辨形态，补充原质文化，推动原质文化的发展。翻译中保留文化他者的异性是翻译的终极关怀。翻译存异、原质文化读者求异、猎异是翻译的内在动力和潜存性。倘若翻译中以一种

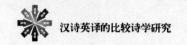

文化模式实施统一归化，必然会丧失翻译的使命，那么翻译亦会走向自己的命运终结了。"① 宇文所安翻译文化的"异质性"是其异质思维的具体展现，是身份的"他者性"，即中国性的显现。

（三）译诗体现的"天人合一"思维的精神价值

"天人合一"的思维模式是中国哲学的基本概念，强调天人一致和天人相通，"天人合一"的思想是道家和儒家共享的哲学观。老子主张"人法地，地法天，天法道，道法自然"，董仲舒明确提出"天人之际，合而为一"，墨子主张"兼爱"，也有"合"的思想，这种儒道墨合流的观点深刻地影响了中国人的整体象思维的认知范式和思维模式。不过，"合一"并非"同一"，而是"和一"，即"和而不同"，注重"不同"之间的和谐一致性或融通性，在不同文化的交往和对话中，需要这种和谐的认同。

汤一介认为："'认同'不是一方消灭另一方，也不是一方'同化'另一方，而是在两种不同文化中寻找交汇点，并在此基础上推动双方文化的发展，这正是'和'的作用。"② 所以，不同文化的"交汇点"是"天人合一"的思维模式的接口。翻译过程中，译者受到"天人合一"思维模式的操控，既不"消灭"（彻底改写或删除）原文，也不"同化"（归化）原文，而是调和两者的矛盾，兼容并包，寻求妥协和让步。

美国著名汉学家安乐哲说："一个哲学译者应竭尽全力做到翻译与原文关键概念及逻辑关系相近；要以原文的思维结构为依据，而不

---

① 包通法：《文化自主意识观照下的汉典籍外译哲学思辨——论汉古典籍的哲学伦理思想跨文化哲学对话》，《外语与外语教学》2007 年第 5 期。
② 汤一介：《和而不同》，辽宁人民出版社 2001 年版，第 68 页。

是再加工。"① 在诗歌翻译中，译者也应以原诗的思维结构为依据，而不是改写，这就是坚持了"天人合一"的思维精神。

宇文所安在汉诗英译中，既不过度归化，也不过度异化，而是适当调和，实质同"天人合一"的认知思维相契合。宇文所安翻译《离骚》，坚持直译（而非死译），"将中西的价值判断和思维模式放到同一个平台上进行考究和解读"②，是和谐与融通的具体化，"在文化移植过程中，应该在平等的基础上进行对话交流，这样才能跨越因文化差异而造成的障碍，实现真正意义上的双向跨文化交际"。③ 作为西方翻译家的宇文所安自觉趋向东方化的翻译策略，是其很大程度上接受中国文化"象思维"的必然归宿。

总之，宇文所安的《离骚》英译中，既注重英语的诗学规范，又再现了楚辞的象思维模式，在植物隐语象思维和神话象思维、拟古象思维的翻译中，大体突出了中国文化的原发创生性、中国文化身份的"他者性"和"天人合一"的和谐性。

---

① ［美］安乐哲：《和而不同：比较哲学与中西汇通》，北京大学出版社 2002 年版，第 113 页。

② 包通法：《"天人合一"认识样式的翻译观研究》，《外语学刊》2010 年第 4 期。

③ 徐珺、霍跃红：《典籍英译：文化翻译观下的异化策略与中国英语》，《外语与外语教学》2008 年第 7 期。

第三章　译者的诗性翻译能力

诗性翻译能力指译者在洞悉原诗神韵、精神内涵和美学价值的基础上，对原诗的美学特征的认知、转换、解释相融合的能力。

第一节　"才""胆""识""力"与翻译能力

一　译者的动机与汉语诗性鉴赏能力

19世纪西方传教士开始翻译中国的古典诗歌，主要出于"了解敌人"的需要，向西方介绍中国文化，便于让西方世界知道中国文化和文学有什么，还缺什么，中国人的精神世界里诗歌所占的地位有多高，通过什么方式可以在中国立足传教。英国传教士和翻译家理雅各（James Legge）英译了五卷本的中国经典，包括三度英译《诗经》，其翻译动机有强烈地了解中国古代"经学"的意味，这无疑影响了他对《诗经》的鉴赏和翻译倾向，这也和当时的中国文化"经学"环境相一致。理雅各选择翻译《诗经》，而不选择其他古典诗歌，折射出他的儒家经典诗学观，其《诗经》鉴赏能力，不可避免地刻上了儒家思想的烙印。

美国诗人庞德（Ezra Pound）虽然不懂中文，但在美国东方学家费诺罗萨的唐诗英文笔记的基础上，进行加工改译，是出于推动美国"意象派"诗歌运动的目的。他的"翻译"选材自然是"被动"选择中国文化影响的结果，但其翻译中体现的"意象叠加"式鉴赏方式和翻译方式，染上了典型的中国诗歌模式的色彩，带有浓烈的汉语诗学因子，并影响了后来不少汉学家。美籍华裔汉学家叶维廉和余宝琳等，都受到这种翻译方式的影响。

宇文所安从小热爱中国诗歌，其父亲乃物理学家，曾忧其业中国诗无以谋生，而后竟得自力，"实属侥幸"。宇文所安著作等身，论文数十篇。自言欧美读者需要一位中国古典诗歌代言人，宇文所安以此为义不容辞的使命，数十年来兢兢业业专治唐诗研究和中国文学翻译及比较文学研究。尤其是他翻译的《中国文学选读——从初始到1911年》囊括了大量的中国古典诗歌英译本，且在其《初唐诗》《盛唐诗》《晚唐诗》里也有为数不少的唐诗英译。宇文所安还翻译出版了中国文论选读，其中国诗歌选择、鉴赏和翻译，都深受中国诗学的影响，并同其生活经历分不开，对中国诗学持包容和接纳的开放态度，宇文所安的中国诗歌鉴赏和翻译诗学，反映了他的中国诗歌史观，同他"重写"中国文学史的理想一脉相承。

另一位美国汉学家和翻译家伯顿·沃森（Burton Watson）"以一人译一国"，编译出版了大量的中国古典文学和文化典籍，为中国典籍在西方世界的传播做出了重要贡献。自从"二战"期间作为美国海军士兵抵达日本后，便开始对中国文化产生浓厚的兴趣，战后返回美国，在哥伦比亚大学先后获得学士、硕士和博士学位，先后在哥伦比亚大学、斯坦福大学和日本京都大学从事中国文学和日本文学的翻译

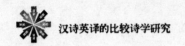

和研究，于 1981 年和 1995 年两度荣获美国笔会翻译奖，并先后于 1983 年和 2011 年来华访问。伯顿·沃森是让中国典籍走入西方的汉学家典范。

他翻译出版了《哥伦比亚中国诗选》，其选材和鉴赏都反映了他的偏好。例如，他在选集中选译的《诗经》共计 35 首，《诗经》共计 305 首，其中"风"（主要是民歌）160 首，"雅" 105 首，"颂" 40 首。但沃森仅选译了 35 首，其中"风" 27 首，占 77%；"雅" 7 首，占 20%；"颂"仅 1 首。显然，大部分诗歌选自"风"，这表明他倾向于这类民歌民谣型的诗歌。沃森的选材透露了他对中国文学的朴实美的偏爱和对中国诗歌简约美的推崇。沃森指出他选择的诗歌集中于那些"短小精悍的民歌或民歌类诗歌"，因其"极高的文学兴趣"和对后来诗歌的"极大影响"。这种原则出于他的审美意味和诗学观，也就是说，他根据自己的爱好选择《诗经》中的诗歌翻译成英文，是对《诗经》的一种改写，也是他自己的诗学观，这种诗学观建基于中国诗学观之上。

翻译，包括翻译题材的选择不仅受到意识形态而且还会受到目的语文化主流诗学的操纵或支配。勒菲维尔（Lefevere）认为："翻译是一种最易于辨别的重写。"① 在重写过程中，译者既可能顺应或反叛主流意识形态，也可以顺应或反叛主流诗学。沃森所选译的《诗经》基本顺应了当时美国主流文化的意识形态，即"二战"后的美国文化战略中，美国普通读者迫切希望了解中国诗歌中的恬静和安宁的心理。作为一位职业翻译家，沃森深受 Gary Snyder、Gorge Elliot、Robert Frost 和 Frank O'Hara 等诗人的语言风格的影响，因此，他的诗学观

① Andre Lefevere, *Translation*, *Rewriting and the Manipulation of Literary Fame*, Shanghai: Shanghai Foreign Languages Education Press, 2005, p. 9.

基本上同美国的主流意识形态是一致的，但更具自己的诗学倾向，其译诗倾向于选择朴实、通俗和可读性强的原文诗歌，即那些同自己的诗学规范相契合的诗歌。他的诗学离不开中国诗学的浸淫。

庄子《大宗师》和《骈拇》中区分了"适人之适"和"自适之适"，前者是个体受制于社会价值规范，而后者是个体不以他人之意为意，不受外在价值观的束缚，而是保证人的本性、精神和心灵的自由。在诗歌创作中，"自适之适"显然比"适人之适"更具有创作自由和审美价值，更符合文学创作的自由境界。但汉学家在翻译中国诗歌的过程中，"自适之适"的精神境界是第一位的，翻译选材和翻译策略主要依据自己的审美自由和精神自由，很少受到主体文化的直接干预，很少受到政党、团体和政治组织的伦理和"礼义"观念的束缚。译者的自愿选择远远多于被迫选择。汉学家的汉诗英译越来越倾向于汉诗的诗学特性。

二 译者的"才""胆""识""力"之间的相互关系

清朝诗学家叶燮在《原诗》里提出了"才""胆""识""力"这一组关于艺术家创造力的美学范畴，他说："大约才、胆、识、力者，交相为济，苟一有所歉，则不可登作者之坛。四者无缓急，而要在先以识。使无识，则三者俱无所托。"① 他强调四者之中，"识"是统摄其他三者的决定性因素。他还说："大凡人无才则心思不出，无胆则笔墨畏缩，无识则不能取舍，无力则不能自成一家。"（同上）从以上四者的辩证关系可以看出，在诗歌创作中，诗人的主体性和审美能力极为重要，"识"是首领，是标示诗人的创造性的先决条件，

---

① 叶朗：《中国美学史大纲》，上海人民出版社 2001 年版，第 509 页。

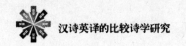

"胆"离不开"识","力"是"才"的载体,此四字为诗歌翻译所借鉴。

在诗歌翻译中,译者的"识"要求译者对诗歌持有敏锐的审美鉴别和鉴赏能力,对诗歌的语言特性、意象、意境、情感、诗人的审美心理和诗歌的文化元素要有敏感的认知能力、识别能力、感知能力,在跨文化的诗性审美过程中,辨别主题立意时,善于抓住要害,在最短时间内理出诗歌的审美意蕴的头绪。"才"使译者思路清晰,善于发现诗中的美,理解诗歌之美,善于从诗歌中体验情思和情感,重构译诗的意象,用译语的词句巧妙表达原诗的审美、情感和意蕴。"胆"是翻译过程中,不拘泥于原诗的个别词语,而是敢于在总体审美意蕴的基础上,突破原诗语言的词句和语法的束缚,用译语重组诗歌的语言和意境,不死译,不硬译。"力"是译者的功夫、笔力和翻译技艺的能力和创新能力,有再现原诗风格的能力,使译诗拥有极强的生命力。

总之,译者的"才"与"识"属于翻译的认识论层面,译者的"胆"属于翻译的心理层面,译者的"力"属于翻译的艺术层面,它们昭示着译者的翻译能力。

第二节　译者的诗性认知能力

宇文所安作为美国著名的汉学家和比较文学专家,不仅发表了大量有关唐诗研究的论著和中国古代文论选译本,而且出版了被广泛选用为美国大学教材的英译本《中国文学选集:从初始到1911》。他的英译汉诗深受中外翻译界的好评，他在翻译中不仅把翻译选材作为重构中国文学经典的方式，而且透过汉诗英译，揭橥中国诗学的美学意蕴，投射汉诗的美学风格，再现和再造汉诗的审美意境。这里以中国美学理论为切入点，探讨宇文所安在英译李白诗歌中对"情"的诗性认知能力。

一　"幽古之情"与诗性审美认知能力

（一）译者的性情与历史文化的认知能力

"性情"是中国诗学的核心概念。"万古之性情"本是黄宗羲在《马雪航诗序》中提出的与"一时之性情"相对的美学理论范畴，其实乃"诗史"之别称，强调"以诗补史"，集儒家思想的重学、重史、重时于一体，"将情与深厚的经史学养、剥复的天地世运结合起来发为诗篇"①，强调跨越时空局限的历史文化的互文性。

这种文化的互文性可为诗歌翻译批评提供借鉴。译者对待历史文化互文性的"性情"，投射了译者的文化诗性审美认知能力，如果译者信守"修辞立诚"的美学传统，把审美对象的历史文化的互文性定格为"他本感应"的审美诉求，就会把原诗的传古之情，转化为自己的伦理责任，融入自己的性情之中，"把修辞、立业、立德、做人看得同等重要"②，在翻译中保留原诗典故的文化色彩，再现"万古性情"的诗性认知能力。诗仙李白诗中频现"万古"，把怀古和借古的"万古性情"审美思维的自然时空，转化为"包容各种意象组合、文

---

① 萧华荣：《中国诗学思想史》，华东师范大学出版社 1996 年版，第 323 页。
② 吴志杰：《中国传统译论专题研究》，上海译文出版社 2009 年版，第 58 页。

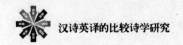

化意义和情感波纹的心理时空"①。李白诗《远别离》把历时的典故共时化，例如原诗有几句：

> 古有皇英之二女，
>
> 乃在洞庭之南，
>
> 潇湘之浦。

译诗：

> so it was long ago with two women,
>
> Yao's daughters, E – huang and Nu – ying,
>
> It happened south of Lake Dong – ting,
>
> on the shores of the rivers Xiao and Xiang.

原诗的篇章结构中，以舜帝同皇、英二妃的神话关系为主线（虚），以君臣关系为辅线（实），且以夫妇关系（舜与皇、英二妃）喻指君臣关系。诗人作为审美主体，显示了强烈的历时共时化与立体平面化的时空交叠的诗性认知能力。原诗的神话思维在译诗里获得了感应，译文的异化程度比较高，把中国文化里的"古情古意"植入译诗之中，典故中的文化形象得到了完整的保留。此外，为了便于译语读者的理解和欣赏，译诗在"皇英"（E – huang and Nu – ying）之前增加了解释性的背景信息 Yao's daughters（尧的女儿），"洞庭"和"潇湘"之前分别加上 Lake 和 rivers，且在译诗之外的翻译简介里对有关的神话关系和故事情节作了介绍，这反映了宇文所安对待中国文化的开放态度和历史神话的诗性认知能力。

---

① 杨义：《李杜诗学》，北京出版社 2001 年版，第 48 页。

（二）译者"自我作古"的审美认知能力

刘熙载在《艺概》中强调"自我作古"的美学思想，意为自己的审美思想自觉地同古人的审美情感保持一致。他区分了"他神"和"我神"两个美学范畴，指出："入他神者，我化为古也；入我神者，古化为我也。"① 虽然这里说的是创作主体的审美认知能力，但亦可为翻译所借鉴。宇文所安翻译《远别离》主要以"我化为古"的移情方式移译原诗的美学意蕴，在"用古"的同时兼顾了"变古"的思想。例如：

原诗：

> 或言尧幽囚，舜野死，
>
> 九疑联绵皆相似，重瞳孤坟竟何是。

译诗：

> Others say:
>
> Yao was kept close in prison,
>
> Shun died out in the wilds.
>
> Yet the Nine Doubts Range
>
> is an unbroken line of peaks
>
> and each looks much alike—
>
> we will never know where to find the lonely tomb
>
> of the king with two pupils in each eye.

---

① 叶朗：《中国美学史大纲》，上海人民出版社 2001 年版，第 564 页。

以上译诗基本是对原诗神话思维结构的模仿，把"昔尧德衰，为舜所囚"的传说，连同舜征伐有苗而死于苍梧之野的传颂千古的典故，高度形式化了。他的译诗不仅在词语和文化意象层次上师法"古"，而且在句法层次上也极力效法"古"。可以看出，译者把主张"他神""君形"（主宰形）的审美方式融入了译者的主体审美认知活动之中了。译者努力遵循"我化为古"的原则，师古而不泥古，与诗人的审美情感进行了跨时空的对话。译者以"隐"译"隐"，以"秀"译"秀"，让李白诗中的古老传说在译诗中复活了，使读者产生了类似的想象，文化移植营造了厚重的历史气氛，再现了诗人胸怀国家命运的悲情"性情"，展示了译者的诗性艺术认知能力和传情能力。

二 "空故纳万镜"与灵性审美认知能力

（一）意象的"虚空"美与译者的"坐忘"审美认知方式

道家美学的核心在于"虚空"，老子的"涤除玄鉴"的美学认知理论，目标是观"道"和除"欲"，以保持内心的虚静。[①] 它对主体的审美妙悟能力具有重要的借鉴意义。在审美过程中，主体的"虚静"可容纳万景，即"虚而万景入"，"空故纳万镜"，是主体的"无己"审美观照观。

庄子在《逍遥游》里强调"无"的审美品格，又在《大宗师》中提炼出"外"的美学范畴，称之为"心斋""坐忘"，审美主体直觉通过"坐忘"的审美体验，达到"无己""丧我"的境界，纳入外

---

① 叶朗：《中国美学史大纲》，上海人民出版社 2001 年版，第 30 页。

景以填充"无我"的空白。南北朝著名画家宗炳，在"坐忘"基础上，提出了"澄怀味象"的美学范畴，强调审美主体涤除主观欲念，在"无我"的审美意念中，接纳"外物"之境，观象味象，品味"象"的神、情、气、韵的虚灵化。

这种强调审美方式虚空化和审美对象虚灵化的道家美学，为诗歌翻译中审美主体的阅读鉴赏和译文的审美再现或创造提供了有益的启示。首先，译者要排除主观偏见，保持内心的虚静，使自己进入物我两忘的神游审美境界，咀嚼品味原文的审美意蕴，译"纳"原文意象之"万镜"。

李白的游仙诗集中表现了"坐忘""心斋"的审美心胸，受道家思想的影响，他的道教游仙诗，频现求仙、采药、炼丹的意象和仙人形象（如玉皇大帝、西王母和嫦娥等）。李白的五言古诗《古风》美学风格古朴浑成，语言朴实含蓄，音节平缓，用词淡雅清实，节奏深沉顿抑，情感抒发自然。宇文所安在翻译中深受"坐忘"美学思想的影响，克己忘我，努力再现诗人的审美认知模式。例如，宇文所安选译《古风》其五和其七时，神仙名和地名一般直译，如 Genuine One（真人）、Purest Ether（太清）、Mount Tai - bo（太白）和 Heaven（天）等，译名颇有空灵的诗意，令人联想到苍天青山和仙人的静谧意境。而有些是描述性的释义法，是为了增添译诗的生动性和可读性，如 an old man with blue - black hair（绿发翁）、Undying on a crane（鹤上仙）、lads like white jade（白玉童）和 cave on cliff（岩穴）等，突出了意象组合美和形象逼真美，基本上保留了原诗中的仙人形象，让读者"澄怀味象"，想象和品味栩栩如生的野鹤孤飞的风姿和飘飘欲仙的风韵。

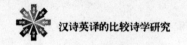

（二）意象的色彩美与译者的道家文化认知模式

玄墨是道家文化审美认知模式的主调。徐复观指出："这种玄的思想所以能表现于颜色之上，是由远处眺望山水所启发出来的。"① 唐代山水画以淡色的青绿为主色，称之为水墨，水墨画能"具五色"。李白深受道家文化的影响，诗中的意象色彩多为清淡、简练、素雅，以显著的墨色为母色，象征着最原始的平淡精神现象，即老庄的"五色令盲""无色而色始全"的色彩观和道家的"大盈若冲""大巧若拙""大辩若讷"的辩证审美观。

宇文所安英译《古风》中的颜色词有：gray and green（苍苍），dark ranks（森列），blue - black（绿发）和 darkness（冥）等。很明显，这些色调映衬了道家美学以玄墨而代五色的价值观，尤其是仙道"绿发翁"的"绿"也译成了 blue - black（深蓝色），表面上是改换了颜色，实质是译者的审美认知模式融合了道家的色彩文化思维，是译者翻译思想受到道家思想浸淫的表征之一。

然而，道家的玄墨主色调并不排斥淡彩，清雅素调象征着道家崇尚简朴的思想格调，黄金、丹铅和丹砂的色彩是典型的道教文化器物色调，译者对这些色彩的处理也反映了译者文化思维的认知模式。例如，snow of pines（松雪）、jade（玉）、white jade（白玉）、lightning（电）、shooting stars（流星）、nugget of cinnabar（丹砂）和 goldenray（金光草）等，这些色彩淡中有色，留下了道家美学的烙印。从审美主体的角度来讲，彰显这些色调，意味着译者尊重"他者"文化，通过道家文化的"在场"，主体的自我"缺场"，即主体的自我虚位，

---

① 徐复观：《中国艺术精神》，华东师范大学出版社 2001 年版，第 155 页。

这样才使"万苏才可以归怀，也就是庄子提供的'心斋''坐忘''丧我'，求'坐驰'，求'虚'以待物"①。

三 意象的灵性美与灵动审美认知方式

诗歌的灵气在于灵性美，画面的流动性，意象的灵动性，可谓"若纳水辂，如转丸珠"（司空图《二十四品》），诗境的运动如同水车运转流动，如同圆珠不停转动，诗歌"须参活句，勿参死句"（严羽《沧浪诗话》），归根结底，诗境要活起来，这是一种灵动的诗性认知模式。译者在审美体验中获得灵性的审美主体性，也可以使译诗"灵动"起来。

宇文所安翻译《古风》，使用了不少生动形象的动词，再现了原诗中"寻道"和"得道"的那种飘飘欲仙的气韵生动的感觉。例如，kneel（跪）、show（启玉齿）、shoots up（竦身）、flew and flew up（飞飞）、raised his voice（扬言）、blow（吹）、look after（仰望）、look up（举首）、tossed through the air（飘然）等，让人体会到一幅飘逸的画卷。诗歌的灵性美还表现在意象画面的静态美，但译者也可以转换视角，使译诗流动起来，译"活"原诗的意象。例如：

原诗：

中有绿发翁，披云卧松雪。

不笑亦不语，冥栖在岩穴。

（李白《古风》其五）

---

① 叶维廉：《道家美学与西方文化》，北京大学出版社 2002 年版，第 4 页。

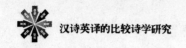

译诗：

Up there an old man with blue – black hair,

Mantled in cloud, lies in snow of pines.

He does not laugh, he does not speak,

in darkness he roosts in cave on cliff.

原诗中这四句描写了仙道端坐岩穴中的形象，仙风道骨，潇洒自如，让诗人羡慕不已，译诗使用了动态副词 up 一词，把整个画面译"活"了。译诗准确使用动词 mantled in（披）、lie（卧）、laugh（笑）、speak（语）和 roost（栖），生动形象地仿译了仙道的风姿，把人物特征逼真地刻画出来了，尽管"冥"应为"端正"之意，不应译为 in darkness（幽暗），但译诗在整体上显示了译者"品藻"人物特征的灵动审美认知能力。

四　意境美的再造与情性审美认知能力

（一）"以形写神"与意象翻译的"异质同构"

"以形写神"和"迁想妙得"是东晋画家顾恺之提出的美学范畴，强调绘画重"神"之"写"而不是重"形"之"绘"，但其预设是画家在形似的基础上表现人物的情态神思，即"以形写神"。画家"迁想"自己为对象，从而获得自我在想象中所成为的对象（"神"），并在艺术中"妙得"这种"神"。① "以形写神"的审美观对诗歌创作和翻译也具有借鉴意义。

---

① 张法：《中国美学史》，四川人民出版社 2006 年版，第 98 页。

意象翻译中的"以形写神",离不开译者的"迁想妙得"的审美转换方式,即译者的审美"移情"或"内模仿"的认知思维模式。在翻译过程中,译者"可以在内心模仿客体的情感形象,而获得美感上的满足"①。译者"以物观物""以象取象",就是以"物"译"物",以融入译者审美之情的"物"(译诗意象)译审美对象之"物"(原诗意象)。换言之,译诗意象之"形"同于或近似于原诗意象之"神",审美对象(诗歌物象)激发了译者对意象情感和文体风格的审美同构契合性,即所谓的格式塔心理学派的审美"同形"或"异质同构"。

宇文所安在翻译中注重"以象观象"的格式塔的自然"同形",寻求原诗中意象的"自然"物理世界与译诗中的意象心理世界的同构。不过,原诗意象格式塔转换成译诗意象格式塔,如果转换的是"塔"之形,则"物性"之"同形"程度高;如果转换的是"塔"之"力",则"物性"之"同形"程度低。例如,李白的《乌夜啼》:

原诗:

> 黄云城边乌欲栖,归飞哑哑枝上啼。
>
> 机中织锦秦川女,碧纱如烟隔窗语。
>
> 停梭怅然忆远人,独宿孤房泪如雨。

译诗:

> Beside the walls in yellow clouds
>
> the crows are ready to roost,

---

① 张法:《中国美学史》,四川人民出版社 2006 年版,第 98 页。

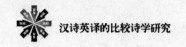

back they fly with acaw, caw, caw

and cry out on the boughs.

Weaving brocade upon her loom,

a girl from the rivers of Qin

speaks beyond a window of gauze

green like sapphire mist.

Then, downcast, she stops her shuttle,

recalling the man far away,

and stays in her chamber all alone

where her tears fall like the rain.

原诗的头两句意象组合描写了一幅秋林乌鸦晚归图，声情并茂的自然物象铺垫了思妇的愁绪，静态描写性意象和动态叙述性意象相互交织。译诗不仅句法结构同原诗高度"同形"，而且意象的"物性"格式塔也很对应，第一句以两个介词词组 Beside the walls in yellow clouds 来译"黄云""城边"，且译诗 the crows are ready to roost 同原诗中的"乌欲栖"都是叙述性的意象。第二句意象组合群"归飞—哑哑—枝上啼"，译诗和原诗的格式塔之"塔"形基本一致，特别是用三个拟声叠词 caw，caw，caw 惟妙惟肖地模仿乌鸦的啼声。译诗和原诗风格"随物赋形""物色相和"，译诗意象和原诗意象"异质同构"。

倒装句"碧纱如烟隔窗语"的正语序是"隔如碧烟纱窗语"，译诗实际变成了两类意象——叙述性意象（speaks beyond a window of gauze）和描写性意象（green like sapphire mist），其中，sapphire（蓝宝石）可泛指任何非红之色，表面是增益意象，但实际上同原诗格式塔之"力"并不冲突，并有助于激活读者的想象力。所以，译诗与原诗的意象格式塔基本一致，虽有所变形，但格式塔之"力"基本对应且"同形"。

最后两句意象组合为"停梭怅然—忆远人"和"独宿孤房—泪如雨"，点出了全诗的主题——伤心女子思念远游的丈夫。译诗以含蓄译含蓄，用 the man far away 而非用 husband 译"远人"，采用了"留白"的翻译策略，保留了读者的想象空间。用 stays in her chamber all alone 表示"独宿孤房"十分忠实，用 her tears fall like the rain 译"泪如雨"，恰当合适，抓住了原诗的思想感情，是高度的"同形"。译诗中的意象同原诗中的意象基本是"以象观象"的实化翻译。

（二）"脱形写影"与意象翻译的虚实相间

诗境是意象和情感的综合效应，情与景的关系对应于审美主体与审美对象的关系。情景相生，集触景生情和移情入景于一体，"景生情，情生景"，情和景"互藏其宅"（王夫之语），是意象和意境的虚实相间。王夫之十分重视意境的"形""影""声""神"之间的关系，强调审美意象"脱形写影""神寄影中""令人循声测影而得之"。也就是说，境中之"景"取之于"形"，"神"寓于"景"中，"神"通过"声"和"影"而显露出来。

"借影脱胎，借写活色"，关键在于译者译"活"意象，原诗意象中"景非滞景，景中含情"，景有形，但不是僵化之形，而是含情之形，译诗也要化"滞"为"活"，即译者化原诗意象审美结构之"滞"为译诗意象神韵之"活"，甚至脱"形"写"影"，牺牲形象，只译其意，"得意忘象"。意象的这种关系，"上升到美学高度，则

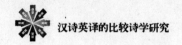

'情''景'的关系也在'虚''实'之间"，① 原诗意象在译诗里虚中有实，实中有虚，虚实相间。在此基础上，得译诗之"神理"，即诗之"势"。译诗既表现诗歌艺术意境的意义和韵味，又不能绝对自由，必须与"神理"（势）相合，既脱意象之"形"，又受意象之"势"的约束，译诗"写"出"影"（虚中之实），使译诗意象和意境的虚实相间在更高层次上获得平衡。例如，《梦游天姥吟留别》有诗云：

海客谈瀛洲，烟涛微茫信难求。

越人语天姥，云霓明灭或可睹。

译文：

Seafarers speak of that isle of Ying—

but in blurred expanses of breakers and mist

it is hard indeed to find.

Yue men tell of Heaven's Crone,

appearing, then gone, it may be seen

in the clouds and colored wisps.

两行诗句构成对仗，且每行第一句是铺垫性叙述，为后面的虚实相间意境对比搭景。指"瀛洲"之景的虚幻、虚空和梦幻交织的意境美，同现实中的"天姥山"之象的意象美，虚实之间，"互藏其宅"，相得益彰。"烟涛"译为 breakers and mist，其中 breaker 意为"碎浪"或"浪花"，"烟"指海面上朦胧的"薄雾"（mist），而非烟雾，符合合理的想象逻辑；"微茫"译为 in blurred expanses（虚无缥缈地

---

① 张方：《虚实掩映之间》，百花洲文艺出版社 2005 年版，第 114 页。

弥漫），给人以模糊虚幻的印象，当然就很难寻觅到真境，难怪"信难求"（it is hard indeed to find）。

"云霓"即"白云"和"彩云"，译为 in the clouds and colored wisps，其中"霓"本意为红色在内，紫色在外，类似于虹的光现象，即副虹，此处指"彩色的薄云"，译为 colored wisps，译文区别了云的种类和色彩，作为不同的意象，译诗中"云霓"意象属于实化翻译。"明灭"译为 appearing, then gone，意即云彩的颜色或明或暗，译出了实中之虚，是典型的"借影脱胎"，appearing 和 then gone 译得生动形象，光影的若隐若现，增添了几分神秘感，译者译出了意象的"活色"。"或可睹"译为 it may be seen，同"信难求"相反，解释了意境美的虚中有"实"的原因。又如，

原诗：

> 千岩万转路不定，
> 迷花倚石忽已暝。

译文：

> A thousand peaks and ten thousand turns,
>
> my path was uncertain;
>
> I was lost among flowers and rested on rock,
>
> when suddenly all grew black.

译者对意象的翻译，善于抓住意象美的本质，"千岩万转"译成 A thousand peaks and ten thousand turns，把虚化的意象用数字实化了，活化了原文山高路险，重峦叠嶂，蜿蜒曲折的气势，"迷花倚石"译成 I was lost among flowers and rested on rock，合理补足了隐含的主语，

把"迷花"和"倚石"分解为两个过程，突出了意境的实中有虚，将"忽已暝"译为 when suddenly all grew black，表明景色的突然变化过程，译者的移情让人感到一种战栗感，景中带有恐惧之情，译者利用"道"能变化万象的特点，"随物赋形"，灵活机动。

可见，译者在翻译原诗意象时，既"脱形写影"，又不失诗之"神理"，深刻把握了虚与实、真与幻的分寸，译诗生动再现了原诗意境虚实相间的情景融合美，显示了道家的"道生一，一生二，二生三，三生万物"和"道不离物"的空灵美学意蕴，彰显了译者对"君形"与"传神"的认知能力。

宇文所安在研究中国诗学的同时，深受中国传统美学思想的影响，在英译中国诗歌过程中，善于把握中国美学中的"幽古之情""空故纳万镜""以形写神"和"脱形写影"等核心思想，不露痕迹地融入诗歌翻译策略之中，并转化为译诗的"性情""灵性"和"情性"审美认知能力，以追求原诗的诗性审美再造，而非拘泥于诗形的复制。在满足西方读者接受习惯的前提下，宇文所安主张以异化为主的翻译策略，凸显了审美认知的开放心态，宇文所安的诗性审美主体性为译诗在美国的广泛传播奠定了基础。

第三节　译者的诗性阐释能力

中国古典诗歌的意、趣、情、理等诸要素密切配合，相互制约，共同构筑诗歌的意蕴，但意义的理解和解释是诗歌翻译的基石，没有诗歌的合理阐释，就不可能把诗歌的美学价值和诗学价值融入译诗里，让异域读者欣赏和传播，促进世界文学的繁荣。钱锺书在《管锥编》里，结合中西阐释学理论，提出"阐释循环"论，主要是批评传统朴学训诂思想的偏枯：

> 乾嘉"朴学"教人，必知字之诂，而后识句之意，识句之意，而后通全篇之义，进而窥全书之指。虽然，是特一边耳，亦只初桃耳。复须解全篇之义乃至全书之指（"志"），庶得以定某句之意（"词"），解全句之意，庶得以定某字之诂（"文"）；或并须晓会作者立言之宗尚、当时流行之文风以及修辞异宜之著述体裁，万概知全篇或全书之指归。积小以明大，而又举大以贯小；推末以至本，而又探本以穷末；交互往复，庶几乎义解圆足而免于偏枯，所谓"阐释之循环"（der hermeneuticsche zirkel）者是矣。《鬼谷子·反应》篇不云乎："以反求覆？"正如自省可以忖人，而观人亦资自知；鉴古足佐明今，而察今亦裨识古；鸟之两翼、剪之双刃，缺一孤行，未见其可……顾戴氏能分见两边，特以未通观一体，遂致自语相违。若师法戴氏，前邪后许之徒，东面不识西墙，南向未闻北方，犹折臂之新丰翁、偏枯臂之杜陵老，尚不辨左右手矛盾自攻也。《华严经·初发心菩萨功德品》第一七之一日"一切解即是一解，一解即是一切解故"。其语初非为读书诵诗而发，然解会赏析之道所谓"阐释之循环"者，固亦不能外于是矣。①

钱锺书的"阐释之循环"强调在阐释过程中，要用两种相互逆反的方法对文本进行解释，即"积小以明大，而又举大以贯小"，亦即

---

①　钱锺书：《管锥编》，中华书局 1979 年版，第 171 页。

"推末以至本，而又探本以穷末"，两种方法互为补充。宇文所安在唐诗翻译阐释中，同两种阐释方式很契合，可以直接用来作为探讨其翻译阐释模式的理论依据。

一 "推末以至本"与唐诗翻译的细节观照

"推末以至本"作为一种传统的阐释方法，其目标是以小见大，注重从微观的字词的意义推演和解释整个句子的意义，以至于对宏观语篇的理解和把握，也就是由文本的局部到文本整体的分析过程，阐释者须结合文本具体的历史和文化背景。在中国古典诗歌翻译过程中，译者最常使用的阐释方法，恐怕就是"推末以至本"这种基本方法了，实际上是一种 bottom – up 的思维方式。

无论是词的字面意义、蕴含意义、情感意义，还是现实意义、历史意义，都要靠译者的语言知识和文学功底来识别和分析，诗歌中的词语的意义的选用方式，表现了诗人的创作技能，译者对诗歌词义的跨文化的理解和解释，透视了译者的阐释能力。"推末以至本"在诗歌翻译中的方法论意义在于，译者通过对具体词句的语义、语境、情感和文化的解读，着眼于但不拘泥于文本的字词，进行合理放大，找出诗歌情感发展的运行轨迹，分析诗歌语言结构的特色模式，从而探究诗歌的"事理""心理"和"文理"，在追根溯源和细节分析的基础上，把古今打通，把译者的情感与诗人的情感打通，把汉诗的接受环境与译诗的接受环境打通，把中国文化与西方文化打通，最终把握全诗的意义和情感，对原诗的词语和情感进行重构，把阐释的结果落实到译文之中。

诗歌中的炼字，是诗人千锤百炼的情感意义的艺术凝固点，其画龙点睛的功能可使全句皆奇。诗的"句眼"是诗句中的炼字，对理解和欣赏诗句特别重要。例如，贾岛著名的"推敲"典故出自"鸟宿池边树，僧敲月下门"，其中"敲"字便是炼字，是"句眼"，从一"敲"字的动作可推知僧人的访客身份，诗句的语义组合有声有色，显示其响、丽、切、精的炼字特性，整句诗的意义和意境便昭然若揭了。这就是诗歌欣赏的"推末以至本"。诗歌翻译中，译者对一句之眼的关联意义进行阐释，以带动全诗意义的确定，这便是诗歌翻译"推末以至本"的阐释模式。例如：

使至塞上

王 维

单车欲问边，属国过居延。

征蓬出汉塞，归雁入胡天。

大漠孤烟直，长河落日圆。

萧关逢候骑，都护在燕然。

Arriving at the Frontier on a Mission

With a single coach I'll visit the frontiers,

And ofclient kingdoms, pass by Chü – yen.

Voyaging tumbleweed leaves the passes of Han,

A homebound goose enters Tartar skies.

Great desert: one column of smoke stands straight;

Long river: the setting sun hangs round.

AtHsiao ramparts I met a mounted messenger——

"The Grand Marshall is now at Mount Yen – jan."

（Stephen Owen 译）

　　王维的这首出使边塞的纪行诗，是王维边塞诗的代表作。唐开元二十五年的春天，河西节度副使崔希逸大胜吐蕃，王维以监察御史的身份出塞到河西节度使府宣慰劳军，居河西节度使幕中，实际是被排挤出朝廷。诗中有几个"句眼"，对诗句的语义构成起到了关键作用。"单"字暗示着出行轻车简行，规格很低，微露诗人的失意情绪；"蓬"和"雁"都是隐喻诗人自己，表示自己像随风飘散的蓬草，像振翩北飞的"归雁"一样；出塞到"胡天"，暗写诗人去国离乡的抑郁之情。宇文所安准确领悟了这几个"句眼"的炼字功能，把"单"译为 single，意即单个人，同原诗的格调是一致的，把整句诗的基调彰显出来了，把"蓬"和"雁"分别译为 tumbleweed（风滚草）和 goose（鹅），虽然单独看来不易理解其真正情绪，但借助后面的动宾叙述部分 leave the passes of Han（离开汉边关）和 enter Tartar skies（进入凶悍人的天地）搭配，便可轻而易举地推导出诗人远离故土，旅途险恶，恐遭不测，译诗可以自然地联想到一副郁郁不得志而又无可奈何的样子，把诗句的"本"意译出来了。

　　尤其是"大漠孤烟直"和"长河落日圆"两句"千古壮观"的经典名句，洋溢着阳刚之气，崇高之美，"直"字是"句眼"，表现了在"大漠"上"孤烟"（狼烟）的立体画面的劲拔、坚毅和苍凉之美；"圆"也是"句眼"，消解了"落日"的感伤情绪，且转化为温暖圆满而又苍茫的感觉。从两个"句眼"可推解出诗人受到境界阔大、气象雄浑的景象的感染，巧妙地把孤寂情绪化解在雄奇瑰丽的自然景象之中。宇文所安把两句诗分别译为 Great desert：one column of smoke stands straight；/Long river：the setting sun hangs round，译文不仅形式整饬，构成对称美，令人联想到孤烟整齐排列在空旷的沙漠上，而且分别用 stand straight 和 hang round 来定位两句译诗的"事理"

"心理"和"文理",突出译诗画面的立体感和层次感,把握译诗审美细节的搭配,这种阐释方式正确把握了原诗的诗意和诗情,再现了原诗意境的本真,读起来有一种崇高之感。因此,恰切翻译诗句中的炼字和句眼,是译者正确阐释和翻译原诗诗句,再现整个诗篇的意义和意境的重要途径之一。

二 探本以穷末与唐诗翻译的全篇诗意观照

"探本以穷末"的实质是以大贯小,从宏观到微观的解读,建基于"推末以至本",反过来阐释文本,在把握主题基调的基础上,用主题意义来观照诗歌的细节,解读词语和诗句的语义和情感,这样在具体的阐释中,阐释者建构了诗歌的语义、情感和审美框架,就可以减少阐释的盲目性和局限性,以高屋建瓴的视角探究文本的各个方面的意义。从思维方式来看,是一种 top – down 的阐释模式。阐释者与文本的双向互动,主旨与细节的互动,发挥阐释者的主体性,以穷其诗歌语境、情境和情景中的含义。"诗无达诂"意味着"义"无定性,意义游移不定,但是,意义毕竟有相对稳固的表征,否则,一切都是相对主义的不可解论。阐释者通过全诗的意旨的导航,有助于阐释者对文本意义的发现。

中国诗歌翻译中,译者借助"探本以穷末"的阐释思路,在归纳诗歌主旨意义的基础上,适当挖掘自己的理解潜力,深刻领会诗句中的相互关系,把文本最可能的意义同译者自我理解的意义结合起来,"阐释者对本文意义的发现,也是阐释者的自我发现;阐释者对本文的理解,也是阐释者的自我理解"①。译者从主题的支配和引领意义

---

① 季进:《钱锺书与现代西学》,上海三联书店 2002 年版,第 75 页。

中，发现诗句的意义，以大见小，从宏观主旨照射微观细节。这种阐释方式有强烈的预测性、导向性和俯视性。译者必须有广博的知识储备和预判能力，特别是把握原诗的主调的能力，这是"推本"的最基础的一环。然后，译者通过词汇的选择，层层递进，建立在主调导向下的词语意义的网络，编织进译诗的句法结构之中，译诗的意义和美学形式框定在总体诗意之中。例如：

原诗：

野望（其二）

杜 甫

清秋望不极，迢递起层阴。

远水兼天净，孤城隐雾深。

叶稀风更落，山迥日初沉。

独鹤归何晚，昏鸦已满林。

译诗：

View of the Wilds

Clear autumn—cannot gaze to its limits,

And in the distance layers of shadow rise.

Far waters pure and level with the skies,

Deep away, a lone fortress shrouded in fog.

Leaves few now—the wind brings more down,

Mountains remote as the sun begins to sink.

How late the solitary crane returns—

The crows of dusk have already filled the woods.

　　杜甫这首诗于公元 759 年（唐肃宗乾元二年）在秦州所作，写清秋野望所见到的远山孤城，浓雾弥漫，叶稀日沉，独鹤晚归，昏鸦栖林的孤寂意境，意象组合沉郁顿挫，以隐晦的气氛衬托诗人漂泊天涯的孤独之情。

　　全诗由"望"字入笔，景色由明到暗，主旨可归结为国破家亡与天涯漂泊之"愁"，贯穿全诗，这是全诗基调之"本"。宇文所安在翻译阐释过程中，据此"探本"，联系各句中的相关词句，进行有针对性的探究，如 shadow、fog、remote、sink、solitary 和 dusk 等都顺着昏暗的色彩和气氛，翻译得很忠实，使人联想到忧愁的情绪，在全诗意境"晦暗"之"本"的引领下，抓住了具体语境中的语义和情感之"末"，特别是"迥"译为 remote，意即"偏僻"，而非 different，可见译者看出全诗的晦暗气氛而"推本"出来的语义选择。换言之，译者对语境意义的确定要受全诗意境之"本"的限制和指引。

　　不过，"阐释之循环"的双向解释方法，相互依存，相互阐发，"推末以至本"关键在于从微观到宏观，是双向阐释的第一环，其"末"向"本"的提升要靠高度概括和推理，在认知推理过程中确定诗歌的主题意义，译者在翻译过程中应再现这种主题意义和审美倾向。"探本以穷末"的从"本"到"末"的阐释过程，首先需要"推末以至本"来推理出诗歌的主题意义和审美基调，确定诗歌的意象和非意象语言所编织的情感意义，把握诗歌意境，在确定意境和主旨意义的基础上，根据诗歌主旨意义之"本"探究局部诗句中的具体词语或意象的意义与情感，即穷"末"，正确理解微观层次诗句的含义，以便用目的语充分有效地表达出来。因此，"探本以穷末"的推理阐释过程离不开"推末以至本"的先导和铺垫。这是汉诗英译批评与解释的有效模式。

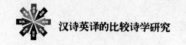

三 畅通与变通

阐释过程中的"推末以至本"和"探本以穷末"的双向往复互动模式，相互"打通"，不可拘泥于词章故实，课虚坐实，而要让中西学术和中西文化"会通""圆览"和"破执"，这实质是钱锺书的阐释循环论的辩证法思想。① 文本的阐释要"既'畅通'又'变通'"②，这是阐释的目的，也是方法，是往复阐释模式所要达到的目标。中国古典诗歌翻译阐释中，译者须追求畅通和变通的审美效果，作为阐释结果的译文既要畅通，读起来流畅，不生涩，又要变通，对原诗的典故和文化的呈现又要灵活，不僵化，把二者折中。西方翻译家大多主张译文的"流畅性"和"透明性"，关键在于译文地道的语言和朴实的风格增加了西方读者的可接受性。汉诗英译中民族文化的变通，也是服务于译文的畅通性，满足诗歌翻译的目的。否则，汉诗的美学价值很难被西方读者认可。例如，郭震的《云》：

> 聚散虚空去复还，野人闲处倚筇看。
>
> 不知身是无根物，蔽月遮星作万端。

Clouds

In the emptiness they cluster and scatter,

go off, return again,

A man of the wilds leans calmly on his staff

---

① 李清良：《钱锺书"阐释循环"论辨析》，《文学评论》2007 年第 2 期。

② 季进：《钱锺书与现代西学》，上海三联书店 2002 年版，第 76 页。

watching them.

He never knew a body couldbe such a rootless thing——

Hiding the moon, covering the stars from

thousands of different directions.

郭震，少有大志，十八举进士，官至司马。《云》反映了官场的阴暗与尔虞我诈，讽刺了奸佞之臣，把那些权变奸诈之人称为"无根物"，兴风作浪，"蔽月遮星"，其丑恶行径遮盖了正气和贤德，令人厌恶至极。

原诗以隐喻的方式，通过描写云的无常聚散，诗人表达了以闲适之态，淡泊名利，顺其自然的思想感情。译文读来顺畅，如同原诗一样朗朗上口，可见译者的阐释大体顺应原诗的意象和结构，语义基本对应。此外，译文的畅通性还有一个原因，在西方文化中，云也是飘浮不定的形象，如济慈的诗歌中的云。译诗的语言很简单朴素，没有很偏的"大词"，读起来十分流畅，朗朗上口。但是，为了畅通，译文有些地方还是做了变通，诗的第一句"聚散虚空去复还"中的"聚散虚空"译为 In the emptiness they cluster and scatter（虚空聚散），颠倒了顺序，出于表达的需要而没有进行死译。这种变通方式本质上是为翻译畅通做铺垫的。畅通是翻译的目的，变通是翻译的手段，二者在译诗中"打通"，成为"推末以至本"和"探本以穷末"的操作环节，实现"流畅性"翻译的目的。

总之，"推末以至本"重在诗句中的细节的理解和翻译，"探本以穷末"是以细节为基础所做的推理至"本"，确定诗句的基调后，再进行主题细节化。诗歌翻译阐释的结果既要畅通，又要变通，译文实现和谐又流畅，读者喜欢阅读和欣赏，宇文所安的唐诗翻译大体做到了这一点。

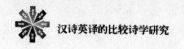

第四节 译者的诗性翻译重构能力

汉诗的诗性包括美学形式的诗性和文化诗性两个方面。

一 诗歌形似的翻译重构

1. 直接临摹

译者的诗性之"才"和审美之"力"为汉诗的语言形式的审美重构奠定了思想基础和审美基础,《楚辞》的诗行中虚字"兮",既是语气停顿和节奏的需要,也是一种原始的形式美。沃森在英译《离骚》中很注重"兮"字语气的巧妙安排,尽管无法译出"兮"字的词意,但通过译诗句法形式的排列,展示了译者的翻译创新能力。

《离骚》中"兮"字的分布有两种情形,其中之一是位于奇数句的末尾,偶数句中没有"兮"字,这样每行诗正好是自然句子,翻译可做到"句句对应",无须切开实行跨行连续,原诗的字数每行很工整,一般为6字,译诗的字数大多是7个至9个,译诗和原诗在结构上和意义上都很相似,呈现相似美。例如:

> a. 路漫漫其修远兮,
>   吾将上下而求索。
>
> Long long the road, distant the journey,
> but I must go on searching high and low.

b. 夫孰非义而可用兮，

孰非善而可服。

Who, if not righteous, can ever rule,

Who, if not good, can oversee affairs?

c. 世溷浊而嫉贤兮，

好蔽美而称恶。

The world is foul and muddy, envious of worth,

it delights in maligning beauty, praises ugliness instead.

以上的译诗同原诗形式十分对应，甚至连词序排列也差别不大，可谓形式对等。如，"路漫漫"译为 long long the road，"上下而求索"译成 go on searching high and low，译诗与原诗形式很相似，几乎是一种绘画式临摹。第二个例句，译诗的句子结构均为"who, if not…can…"，不仅译诗句子之间很对称，而且译诗也和原诗结构相应地对称，基本上是对原诗的复制，意义也基本对等，可谓"克隆"或"传真"，是"形""义""味"的三兼顾。第三个例子，两句诗的意义是一种强烈的对比关系，"foul and muddy"译出了"溷浊"的喻义，"envious of worth"与"嫉贤"意义等值，"maligning beauty"和"praises ugliness"表现了译者诗性重构的正确性，"蔽"译为 maligning，意即"污蔑""中伤""说人坏话"等，是十分恰当的，有些学者把"蔽"解释为"掩盖蔽人（美名）"显然不妥。译诗不仅再现了原诗的语意对比关系，而且模拟了原诗的语言结构，同原诗是一种明显的相似关系，基本上异质同构。

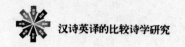

2. 跨行对应

语气词"兮"是《楚辞》这种诗歌形式的最重要的标记，代表诗行中语气的停顿，便于吟唱和朗诵。《九歌》中的《云中君》《河伯》《山鬼》和《国殇》等，每句诗中间都有一个"兮"字，字数呈"三一二"式或"三一三"式，"兮"字把每行诗分隔成两部分，显出一种停顿美和对称美。译者善于把握这种形式美，但并不拘泥于这种句子形式的对等，没有将"兮"译成 ah 或 oh，而是把每行诗作跨行处理，正好符合英语现代诗的形式，跨行连续错落有致。例如：

    a. 风飒飒兮木萧萧，

      思公子兮徒离忧。

（《山鬼》）

The wind howls mournfully,

the trees whisper and sigh.

I long for my lord

and all I encounter is grief.

    b. 旌蔽日兮敌若云，

      矢交坠兮士争先。

（《国殇》）

Banners blot out the sun,

the enemy come on like clouds.

Arrows fall in answering volleys,

warriors vie for the lead.

这种跨行对应美化解了"兮"字不能直译成英语的矛盾，通过跨行分解，实现了语气的停顿，同时又是一种连贯的手段，译诗简洁、优美、自然，可读性强。这种形式美便于引起读者的注意，体现了译者的读者意识。译诗的意义忠实于原诗。在翻译中句子的分解还可以构建句子的层次美和建筑美，既是音美（音调停顿美），又是空间美（句子的错层美），是意象词的叠床架屋，有立体感和层次感。

在例 a 中，"howls mournfully"生动再现了风的"飒飒"声，效果近似、逼真，"萧萧"译为 whisper and sigh，不仅形象栩栩如生，而且树木也人格化了，两个叠词都没有直译为英语叠词，但译诗既重形似，又重神似。此句是音乐美和空间美的有机结合，是原诗音美的和谐再现和译诗形美的创造搭配。

例 b 描写的是楚国士兵英勇杀敌的战斗场景。"旌蔽日"与"矢交坠"分别译为第一句 Banners blot out the sun 和第三句 Arrows fall in answering volleys，句子的语法结构是"SVO"型，其语场功能是战斗场面的"背景化"，即旌旗飘飘，弓箭横飞，第二句和第四句分别描写敌我双方之间的鏖战，句子的语法结构是"SVC"型，其语场功能是战斗人员的"前景化"。译诗中句子的排列顺序依次是"背景"（旌旗飘飘）—"前景"（敌军如黑云压境）和"背景"（弓箭横飞）—"前景"（勇士们争先恐后），译诗不仅在结构层次上错落有致，而且在意义上相互连贯，是结构美和意境美的完美融合，译者的诗性审美能力可见一斑。

二 叙述模式和叙述功能的翻译重构

1. 直接引语的模仿

引号具有重要的标示作用，可以表达对"话语叙述"的模仿。日奈特区分了"讲述式引语""间接的转述式引语"和"戏剧式的、传达式引语"三个概念,指出:传达式引语是"模仿性"最强的叙述形式,完全抹掉了叙述主体的痕迹,没有叙述动词。① 这种直接引语最能模仿人物的"内心独白",并且可以据此甄别人物的"身份",因为其叙述方式是认知和体验式内部视角,带有强烈的直感性。

《山鬼》里的山神(巫山神女),美貌娴淑,多愁善感,在痴情地等待情人来幽会。诗按照山鬼的匆忙出场赴约、等待相会和久等不至的失望痛苦三个层次展开。但在译诗的题解里,沃森认为这首诗虽有争议,但是是神而不是人(shaman)在痴心地白白等待情人。译者在译诗中添加了六处引号,引用的是山鬼内心独白,即模仿山鬼的内心想法,这种叙述模式的目的在于把它同诗人的叙述和描写区别开来。原诗的叙述模式以山鬼为着眼点,其直接引语是以山鬼的叙述视角展开的"戏剧式的、传达式引语"。译诗也使用这种叙述模式,即以 she(山鬼)视角为出发点,在表达心理活动的叙述模式("戏剧式的、传达式引语")时使用 I 为叙述视角,译诗保持了原诗的叙述视点。例如:

   a. 子慕予兮善窈窕。

You yearn for me, you are modest and fair.

原诗的前三句描写了山鬼隐隐约约的模样,此句是山鬼心中想念情人的话,即期盼见到情人时可能为之倾倒的情景,这种戏剧式的独白模仿了山鬼的内心世界,引语有助于读者的辨别。下例中的引语也

---

① [法]杰拉尔·日奈特:《叙述话语研究》,张寅德《叙述学研究》,中国社会科学出版社 1989 年版,第 236—237 页。

是这样的功能，是描写山鬼匆忙赶路时埋怨住处太偏僻的心理活动。

b. 余处幽篁兮终不见天，

路险难兮独后来。

I live among the dark bamboo; nowhere can I see the sky.

The way is hard and perilous, late and alone I've come.

然而，以下三句例句也是山鬼思念情人的内心独白，译诗中的 my lovely one、he、my lord、you 等都是特指情人，正是这些信号词标示了山鬼的身份。例 c 是山鬼憧憬同情人相会后定能常相厮守，不分离。例 d 和例 e 是埋怨情人还没到来的心情。例 f 是山鬼心理极度地哀伤。

c. 留灵修兮憺忘归，

岁既宴兮孰华予。

I will make my lovely one linger, so contented he forgets to go.

But once the year has ended, who will favor me then?

d. 怨公子兮怅忘归，

君思我兮不得闲。

I think in anger of my lord, in my sorrow I forget to return.

You long for me, Yet you spare me no time!

e. 君思我兮然疑作。

You long for me, yet you have doubts!

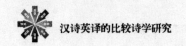

f. 思公子兮徒离忧。

I long for my lord

And all I encounter is grief!

2. 间接引语的解释

间接引语使用第三人称，基于客观的描述，是行为观察式的外部视角，是一种距离的体验，具有客观的解释功能。《河伯》是描写黄河之神河伯、洛神女的神话浪漫故事的一个片段。诗分三个层次：相约同游、水殿幽会和南浦送别。这是一篇关于祭祀河伯由男巫饰神演唱的诗歌，全诗的叙述视角围绕河伯展开，即隐含"我"（诗中省略了）是"我"（河伯）与"你"（"女"，即汝，指洛神女）的关系，译诗基本上再现了这种内视点关系，叙述视点没有改变，译诗自然流畅。例如：

a. 与女游兮九河。

I sport with you/by the Nine River.

b. 等昆仑兮四望。

I climb K'un – lun/and gaze at the four quarters.

c. 与女游兮河之渚。

I sport with you/among the river isles.

但是，译诗中间有些句子突然改变了叙述视点，译者强制性介入，把第一人称变成了第三人称的"全知全能"的叙述视点，如：

"鱼屋鳞兮龙床"译为 Of fish scales is his house，"乘白鼋兮逐文鱼"译为 He rides a white turtle，/by speckled fish attended。译诗由内视点突然转换到外视点，是由于译者把叙述者的身份从男巫与河伯的合一，变为二者的分离，叙述视点转移至河伯。虽然这种叙述模式的改变有点儿不和谐，但有利于增加译诗叙述模式的多样性。

总之，译者的诗性重构能力取决于译者两种背景的文学修养、古汉语和英语的表达能力、叙述模式的转换能力，这实际上是多种能力的综合效应。

三 诗性文化的重构能力

译者的"才""胆""识""力"诗学能力，还表现在对汉诗中的诗性文化的重构能力方面。

(一) 作为诗性文化的名物之翻译重构

屈原的《离骚》中最突出的是香草、佩饰和美（人）构成的意象或意象组合，具体分析如下：

a. 兰芷变而不芳兮，荃蕙化而为茅；

何昔日之芳草兮，今直为此萧艾也。

Orchid andangelia have changed and lost their fragrance,

Sweet flag and heliotrope have turned to mere grass.

Why have the fragrant plants of bygones days,

now all gone to common mugwort and wormwood?

（沃森 译）

例 a 中的"兰芷""荃蕙""芳草"等香草，是楚文化中的祭祀用品，后逐渐演化为美德，是"真""善""美"的化身，正如王逸所言，"善鸟香草，以配忠贞"，象征着屈原的高尚的品格，这些香草分别译为 Orchid and angelia，Sweet flag and heliotrope 和 fragrant plants，而"茅""萧艾"则是恶草和臭草，象征着失去德行，分别译为 grass 和 mugwort and wormwood。尽管这些草在英语里并没有特别的文化含义，但 grass（茅）和 mugwort and wormwood（萧艾）前面分别加上了两个修饰词 mere（微小的）和 common（普通的），和前面的草构成了对比，虽然语气的强调和原诗有一定的距离，但传递的信息是不言而喻的，至少可以激活读者的审美图式，根据意象的对比合理推测其象征意义和诗人的强烈的忧伤情感。所以，在英语里缺乏对应的文化词的情况下，添加相应的修饰语，是帮助读者正确理解英译的必要手段。又如：

b. 长余佩之陆离

A long sash that dangles and trails.

c. 佩缤纷其繁饰兮

my belt richly loaded with adornments

《离骚》的香草佩饰是不可分割的意象群，具有强烈的象征意义，象征诗人的"美政"理想。沃森根据"佩"意象的语境意义，并没有将之僵化处理，而是采取了灵活多变的翻译方法。例 b 和例 c 中的"佩"由于多义性和意义的多价性，译者使用了直译和意译相结合的方法，分别译为 sash（饰带）和 belt（腰带）。还有些地方译为 carnelian（玛瑙）、jewels（宝石）、scent bag（香袋）和 girdle（腰带），它们大多表示各种"腰带"的含义或"宝石",使得原诗里"佩"在译诗里多样化,既避免了词汇的呆板重复,又为读者提供了有关的认知语义场,便于启迪读者的联想。有关"美"意象的翻译也有类似的方法和功能。

(二)作为诗性文化的神话之翻译

沃森在翻译《楚辞》的过程中,十分重视中国文化在英语里的译介,作为一名著名的职业翻译家,他的译文忠实、通俗、通顺、流畅,可读性强,但绝不因追求译诗的流利性而牺牲原诗的文化内涵,译诗是以源语为导向,而不是以译语为导向,尽量移植原诗的文化资本,使用异化的手段而不是把西方读者不易理解的神话、传说和象征等归化了事。

神话意象是《离骚》的显著特征,全篇充斥着奇异的想象和象征性与隐喻性的意象,神话意象群主要包括日月、风雷、凤凰、飞龙、崦嵫、咸池等,把人、神、物相混融,神的情感就是人和物的情感,显示了屈原对人生的神性体验和想象,所以,神话思维在很大程度上是借助神话意象显露出来的。沃森对屈原神话意象的理解和翻译表现了他的跨文化意识和对中国神话传统的态度和取向。针对不同的神话意象,沃森采取了不同的翻译方法。例如:

a. 吾令丰隆乘云兮,
求宓妃之所在。

I ordered Feng Lung to ascend the clouds,

to discover the place where Fu – fei dwells.

上例中的云神"丰隆"、洛水女神"宓妃"分别译为 Feng Lung

和 Fu – fei。在其他诗行里的神巫"灵氛"、太阳神的车夫"羲和"和太阳神落山的地名"崦嵫",在英语里没有语义对等的词,分别译为 Ling Fen、His – ho 和 Yen – tzu,都采用了音译法,且大都加了注释。音译法在中国和西方翻译史上最早都是用于经典翻译,唐玄奘在翻译印度佛经时归纳的"五种不翻"①,就是音译法。这种翻译方法至今仍具生命力,沃森英译《楚辞》神话时广泛使用这种方法,直接输入中国传统文化资本,没有使用归化手段,表明了译者的开放心态,以及努力介绍中国文化精髓的积极态度。又如,

　　b. 女婴之婵媛兮。

The Woman, her breath coming in gasps.

　　例 b 中"女婴"的身份一直有争议,萧兵认为她是九疑山舜庙的专祭女巫,是"太阳贞女"小美神,② 译者直译为"The Woman"可能是为了避免解释的混乱。其他诗行中的"飞龙""八龙"和"蛟龙"分别译为 flying dragons、eight dragons 和 horned dragons,译者实际上在输入中国的"龙"文化,让西方读者了解到中国的"龙"在神话里没有西方文化里 dragon 的那种凶狠、邪恶的形象,只是"蛟龙"译为 horned dragons(长角的龙)似乎有点牵强,古书《韵会》和《楚辞·守志》里都解释"蛟龙"为"龙无角曰蛟"。但无论如何,"龙"译为 dragon 对消除西方人对中国"龙"的误解大有裨益。国内有些"专家"在媒体上大肆炒作要把"龙"音译为 Long,而把 dragon 音译为"拽根",显然不利于中国文化的输出,因为这样一改,

---

① 陈福康:《中国翻译理论史稿》,上海外语教育出版社 1996 年版,第 42 页。
② 萧兵:《楚辞的文化破译》,湖北人民出版社 1991 年版,第 130 页。

像沃森这样的汉学家有关"龙"的译介将前功尽弃，并可能会产生新的文化障碍和文化冲突。

因此，译者对中国文化的诗性特征的深刻把握是诗性文化重构的关键。中国传统文化是一种典型的诗性文化，诗性文化渗透在政治、经济、社会制度、精神世界和社会生活的各个层面，诗性文化同各种实体文化相互交织，是中国"诗性智慧"的具体体现。"中国古典诗歌，既是人类诗性智慧最直观的物化形态，也是中国诗性文化最重要的载体"①，古诗载体中不可避免地会包含中国古代的哲学、政治、伦理、实用、审美知识，译者必须了解中国传统文化的诗性思维模式，才能深刻理解汉诗的深层意蕴，在诗歌翻译中通过翻译和注释来了解、欣赏和传承中国的诗性文化，汉学家对中国诗歌中的诗性文化的译释行为和译释方式，是中国文化的跨语言和跨民族传承与传播的有效途径。

---

① 刘士林：《中国诗性文化的理论探索及其传承创新路径》，《河南大学学报》（社会科学版）2011 年第 6 期。

第四章　汉诗翻译中译者的审美介入

第一节　汉诗英译审美生成的三层次

中国古代诗论不仅是传统诗歌创作的经验总结和美学理论的源泉，也是可供现代翻译理论构建借鉴的重要资源，尽管传统诗论不应简单地同翻译理论作比附，但它们在现代阐释和适当改造的基础上，可启迪诗歌翻译研究。"即景会心""心源为炉"和"相为融浃"是传统诗论的三个重要范畴，是诗的生成机制中"所必须经历的完美感物"的三个层次，[①] 是审美主体在诗歌创作中对审美对象的"感物"效果，借此可揭橥宇文所安英译汉诗的审美价值生成。

一　"即景会心"与译者的审美直觉

"即景会心"（王夫之《姜斋诗话》）指审美主体把审美对象直接摄入感觉器官之中，"景"在"心"中，如镜中之象，没有加工提

---

① 毛正天：《随物宛转　与心徘徊：诗的生成机制》，《学术论坛》2005 年第 10 期。

炼，也没有失真。王夫之把这种"心"之直接容纳"景"的"因景因情"的审美方式，喻为禅家的"现量"，它包含三层含义："现在""现成"和"呈现现实"。这相当于一个照相机把把镜头中的镜像即时呈现出来，是审美主体对审美对象之形貌的客观呈现。换言之，"现量"的审美观照是主观的感觉对客观的景物的"直接感兴""瞬间的直觉"和"完整的'实相'"①，这表明"即景会心"的核心在于"心"对"景"的客观记录。

"即景会心"中审美主体同客体的关系类似于"随物宛转"（《文心雕龙》），后者指审美主体（诗人）在进行审美观照（感物）时，"神与物游"，"与风云而并驱"，"心"与"物"直接贯通，诗人对"物"的形貌的体验，既是随着景物而变化，也就是说，"心"随着"物"的变化而变化，张晶认为，"随物宛转"的审美方式，一方面"表现为主体对客体的趋近、追摹"；另一方面"表现为主体对客体的运化与统摄"。②"随物赋形"（苏轼《自评文》）的美学思想是对"随物宛转"的提升和发展，指诗文创作要遵循自然常理，不越法度，如庖丁解牛，游刃有余，根据客观事物的内容和形貌来定"形"，描摹其审美形态，强调审美主体的"心"对客体"物"的如实临摹。

与此同理，诗人在创作中，见山是山，心中有山，见水是水，心中有水，诗人在诗歌创作中尽力模仿审美对象"物"，同时，诗人对"物"也会有所取舍，如同摄影者取景一样，不会见到什么"景"就把什么"景"汇入"心"中。

诗歌翻译中，译者的"即景"不是直接观"景"，而是二度间接

---

① 叶朗：《中国美学史大纲》，上海人民出版社 2001 年版，第 463 页。
② 张晶：《〈文心雕龙〉审美四题》，《解放军艺术学院学报》2008 年第 4 期。

观"景"和间接感"物",诗歌翻译中的"景"或"物"是诗歌语言,意象和结构,译者对"景"的审美方式呈现为另一种语言之"景"。"即景"的是语言,而非实景,译者的审美对象是"言",审美方式是"随言宛转","随言赋形",把"物"之"言"转换为"言"之"形",这是译者翻译审美的基本层次,是翻译操作的出发点,译者的"会心"更具感性认识,有可能升华为更高层次,但不一定必然如此,"即景"式翻译亦有其独特的美学价值。"即景会心"在整个诗歌翻译中往往独立呈现为直译,尽量保留原诗的意象和语言结构,保持"形",一般不会大刀阔斧地改造,有意无意地选择异化翻译策略。例如,王维的《木兰柴》(*Magnolia Fence*)

原诗:

秋山敛余照,飞鸟逐前侣。

彩翠时分明,夕岚无处所。

译文:

Autumn hills draw in the last sunlight,

birds in flight follow companions ahead.

The glittering azure is often quite clear

and nowhere is evening's haze to be found.

王维在诗中的景物描写,正如张福庆所言,"像绘画一样注意色彩的表现","又像绘画一样注重光线的表现",[1] 把色彩和关系搭配得天衣无缝。王维的《木兰柴》一诗,看起来"诗中有画",读起来

---

① 张福庆:《唐诗美学探索》,华文出版社 2000 年版,第 108—110 页。

"画中有诗"，诗人在观景时，注重景物的光与色彩的描摹，刻画了夕阳中的秋山、飞鸟、山岚和明灭闪烁、瞬息变幻的彩翠奇观景色，揭示了万物皆为刹那生灭、无常无我、变幻莫测的禅意。宇文所安在翻译中的审美感物，虽然不是对审美客体的各种具体的自然物象直接所"感"，但是，译者对原诗语言中的意象的二度"感"物仍然遵循了"即景会心"的原则。

"景"是"秋山""馀照""飞鸟""夕岚""彩翠"和"分明"等意象，译者的"即景"就是在理解品味诗人的意象经营基础上，进行语言转换，"会心"就是把这些意象词语直接译为相应的英语词语——autumn hill, last sunlight, bird in flight, evening's haze, azure, clear，译者的"会心"没有介入译者的自我情感，而是依样画葫芦，临摹原诗的意象和意境，由原诗的"随物宛转"和"随物赋形"转向译诗的"随言宛转"和"随言赋形"，原诗的"言"（原诗意象）在译诗中赋予"言"之"形"（译诗意象），且"言"与"形"大体构成等值。此外，"彩翠时分明"译为 The glittering azure is often quite clear，其中 glittering 译出了夕阳光线的或灭或闪的虚幻与不定情形，生动形象，很有创意，译诗随"言"（glittering azure）而"宛转"（再现"彩翠"的闪烁意象），也就是把原诗的"景"通过"会心"赋予生动灵活之"形"。西方读者乍一读，不太容易理解译诗中的禅意，但借助宇文所安在译诗前的题解说明，也可以体会其旨意。

诗歌翻译中的"即景会心"带有明显的感性直观性和摹写性，但译者的这种审美心理也能产生很有价值的审美效果。从这个意义上来说，翻译得自然就是美，美就是译文摹写得自然。

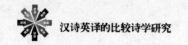

二 "心源为炉"与译者的审美体验

刘禹锡《董氏武陵集纪》云："心源为炉，笔端为炭，锻炼元本，雕锼群形。""心源为炉"指审美主体超越感性的审美体验（感物），把审美对象在审美主体"心炉"里熔炼和锻造，使自然美经过"心炉"的加工锤炼，把"物性"之美"情性"化，走出了纯客观的藩篱，进入审美的情感层次。所谓"触景生情"就是"景"通过审美主体"心炉"的烘烤，"要其胸中具有炉锤"（刘熙载《诗概》），锤炼物景，赋予其情感色彩。诗歌审美是艺术思维，也是情感思维和想象思维，"中国文学美学以情感性、想象性擅优，不是模仿和再现"①。诗歌创作离不开情感与想象，诗人须对审美客体用"心炉"锻烤，把物象情感化和情景化，而不是简单模仿。

诗歌翻译重在译"情"，译者作为审美主体对客体（原文诗歌）在"心炉"里冶炼，使"感物"情感化，而不限于感性化或理性化，不以模仿和再现原诗的语言为最终目的，应译出诗歌的情感，译诗要充满感情，不是原诗的简单物化。译者要设身处地体验原诗中的情感，"诗缘情而绮靡"（陆机《文赋》）意味着诗歌创作因情而发，语言优美让人感到审美愉悦，在诗歌翻译中，理想的译者通过跨文化的审美"移情"也可体验原诗人的情感，译诗"缘"原诗之"情"，甚至译诗语言绮丽优美。正如华兹华斯所言，"诗是强烈情感的自然流露"②，译者的"心炉"也可铸造出原诗的"强烈情感"，不过，译者的翻译策略是多样化的，且并非所有的译者都可以创译出原诗的情

---

① 吴功正：《中国文学美学》，江苏教育出版社 2001 年版，第 347 页。
② 刘端若：《十九世纪英国诗人论诗》，人民文学出版社 1984 年版，第 6 页。

感，也可能扭曲、变异和淡化。例如，杜甫的《曲江二首（其一）》
(*Bending River*)：

> 一片花飞减却春，风飘万点正愁人。
>
> 且看欲尽花经眼，莫厌伤多酒入唇。
>
> 江上小堂巢翡翠，苑边高冢卧麒麟。
>
> 细推物理须行乐，何用浮名绊此身。

When a single petal falls away,

it is spring's diminishment,

a breeze that tosses thousands of flecks

quite makes a man dejected.

I watch them the while, till almost gone,

weary not, though the harm be great,

of ale that enters lips.

At river's side small manors

are roosts for kingfishers,

high tomb barrows by the park

give unicorns' repose.

Careful research on the pattern of things

Sends men to seek delight—

What use to let hopes of tenuous glory

Fetter this body of mine?

（宇文所安 译）

杜甫的这首诗是安史之乱后返回长安却受到排挤，因苦闷而写下的感物缘情诗，是典型的因情感触发的伤情诗，诗人把曲江池畔的春日花飞之景投入"心炉"同自己的愁苦人生遭际相熔炼，抒发了托物言志的忧郁魂消之情。译者用 a single petal falls away（一朵花儿上的一个花瓣飘落而去）翻译"一片花飞"的零落之景，用 spring's diminishment 翻译"减却春"，其中 diminishment（减少，变小）生动准确，道出了诗人的惜春心情，以 toss（轻轻地抛）译"飘"，表面上意义有出入，但实际上表达了诗人目睹花飘的心境，连同 dejected（情绪沮丧），构成了诗人触景伤情的审美心理。由于汉语没有英语那样的语法逻辑，"风飘万点"的阐释十分多样化，原诗中"风飘万点"是主语，"正愁人"是谓语，但译诗 breeze（"风"）成了主语，与原诗有差别，"愁"的情感对比有所减弱。译者以 harm（心理上的伤害）译"伤"（伤心，感伤），用 weary not of ale that enters lips（不厌倦人唇的酒）表示"莫厌酒入唇"，译出了诗人感伤无奈的心情，译者大有"移情"式的情感体验，把"伤感"伤感化，在二度审美过程中，基本上以诗人的"心炉"为自己的"心炉"，达到了"情"与"情"的合一，尽管某些语句的重心有所偏移，但译诗大体译出了原诗的情感。

"巢"和"卧"两个动词生动形象地开启了惊人的"奇想"，翡翠鸟在昔日的楼堂上筑起了窝，曾经雄踞高冢之前的石雕麒麟倒卧在地，荒寂萧索的凄凉景象突兀眼前，译文分别用 roost（栖息）和 repose（长眠），读者结合相应的译诗句子的语境，可以悟出寂寞萧条的气氛，完全可以感知原诗的意义和意境。

原诗的最后两句是说，仔细推究事物盛衰变化的道理，那就是应该及时行乐，何必让虚浮的荣誉束缚自身呢？译诗 Careful research on the pattern of things/Sends men to seek delight—，用词准确，careful research 和 seek delight 直译了"细推"和"行乐"，"乐"是举杯饮酒之乐，实际上是"举杯消愁愁更愁"。此外，tenuous glory（虚浮的荣耀）和 fetter（束缚）翻译忠实，两句译诗意义忠实，文笔流畅，译诗既保留了原诗的秘密，又有一定创意。读者可发现言外之意，味外之味，弦外之音，景外之景，情外之情。

译者的翻译归化，效果明显，ale 是酒精浓度高的淡色啤酒，用来翻译"酒"，让西方读者耳熟能详，unicorn 是西方神话传说中的独角兽，很有神秘感，用以翻译中国传说中象征聪慧、祥瑞、仁义的动物麒麟，也可再现其神秘性和想象性。译者的"心炉"中锻烤出中西相近的文化意象。

三　"相为融浃"与译者的审美再造

"相为融浃"（王夫之《姜斋诗话》）即情景融合，和谐一致，是感物审美的最高境界，景生情，情生景，"情"与"景""互藏其宅"，审美主体与审美客体融为一体，天人合一，呈"无我"和"无物"状态。究竟是庄周梦蝴蝶，还是蝴蝶梦庄周，界限已拆解，"物""我"已两忘。在诗歌创作中，"心"与"物"的完美融合，诗人从"成竹在胸"到"身在竹化"，从"胸中之竹"到"手中之竹"，完成了审美过程，运斤笔端，出神入化，点化为诗。

在诗歌翻译中，译者努力做到出神入化，译诗与原诗之间，意象与意象相融，意境与意境相谐，语言与语言相协，情感与情感相似，在审美层次上相融相和，在文化层次上，归化与异化相互妥协，寻求适中的翻译方法，在语言层次上，英语句法灵活化解汉语句法，把中国美学传统和英语的美学传统有机结合起来，把中国诗歌之"道"与西方诗歌之"逻各斯"（Logos）适当协调。由于 Logos 的理性成分强于"道"，而"道"的辩证性强于 Logos，且"道"更强调不可言说，二者的对比是"某种程度上的显性与隐性，有声与无声的对比"①，译者应以"中和""合和"理念消解原文与译文的矛盾和冲突，使译诗"泯灭了作者和译者、原诗和译诗、原诗之物和译诗之物、作者与物、译者与物之间的分野，彼此之间已经相忘于译诗之中了"。② 有的译者可以做到这一点，但难度很大。例如，李白的诗《梦游天姥吟留别》云：

半壁见海日，空中闻天鸡。

千岩万转路不定，迷花倚石忽已暝。

熊咆龙吟殷岩泉，栗深林兮惊层巅。

云青青兮欲雨，水澹澹兮生烟。

译诗：

Halfway up cliffside I saw the sun in sea,

and heard in the air the Heaven – Cock crow.

A thousand peaks and ten thousand turns,

my path was uncertain;

I was lost among flowers and rested on rock,

when suddenly all grew black.

Bears roared and dragons groaned,

making the cliff – streams quake,

---

① 刘军平：《西方翻译理论通史》，武汉大学出版社 2009 年版，第 33 页。
② 刘华文：《诗歌翻译中的格物、感物和体物》，《外语研究》2010 年第 4 期。

the deep forests were shivering, tiered ridges shook,

clouds hung blue, portending rain,

troubled waters rolled, giving off mists.

这是诗人李白在游天姥山时所体验的视觉与想象、现实与梦幻交织的浪漫奇异的境界，幽冥的光线，高唱的天鸡，迷花乱石，变幻莫测，熊咆龙吟，震颤山林。情景交融，心境相协，同诗人遭受贬谪的人生际遇相配合。译者深刻领会了诗人的情景融浃、心境相和的审美心理，在译诗中极力再现原诗的意象和情感，cliffside, sun, Heaven - Cock, peak, turn, path, flower, rock, black, bear, dragon, cliff - stream, deep forest, rain, waters, mist 等意象色彩斑斓，明暗结合，虚实相间，表达了原诗中扑朔迷离的意境，读者也可借助诗人的背景，体验诗人人生无常、怀才不遇、报国无门的感喟和失落心境。译诗中的 crow、roar、groan、quake、shiver、shake 等动词摹写了原诗中的虚虚实实的飞禽走兽的叫声和震撼感，再造了原诗的气氛，烘托了原诗的虚实交织的审美架构。

原诗对仗工整，结构整饬，体现了均衡美的语势，诗行结构隐藏了情景交融的格局，折射了汉诗的情入景与景含情的形神合一的诗学之"道"。译者深刻领会了原诗的美学之"道"，译诗在提炼原诗之情的基础上，既保留原诗句法结构之"道"，又根据英语句法的特征加以调整，译诗语言的"逻各斯"是融合了原诗语言之"道"的和谐体。"半壁见海日"和"空中闻天鸡"对仗整齐，译文的句法结构同汉语句式结构很相似，在两句译诗 Halfway up I saw the sun in sea/and heard in the air the Heaven - Cock crow 之中，主句结构相似，只是状语位置不同而已，此外，crow（鸣叫）是根据语境的需要而添加的声响动词，使译诗显化了情感效果，烙上了译者的情感审美现实感的痕迹。还有两句译文 clouds hung blue, portending rain, /troubled waters rolled、giving off mists，相应的主位结构和相应的述位结构，形式完全相同，分别对应于"云青青"与"水澹澹"，"欲雨"与"生烟"，译诗的对称结构包容了原诗的结构均衡美，也容纳了译者对原诗和谐情景的审美体验。所以，译诗在整体上彰显了译者与审美客体之间"相为融浃"的审美效果。

翻译中的"相为融浃"还体现在译者对原诗的文化态度上，无论是"和而不同"，还是"和而相容"，都需要译者容纳异质文化的勇气，熔"我"和"他"于一炉的技能。译者在翻译中使用和合的理念，而非阻抗的态度，有助于化解目的语文化和原语文化的矛盾和冲突，实现各民族文化相互理解和相互补充的目标。"各文明间应以和合的精神，开放的胸怀，容纳异己的文明或文化因素，并以同情的爱心互相理解、互相尊重，和合而共生、共存、共处、共立、共达。"①文学翻译中文化的"和合而共生、共存、共处、共立、共达"，就是在翻译审美过程中，使两种文化"相为融浃"，化解纠结，走向互识与互融。例如，杜甫的《秋兴八首（其五）》：

原诗：

> 蓬莱宫阙对南山，承露金茎霄汉间。
> 西望瑶池降王母，东来紫气满函关。
> 云移雉尾开宫扇，日绕龙鳞识圣颜。
> 一卧沧江惊岁晚，几回青琐点朝班。

译诗：

---

① 张立文：《中国和合文化导论》，中央党校出版社 2001 年版，第 14 页。

Palace towers of Peng – lai

stand facing South Mountain,

a golden stalk that catches dew

is high in the Milky Way.

Gazing west to Onyx Pool

the Queen Mother is descending,

from the east come purple vapors

and fill Han Pass.

Pheasant tails shift in clouds,

palace fans reveal

sunlight circling dragon scales,

I see the Emperor's face.

By the gray river I lay once and woke,

Alarmed that the year had grown late—

How often did I, by the gates' blue rings,

take my place in dawn court's ranks?

　　杜甫的这首诗乃"思长安宫阙，叹朝宁之久违也"（清仇兆鳌语），诗中含有丰富的文化含量，汉唐时期的宫阙、习俗和古代神话传说对当代西方人而言，简直是天书，但宇文所安在翻译中保持着开放、尊重的文化心态，通过适度归化和异化的翻译方法移植和融化中国文化的特质，以"和合"的心胸吸纳和传播中国文化的精髓。例如，以 Palace towers of Peng – lai 译"蓬莱宫阙"，"蓬莱"宫本是汉宫，唐高宗更大明宫以此名，由于"蓬莱"自古就是神话传说中的仙

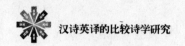

境，译者在英译 Peng – lai 时，不忘在注释里向西人解释，此乃借用"西海（实际上应为东海）众神居住的岛名，是汉宫群的一部分，常用汉宫指唐宫"①。在这里，"蓬莱"的来龙去脉和文化意义交代得清清楚楚。

"西王母"是传说中住在昆仑山瑶池的女神，瑶池蟠桃园里的蟠桃食后可长生不老，"西望瑶池降王母"译为 Gazing west to Onyx Pool/the Queen Mother is descending，"瑶池"和"王母"分别直译为 Onyx Pool 和 Queen Mother，译者在注释里详细解释了《汉武内传》里所记载的传说：王母曾乘紫云之辇飞降汉宫，佩金刚灵玺，戴七彩之冠，履玄璃凤文之舄，挟二侍女，造访汉武帝，武帝跪拜问寒暄毕立，索要长生不老药草。② 译者还在"东来紫气满函关"的注释里，介绍了作为道家圣人和李唐王朝假托始祖的老子，以及老子乘青牛车西游至函谷关，守关者见东极有紫气西进便知有圣人来的故事作了解释。此外，在"青琐点朝班"的译注里，译者还描述了皇帝在宫门口依班次点名传呼百官朝见天子的景象。③

以上都是译者为了积极传播中国文化而进行的"厚重翻译"（Thick Translation），旨在引导西方读者的文化自觉性，译文通过英语为媒介，把中国文化打包献给了英语读者，在文学审美翻译中，传递了中国文化。文学翻译的宗旨在于分享民族文化特性，把文化的地域性转变为全球性，把历史性转化为跨时代性，把特定民族独特的情感转化为各民族共同理解的情感，把文化能量的有限性和单一性，转化为文化能量的无限性和普遍性。正如 Appiah 所言："文学翻译的目

---

① Stephen Owen, *An Anthology of Chinese Literature*: *Beginnings to 1911*, New York: Norton, 1996, p. 436.
② Ibid., p. 437.
③ Ibid..

的不在于生产用于复制原作者作品的字面意义，或者原作者文本正在消弭的意义，而是生产可供分享原语文本里核心文学特性的某些东西。"① 因此，"核心文学特性"也是文化特性，是译者应该让译语读者分享的核心价值。宇文所安的直译和注解相结合的翻译策略，充分展示了译者中西文化"融浃"的心态和理智及主动接纳中国文化的智慧。

所以，宇文所安在汉诗英译中，在"即景会心""心源为炉"和"相为融浃"三个层次上发挥了译者的审美主体性，并兼顾了"感物"中的物性，根据不同的语境，译者调动了审美心理能力和文本生成能力，把译诗的审美效果发挥到最佳状态，使文学审美和文化审美进入了和合与和谐状态，译诗是文学翻译和文化翻译的典范。

第二节 汉诗英译的审美三维度

近年来，王维诗歌研究一直是中国古典文学界的研究热点之一，但王维诗歌英译研究的成果数量反差很大，国外只有 Tony Barnstone 等语文学派的研究专著，国内的研究论文主要集中于语言学领域，如关联理论、文化学派翻译理论等。如操作理论等方面的成果很有启发，但鲜见用中国古典诗论、文论和画论来研究王维诗英译的成果。本节从传统诗学中的"想"和"因"的相互关系，探讨宇文所安从王维诗歌创作艺术中的三个维度"以画入诗""以禅入诗"和"以典

---

① Appiah, Kwame Anthony, "Thick Translation", Lawrence Venutii. （ed.）, *The Translation Studies Reader*. New York & London：Routledge, 2000, p. 417.

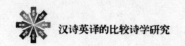

入诗"借鉴转化为"译画入诗""译禅入诗"和"译典入诗"的翻译艺术的三个维度。

一 中国传统诗话"想""因"结合对诗歌翻译研究的启示

钱锺书在《谈艺录》和《管锥编》里，研究了宋代文人叶梦得的《石林诗话》中"想"与"因"结合的诗学观，即诗论家在解释唐诗人李商隐和北宋诗人黄庭坚的诗歌创作时，梦中之"想"受到外界声音之"因"的刺激，诗人醒来后，"想与因的结合，既写梦境，又写想象了"①，这是诗歌创作的重要方法之一。"想"指期待性想象，同接受美学中的"期待视域"很合拍，"因"本来指与"想"有关的声音，是"想"得以延续的关联媒介。不过，我们可以把"因"的声音理据通过"转喻"手段，引申泛化为诗歌的依据或本源，"想"和"因"的结合是诗歌创作、鉴赏的手段，也可为文学批评提供借鉴。与此类似，诗歌翻译需要发挥译者丰富的想象力，以再现和表现原诗的意境、神韵和情感，同时，也离不开原诗之"因"，否则，译者就是脱缰的野马，译诗便成了自由创作了。

二 译"画"入诗

苏轼称王维"诗中有画"，道出了王维诗歌创作最重要的美学特征。王诗中的画，具有画意的启示性和写意性，本质上是暗示性和想象性，而非还原成"与诗句一一对应的、平面的图画"②。"诗中有画"实质上是诗歌的一种境界，需要诗人和读者密切合作，调动读者

---

① 周振甫、冀勤：《钱锺书〈谈艺录〉读本》，上海教育出版社 1992 年版，第 55 页。
② 邓国军：《中国古典文艺美学"表现"范畴及其命题研究》，巴蜀书社 2009 年版，第 13 页。

的丰富想象力，把诗歌的画意以联想的方式展示出来。读者对诗歌中的画意的体会（"想"），通过变"形"传"神"，把诗歌中蕴含的画境之精髓（"因"）形象化。

就中国诗歌英译而言，一方面，译者调用诗性认知能力，发挥审美主体的能动作用，大胆而又合理想象；另一方面，译者也不可抛开原诗意境之"因"，而要依原诗蕴含的画意之"因"转化为原诗之"言"，即变"画"成"言"，然后以译语所"想"之"言"传递原诗意境之"因"，把诗人"以画入诗"的意蕴审美思维模式转变成译者"以画译诗"的语言审美思维模式，使译者之"想"和诗意画境之"因"相互配合，在新的语言环境之中，传递或创造原诗之意境和神韵，以达到"思与境偕"（即"想"与"因"的和谐一致）的翻译艺术效果。

（一）翻译中的以"动"驭"静"

王维在诗歌创作中，借鉴"散点透视"的绘画构图方法，先点明背景，接着由大及小、由远及近、由整体到局部再到细节。这种描写的多视角性、多空间性和距离性，把画面拉入诗中，如同蒙太奇一样，诗中往往隐藏着一个叙事者，通过不同的视点观察画境，移步换形，然后摄入诗中，诗的意境在一连串的意象衔接和变换过程中，呈现动态性，以动驭静。

宇文所安在翻译王诗的过程中，突出意象和意境的写意性，随"意"赋形，译者对意境的"想"，旨在再现原诗生动的意境之"因"，不是死扣原诗的字词，而是使译句灵动化，也就是因循原诗叙述性画面的流动性和生动性。例如，王维的一首诗如下：

原诗：

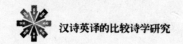

渡河到清河作

泛舟大河里，积水穷天涯。

天波忽开拆，郡邑千万家。

行复见城市，宛然有桑麻。

回瞻旧乡国，淼漫连云霞。

译诗：

Written Crossing the Yellow River to Qing – he

The boat set sail upon the great river

whose swollen waters stretched to sky's edge.

Sky and waves split apart suddenly—

the district capital's thousands of homes.

Moving on, I can see the town market

and vaguely make out mulberry and hemp.

I turn to gaze back toward my homeland—

only vast floods that stretch to the clouds.

  原诗是一幅横渡黄河的画面，从水天一色的开豁处，忽然看见郡城和农田，然后回首故乡，水天相接处故乡的轮廓消失在视野之中。宇文所安把自己置身于诗歌的情景之中，移情于诗，把具有动态情景意义的"泛""积""穷""开拆""行""见""有""回瞻"和"连"，分别译为英语动词（词组）和动态形容词——set sail upon、swollen、stretch、split apart、move on、see、make out、turn to gaze back、stretch，译者通过这些大多以表示曲折意义的"s"字母开头的叙述性动态词，使人联想到舟行曲折，汹涌澎湃的河水和郡城田野的蒙太奇画面之间的切换，因视点的变换带活了整个画境，灵动而又富有生气。

译者的想象，在宏观层面上基本没脱离"以物观物"的审美视域，译文使用了动态的临摹性，把原诗中动态的渡河情景"本色"化，让读者的想象之"因"贴合诗人观察之"因"，特别是译诗中两个破折号的运用，把诗中的画面栩栩如生地展现在读者面前，一是the district capital's thousands of homes（郡邑千万家），让读者了解了"天波""开拆"，雨后的千家万户像图画一样，出现在眼前，情景描摹的意境在英语里复活了。所以，译者以"画"译诗，"延伸着译者的诗学观，抑或呼应着其时的时代诗学"①。这种以动译动的叙述性诗学特征满足了西方读者的期待视域。

（二）翻译中的以"动"衬"静"

王维山水诗中的景物描写，注重绘画般的静态美的表现，打破了"画宜描写静物"而"诗宜叙述动作"的诗画界限，将一刹那的空间中的景境，在语言里记录为相对静止的画面，而动态、音响的描写服务于静境的营造，"通过写动来写静，利用局部的动态描写来衬托山水景物的整体的静谧"②，实现以动衬静。

宇文所安为了突出静态意象，抑制住了自由想象的冲动，让主体性之"想"趋向于瞬间凝固的静景画面之"因"，译文的意象组合临摹了原诗的静境，句子中动词的动作性不是很强，以维持画意的静态美。

例如，《辋川闲居赠裴秀才迪》中的诗句"渡头余落日，墟里上

---

① 张保红、刘士聪：《文学翻译中绘画因子的借用》，《中国翻译》2012 年第 2 期。

② 张福庆：《唐诗美学探索》，华文出版社 2000 年版，第 113 页。

孤烟"译为 The ford holds the remnants of setting sun；/from a hamlet rises a lone column of smoke，译文中的意象 ford、remnants of setting sun 之间尽管增加了动词 hold，但动感很弱，且原诗中的动词"余"译为名词 remnant，加大了译诗意境的静态美，第二句中，hamlet 是常表示隐士居住的小村庄，加之 lone column of smoke，中间用 rise 连接，动感较弱，让读者感觉仍然是整体的静谧意境占主导地位。又如，原诗：

渭川田家

斜光照墟落，穷巷牛羊归。

野老念牧童，倚仗候荆扉。

雉雊麦苗秀，蚕眠桑叶稀。

田夫荷锄至，相见语依依。

即此羡闲逸，怅然吟式微。

译诗：

Farming Homes by Wei River

The setting light falls on a hamlet,

through narrow lanes cattle and sheep return.

An old man, concerned for the herd boy,

leans on his staff and waits by the door of a shack.

A pheasant cries out, wheat sprouts rise high,

the silkworms sleep, the mulberry leaves now few.

Field hands come, hoes over shoulders；

when they meet, their talk is friendly and warm.

At this moment I yearn for freedom and ease,

and, downcast, I sing "Hard Straits!"

原诗描写的是初夏乡村的平静闲适的意境：夕阳西下、牛羊回归、老人倚杖、野鸡鸣叫、麦苗吐秀、桑叶稀疏、田夫荷锄，体现出王维诗歌"诗中有画"的典型艺术特色。宇文所安也模仿原诗中以动衬静的手法，用动词 fall、return、lean、wait、cry、rise、sleep、come、meet 等来烘托静谧的气氛，译文摹写了一幅静态的图画。在翻译过程中，译者对再造意境的想象，并没有打破原诗恬然自乐的静境之"因"，"想"和"因"由此融合，共同构建了意境静谧美的主题基调。译诗带有浓郁的西方乡村的宁静、纯真和幸福的牧歌色彩，使王诗以动衬静的美学意蕴，在译诗中植入了大众化、通俗化和静景化的诗学特征。

（三）翻译中的意象亮度强弱搭配

王维的诗绘画色彩浓厚，注重光线的明与暗、柔与刚的搭配，视觉意象虚实相生，展示了光线的敏感性，视觉的多样性，用以刻画恬静的生活环境和缥缈明净的境界。宇文所安的色彩意识也很强，善于追踪原诗的光线色彩，自觉地把主体的审美能力之"想"同王诗色彩意象之"因"会通起来，在英汉两种语言里取得一致的审美效果。例如，"日色冷青松"译为 hues of sunlight were chilled by green pines，"客舍青青柳色新"译为 all green around the guest lodge/the colors of willows revive。其中，两句诗中的"青"不约而同地译为 green，译者充分考虑语境的特点，避免了汉语里"青"字的多义性和歧义性。又

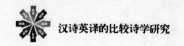

如，原诗：

欹 湖

吹箫凌极浦，日暮送夫君。

湖上一回首，青山卷白云。

译诗：

Lake Qi

Playing the pipes we pass to far shores,

I bid you a twilight farewell.

Upon the lake turn your head just once——

hills' green is rolling the white clouds up.

这首送别诗用"日暮""青山"和"白云"三个意象衬托景色的萧瑟，用箫声烘托离别气氛的哀婉。译文中用表示色彩变幻的意象 twilight、hills' green 和 white cloud 暗示心情的变化，尤其是 twilight 隐含着沉抑的情绪，渲染了极浦送别的伤感画面，表达了诗人惜别友人的依依之情，再现了原诗朦胧、缥缈、恬淡、感伤的意境。

但王维诗中有更多的光线描写，光线的多变性决定了色彩的变化。为了照顾译文读者的审美习惯，译者有时必须对原诗的色彩和亮度进行调整，而非机械模仿。正如鲁道夫·阿恩海姆所言：

> 我们从"视觉不是对元素的机械复制，而是对有意义的整体结构式样的把握"这一发现中，同样也吸取了有益于健康的营养。如果这一发现适合于知觉一件事物的简单行为的话，那它就更应该适合于艺术家对现实的把握。很明显，无论是艺术家的视觉组织，还是艺术家的整个心灵，都不是某种机械复制现实的装

置，更不能把艺术家对客观事物的再现，看作是对这些客观事物偶然性表象所进行的照相式录制（或抄写）。①

以上阐发表明，艺术家的视觉和心灵都不是对外界客观事物的机械复制，而是在更高层次上的表现式审美再现。所以，不仅在诗歌创作中，诗人不是对视觉所感知的对象进行直接机械模仿或"照相式抄写"，而且在诗歌翻译中，译者为了配合整个诗歌的审美意蕴，在很多情况下并不需要机械复制表示色彩和光线的词语，而有不少灵活变通的发挥空间。译文画境中的视觉艺术是既模仿又变通妥协的产物。译者对色彩审美效果之"想"与原诗诗意之"因"并不构成机械对应关系，而是根据译诗的具体语境，灵活阐释或添加某些色彩意象，以增加译诗的审美情趣。例如：

原诗：

白 石 滩

清浅白石滩，绿蒲向堪把。

家住水东西，浣纱明月下。

译诗：

White Stone Rapids

White Stone Rapids are shallow and clear,

green reeds almost ready to gather in hand.

There are homes on both sides of the water,

and gossamer washed in bright moonlight.

---

① 鲁道夫·阿恩海姆：《艺术与视觉》，藤守尧、朱疆源译，四川人民出版社 2001 年版，第 7 页。

诗中的月明、水清、蒲绿、石白——光亮和色彩相映相衬，令人视觉鲜明，诗歌的图像色彩浓厚。译诗不仅复制了 white、clear、green 等多样性的色彩，而且月光 moonlight 前面使用 bright，增加了亮度，使月光更加耀眼生辉。又如，《木兰柴》中的诗句"彩翠时分明"译为 The glittering azure is often quite clear，译文中不仅有 clear 一词，而且落日余晖映照下的霞光"彩翠"，灵活自如地译为 glittering azure，意即闪烁发亮的蓝色光辉，很有品位，联想丰富，但因循了合理的意象思维逻辑。正如陈大亮所言："意象思维强调对审美对象的直观把握，其思维方式具有形象性、直观性、跳跃性、移情性等特点。"[1] 光线和色彩意象的"跳跃性""移情性"思维是"想"与"因"的灵活和协调对应。

三　译"禅"入诗

禅宗是佛教中国化的最终产物，王维在精神追求上远离享乐和感伤，他主动接受禅宗思想，有自己独特的理解，并将禅宗与道家哲学融会在一起，消解了空与有、无我与自我的矛盾。他的山水诗创作，禅意哲理和寄情山水相互"打通"，互证互补。同时，由于社会意识形态和社会生活方式的变化，他的诗歌表现为"在和谐中包含了不和谐，由和谐逐渐向不和谐转化"[2]。王维的诗在《辋川集》里达到了"无心"的境界，把山水自然融入禅宗思想和宗教体验的审美方式之中。

---

① 陈大亮：《古诗英译的思维模式探微》，《外语教学》2011 年第 1 期。
② 谢思炜：《禅宗与中国文学》，中国社会科学出版社 1993 年版，第 37 页。

（一）"梵我同一"的审美方式与译诗的"无我之境"

诗人的"无心"审美方式，并非脱离"我"之审美主体，而关键在于"观"的态度，强调"我"的非介入性，达到"无我之境"，实则"梵我同一"。叶维廉指出："中国山水诗人要以自然自身构作的方式构作自然，以自然自身呈现的方式，首先，必须剔除他刻意经营用心思索的自我——即道家所谓'心斋'和'坐忘'——来对物象作凝神的注视，不是从诗人的观点看，而是'以物观物'，不参与知性的侵扰。"① 王维诗歌中的禅宗思想常与道家的虚无观念相互交融，通过"梵我同一"的"以物观物"方式，排除诗人的直接介入。

意象和意境存在于各民族、各文明的诗歌之中。"语象、物象、意象和意境是人类诗歌的共性。只是因为语言的特点不同，形成意象的特色也不同。"② 这为意象和意境的可译性提供了前提条件。在诗歌翻译中，宇文所安借助"梵我同一"的诗学观，立足于原诗的真实性，即原诗自然自身呈现的方式，不以译者自我的意识形态和审美偏向来改造原诗的审美价值，而以"无我"译"禅"，最大限度克制译者自我之"想"，把原诗意境之"因"与译者求"因"之"想"统一起来，在翻译思维中排斥杂念，用坐禅的心境阐释原诗，重构诗歌的审美意境。

这便是诗歌翻译"阐释"的"禅释"方式，实际是宇文所安"非虚构性"文学史观在诗歌翻译中的具体投射。诗歌翻译行为的"非虚构性"即翻译行为的真实性，就是把原诗意境的美学意味作为审美真实之"因"，译者在意境重构中的想象不离原诗意境的审美价

---

① 叶维廉：《中国诗学》，人民文学出版社 2006 年版，第 93 页。
② 史忠义：《中西比较诗学初探》，河南大学出版社 2008 年版，第 272 页。

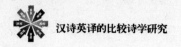

値。例如：

原诗：

辛夷坞

木末芙蓉花，山中发红萼。

涧户寂无人，纷纷开且落。

译诗：

Magnolia Dell

On the tips of trees are lotus blossoms,

red calyces come out in the mountains.

Silent gate by a torrent, no one there:

In tangled masses they blossom and fall.

明代胡应麟评《辛夷坞》为"入禅"之作，南宋刘辰翁评其为"无意之意，不着一字，渐可语禅"①，都强调诗与禅宗的联系。诗歌的山水美景与禅意互渗其间，诗人以"木""芙蓉花""红萼""涧户""无人"等意象建构"空寂"意境，体现了诗人的"无心"心境和情感。宇文所安深谙其道，以"梵我同一"的审美心态，用基本对应的意象 tree、lotus blossom、red calyces、gate by a torrent、no one 等来翻译和接纳原诗的意象和意境，译者自己的想象尽量不介入译文之中，使"想"进入"无我之境"，与原诗禅意之"因"对接，相互贯通，互补互渗，用"禅"释的心境来阐释诗中的"禅"意，实现"梵我同一"的审美重构效果。西方读者或多或少会悟出译诗的"禅"意。

---

① 周振甫、冀勤：《钱锺书〈谈艺录〉读本》，上海教育出版社 1992 年版，第 382 页。

（二）"禅""道"合一的情景交织与译诗的虚实相间

王维的山水诗和哲理诗交互呈现，禅意和情景相互交织，"寂""空""静""虚"与"动""响"相互映衬，融合"静中之动，动中之静，寂中之音，音中之寂，虚中之实，实中之虚"①，最基本的特征是虚实相间，体现了"禅""道"合一的审美境界，把哲理诗和山水诗寓于一体。这是对译者的审美能力的挑战，译诗应体现复杂的虚实相间性。例如：

原诗：

栾家濑

飒飒秋雨中，浅浅石溜泻。

跳波自相溅，白鹭惊复下。

译诗：

Rapids by the Luan Trees

The moaning of wind in autumn rain,

Swift waters trickling over the stones.

Leaping waves strike one another—

a white egret flies up in alarm, then comes down.

译者以合理的审美想象，把"飒飒"翻译成 moan（呜咽），因循了中国文学传统中秋雨之愁绪，把"浅浅石溜泻"的意象化，译为 Swift waters trickling over the stones，其中 trickle 一词把流水的样子形

———

①　叶维廉：《中国诗学》，人民文学出版社 2006 年版，第 94 页。

象化和具体化，此外，"跳波""溅""惊""下"等，具有很强的动感和鲜明的色彩，表明王维后期的山水诗并不只是"空寂"的意境，有动态化趋向，译诗分别用 leap、strike、fly、come down 体现这种动感。译者把"以物观物"的美学观念语境化，把"想"与"因"之间的"虚"与"实"有机结合起来。

就原诗而言，虚实相生的特征既靠诗歌内在的审美特性，又靠读者的体验，"诗歌艺术之所以能有无相成，虚实相生，除了作品本身的精妙之外，还靠读者的积极响应；诗歌作品艺术境界之所以在'无'与'虚'，也因为诗歌艺术的终点不在作品本身，而在读者心里"。① 作为特殊读者的译者，要凭借敏锐的跨民族、跨语言的虚实审美感知能力和以语造象、以语造境的能力，在译语环境里实现意象情景虚实之间的"想"与"因"的密切关联。

（三）"声情交叶"与译诗的语义信息和形式意味的和谐统一

诗歌的意象同声情紧密相连，"声"不是简单的押韵和句式的工整，而是同诗歌的意义和情感密不可分。清代诗论家周亮工在《尺牍新钞》中说："诗之为用者声也，声之所以为用者情也。"他强调"声"之为用，"情"之为体，"情盛而声自叶"，即"声情交叶"。"声情"乃声韵的情感，主要是"形式意味"，诗歌的韵律当然也需要"辞情"（语义信息）来体现。诗歌翻译中，译者应把握诗歌的韵律的情感功能，从目的语词库中调用适当的词语表达原诗的情感和意义，避免"声情"和"辞情"，即"形式意味"和"语义信息"的矛盾和冲突，把译诗的审美功能和意义功能统一起来。

---

① 王方：《虚实掩映之间》，百花洲文艺出版社 2005 年版，第 119 页。

王维山水诗常以声写静，以声音衬托环境的荒僻幽静，"蝉噪林愈静，鸟鸣山更幽"实际上是一种禅意。译者对乐声的再现，是认知能力的具体表现。例如，《过香积寺》一诗里有两句"深山何处钟"/"泉声咽危石"，诗人描写了两种声音——悠扬回荡的钟声和山泉流水的幽咽，以描写山中的动，来衬托山中的静。宇文所安译为 deep in hills, a bell from I knew not where/A stream's sounds choked on steep – pitched stones，译文把表示两个声音的词"钟"和"泉声"译为 bell 和 stream's sounds，让读者的"想"直接联系到它们的声音之"因"，特别是 choke 一词保留了原诗以声衬静的艺术效果，彰显了声情的形式意味和词语的意义的和谐性。又如：

原诗：

竹里馆

独坐幽篁里，弹琴复长啸。

深林人不知，明月来相照。

译诗：

Lodge in the Bamboo

I sit alone in bamboo that hides me,

plucking the harp and whistling long.

It is deep in the woods and no one knows—

the bright moon comes to shine on me.

原诗以"弹琴"和"长啸"表现诗人在茂密的竹林独坐所映衬的闲适恬淡的静境和声情。译者用 plucking the harp and whistling long 来表现诗中的乐声美，虽然中国的古琴同西方的乐器 harp 迥然有别，

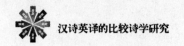

但译文中乐音效果仍然起到了对比铺垫的作用。与此类似，《鹿柴》一诗中的"人语声"译为回声 echoes of speech，惟妙惟肖地反衬了山之静，再现了竹林中的乐感：

原诗：

鹿　柴

空山不见人，但闻人语响。

返景入深林，复照青苔上。

译诗：

Deer Fence

No one is seen in deserted hills,

only the echoes of speech are heard.

Sunlight cast back comes deep in the woods

and shines once again upon the green moss.

诗歌翻译中的"声情交叶"，并不是机械模仿原诗的韵脚，而是在再现原诗总体韵律效果的基础上，因势利导，充分发挥译者的想象力，把"形"和"意"所蕴含的"情"在译诗里呈现出来。

四　译"典"入诗

王维的人生经历很复杂，长期隐居终南山，过着亦隐亦仕的生活，以审美的理想体验生活，其审美、政治和宗教相互纠结，其诗歌既有淡远、冲淡的纯粹艺术境界，又有宗教和政治的超然性和入世性，其审美追求的矛盾性，造就了诗歌艺术的多样性和文化基因的互文性，有些诗具有"以典入诗"的特点，常暗引前人的典故和诗文。

宇文所安对中国文化的典故背景很敏感，很熟悉，译文使用了直译加注释的"厚重翻译法"，方便英语读者的理解与接受。

（一）反引与正释

反引，即所引用的意思与原来的意思相反，或照录修正，或直接改动，或引出大意提出异议。例如：

原诗：

漆　园

古人非傲吏，自阙经世务。

偶寄一微官，婆娑数株树。

译诗：

Lacquer Tree Garden

That man of old was no disdainful clerk,

he just lacked the mission to run the world.

He happened to lodge in a minor post——

several trees swayed there dancing.

诗中反引郭璞《游仙诗》中"漆园有傲吏"的典故，指庄子曾任漆园吏，楚王欲聘其为相，被其拒绝。王维借此表明自己宁做小官，也不愿抛弃隐逸恬淡的生活的心愿。宇文所安在译文中用 disdainful clerk（倨傲的职员）译"傲吏"，并在脚注中注明指"曾经担任过漆园吏的庄子"，通过正释手段还原典故中人物的原貌，这样一来，西方读者就易于了解庄子的身份了，因为庄子在英语世界的知名度很高。

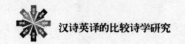

（二）借引与明示

借引又称"改用"，就是本意与借意虽相异但意义相关，可引发联想，增强形象性。例如：

· 原诗：

椒　园

桂尊迎帝子，杜若赠佳人。

椒浆奠瑶席，欲下云中君。

译诗：

Pepper Garden

A cinnamon beaker greets the god's child,

The asarum, a gift for the fairest of all.

On onyx mats peppered libations of beer

to bring down the lord in the clouds.

诗人以庄园中的《椒园》之椒（指香料花椒），联想到《楚辞·九歌》中的香草美人的传统，借此祭奠"帝子"（尧帝之女湘夫人）和"云中君"（云神）。诗中的香料名"椒"、香草名"杜若"、美酒名"桂"和垫席名"瑶席"，都借用自《九歌》。这些神和物的借用，表现了诗人悠游于花园，超越尘世之累的逍遥人生观。译文大体是直译，并在注释中明示"云中君"等意象都来自《楚辞·九歌》，减少了读者欣赏和接受的障碍。宇文所安在典故翻译过程中，交替使用了"正释"和"明示"的翻译方法，准确把握了原诗中的文化细节和整体意境，译文有模仿，有变通，语言畅通，把中国性和西方性、现代性和古代性打通，是文化互文性翻译。译者之"想"尊重中国文化典故之"因"，显示了译者对中国文化的自觉性。

宇文所安英译王维诗，在中国传统诗学观照下，从"以画译诗""以禅译诗"和"以典译诗"三个方面，探讨了诗歌"画"境中的动、静的共存和光线色彩的强弱在语境翻译中的摹写和润饰，分析了禅宗审美意境翻译中的"无我之境"、"虚实相间"、形式意味和意义的统一，以及典故翻译的文化交互性。总而言之，宇文所安的翻译再现性重于表现性。

第三节　汉诗英译的审美的一体两翼

发轫于中国古代哲学思想的"气韵生动"美学范畴，从画论延伸到书论和诗论，并引入译论。宇文所安注重中国诗学的审美思维，通过英译汉诗投射中国诗学的美学意蕴，再现和再造汉诗的审美意境风格。本节在中国美学理论"气韵生动"的视域下，以李白诗歌英译为例，探讨宇文所安的翻译美学观和翻译策略。

一　"气韵生动"美学思想对翻译的启示

（一）"气韵生动"的含义与生命形式

南齐画家谢赫在《古画品录》里提出"气韵生动"乃画论六法之首，是对东晋顾恺之"以神写形"的提升和发展。虽然"气韵生动"美学范畴的"气""韵"和"生动"三者浑然一体，难以分离，构成一个被前人称为"千载不易""万古不易"的朴素美学体系，但三者毕竟各有侧重，各有"不同层次的哲学美学品质"①。"气韵生动"也是诗论观照的重要因素之一，画论与诗论可以同构，因为"气韵范畴美学和中国文学美学的总特征、总走向是一致的"②。

"气韵"的"气"可指"画面的元气"③，即艺术的生命力，也可指"由作者的品格、气概，所给予于作品中力的、刚性的感觉"。④但它通常指统领整个系统三个层次的"气力""气势""骨气"等，后世的诗论家多用"风骨"和"骨气"等美学命题，骨即气，气即骨，指的都是"气韵"之"气"，且更重文气和文势。

"韵"本指"音韵""声韵""节奏"和"韵律"。但在画论中，"气韵"的"韵"指的是人物的"风神""风韵"和"风姿神貌"，⑤又是人的形相之间的"情调、个性，有清远、通达、放旷之美"和"神形相融的韵"，⑥大致相当于"传神写照"，在诗学上也具有特别的意义。"韵者，美之极也"（宋范温语），"韵"不仅是声音的和谐美，而且更强调诗歌的情感。

"生动"是"气韵"的效果，"有气韵，则有生动矣"（顾凝远《画引》），《周易》主张"天地之大德曰生""生生之谓易"，就是指"生"的变化性。宗白华认为，"生动"指生命的流动变化，强调艺术的"热烈飞动"与"虎虎有生气"⑦，"生动"意味着生命，"气"

---

① 施荣华：《论谢赫"气韵生动"的美学思想》，《云南师范大学学报》（社会科学版）2005 年第 2 期。

② 吴功正：《中国文学美学》，江苏教育出版社 2001 年版，第 442 页。

③ 叶朗：《中国美学史大纲》，上海人民出版社 2001 年版，第 220 页。

④ 徐复观：《中国艺术精神》，华东师范大学出版社 2001 年版，第 98 页。

⑤ 叶朗：《中国美学史大纲》，上海人民出版社 2001 年版，第 220 页。

⑥ 徐复观：《中国艺术精神》，华东师范大学出版社 2001 年版，第 106 页。

⑦ 转引自史鸿文《中国艺术美学》，中州古籍出版社 2003 年版，第 220 页。

和"韵"都指向生命的飞动。

艺术结构和生命结构具有异质同构性。苏珊·朗格认为,生命形式具有有机性、动态性、节奏性、生长性四个基本特征,而艺术品在不同程度上同这些生命形式的基本特征相对应。① 正是"艺术结构与生命结构的相似之处",才使诗歌等艺术形式"看上去像是一种生命的形式","像是创造出来的","像是直接包含在艺术品之中"。② "气韵生动"是一种"生命形式",诗歌的艺术形式借助"气"和"韵"产生生命的张力和流动的生气。

(二)"气韵生动"对诗歌翻译的启示

"气韵生动"不仅是中国古代美学思想的基石,而且是对"神似"和"传神"范畴的升华。吴功正指出:"气韵"成为独立的审美范畴,它与"神似"论有联系,但更有美学意味。③ 因此,它对文学创作和鉴赏的审美观念都产生了深刻的影响,并且可拓展为诗歌翻译的重要原则。

第一,诗歌翻译要有"气"的穿透力,正如曹丕在《典论·论文》里所言:"人以气为生,文以气为主。"审美主体(译者)对审美对象(原诗)要译出"气",译文是形似和神似的有机整体。首先要抓住原诗的文气和元气,译诗要再现原诗的语言气势,反映原诗的核心审美价值,"以传送对象内在的精神为指归"④,译诗语言须有灵气和灵动之美。

---

① 吴风:《艺术符号美学》,北京广播学院出版社 2002 年版,第 111 页。
② [美]苏珊·朗格:《艺术问题》,滕守尧、朱疆源译,中国社会科学出版社 1983 年版,第 55 页。
③ 吴功正:《中国文学美学》,江苏教育出版社 2001 年版,第 434 页。
④ 同上书,第 439 页。

第二，诗歌翻译要译"情"，诗歌意象"情景交融"的核心是情，"韵"是情感的媒介。苏珊·朗格说过，"每个高明的哲学家和艺术批评家自然都意识到了艺术总以某种方式表现情感"，"在某种意义上说，情感必须在作品之内"。① 这表明任何艺术形式都是某种情感的表现形式。因此，诗歌翻译不能满足于译意和译形，而要译出包含于或对应于语言形式的"情"，包括各种韵律表现之情。

第三，诗歌翻译重在译"活泼泼的生命感"和"生香活态"，译诗语言要生动活泼，不可陈腐僵化。"气韵生动讲究象外之象和言外之意的理致。"② 译诗应保留原诗的"留白"，在虚实相生中把握"超以象外，得其环中"的审美意蕴。"气"须有"活泼泼的生命感"，"韵"须有"生香活态"。"固定的存在是形，形没有气，就没有灵动，就是死的。中国艺术最忌讳的就是'死搭搭地'。"③ 所以，译诗的"气韵"达到"生动"效果，译者必须在美学上下功夫，译诗语言要有鲜活的创造性，"要善于运用充满感情的'文学语言'，去烘托那种审美意境，要让人读后有美的享受，有品味的空间"。④

二 翻译中"气韵"之"气"的"生动"美

（一）诗歌的复调之"气"美与译诗的复调诗性生动美

抒情诗歌大多具有复调性，言与意可分离。意象和意境都有复调

---

① ［美］苏珊·朗格：《情感与形式》，刘大基等译，中国社会科学出版社1986年版，第69—70页。

② 朴相泳：《略论"气韵生动"及其美学意义》，《理论学刊》2005年第4期。

③ 朱志良：《中国美学十五讲》，北京大学出版社2006年版，第112页。

④ 袁新：《论"文学译本是'气韵生动的生命形式'"》，博士学位论文，上海外国语大学，2007年，第22页。

结构的潜势，意象的"意在象外"，意境的"象外之象"，都是审美的复调结构。刘勰在《文心雕龙·隐秀篇》中阐发的美学范畴"隐"以"文外之重旨"和"隐以复义为工"，论证了文内和文外文体美之间的复调性，也符合诗歌的复调审美特征。

巴赫金的复调诗学理论在某种程度上也适合诗歌的特性。巴赫金强调复调小说主人公的"独立性、内在的自由、未完成性和未定论性"①，复调小说是由多重声音构成的。其实，诗歌也没有诗人统一的审美意识，诗歌的审美意味也具有复调性和多声部性，是一种开放的"未完成性"和"不定性"。

诗歌的"未定性"和多声部性是诗歌"复调性"的前提，也决定了诗歌翻译回声式的"复调性"。无论是诗歌文内和文外之间的复调性，还是表意和潜意之间的复调性，"未定性"使诗歌的美学意蕴产生张力，释放审美气势和灵气，而诗歌翻译的"复调性"使译诗产生异质的文势，有时是狂欢化的异质生动美。

李白诗酒风流的醉态狂欢具有复调性。杨义认为李白把醉态当作一种"生命形态"和一种"诗学形态"来体验。② 李诗《将进酒》的审美价值集中体现了李白的诗学审美方式。一方面，他胸怀忠君报国的大志，却因无法实现而苦闷、彷徨、激愤、悲哀；另一方面，他借酒消愁，狂歌痛饮，以超脱世俗和礼法的拘束，李诗是醉态狂欢和浪漫悲情的复调性。李诗中的"欢—愁"复调诗性结构美，是典型的审美复调性和多声部性，宇文所安的译诗使用了"藏—露"式翻译策略，试图寻求诗歌审美结构上的对应。例如：

---

① 巴赫金：《巴赫金集》，张杰编选，上海远东出版社 1998 年版，第 20 页。
② 杨义：《李杜诗学》，北京出版社 2001 年版，第 86 页。

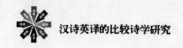

原诗：

> 君不见黄河之水天上来，
>
> 奔流到海不复回。
>
> 君不见高堂明镜悲白发，
>
> 朝如青丝暮成雪。

译诗：

> Look there!
>
> The waters of the Yellow River
>
> coming down from the Heaven,
>
> rush in their flow to the sea,
>
> never turn back again.
>
> Look there!
>
> Bright in mirrors of mighty hall
>
> aggrieving for white hair,
>
> this morning blue – black strands of silk,
>
> and now with evening turned to snow.

（Stephen Owen　译）

原诗虽借乐府古题，却无古词的枯槁和拘谨，有的只是汪洋恣肆，豪言洋溢，气势逼人。语言的气势、灵气和灵动如奔腾的黄河，气吞山河。前两句是黄河从天到海的空间浓缩，表面上凌空落笔，气势恢宏，语言的背后暗示了万古愁绪如同尽情倾泻、汹涌澎湃的黄河之水，来势凶猛，去势突然。生命的冲动造就气势的生动，愁绪也在生命的喷发之中跌落。审美价值的复调性可见一斑。

译诗的"露"是原诗的表层意义,生动形象,气势不凡,如动词结构 coming down(来)和 rush in their flow(奔流),几乎模仿了原诗的动态之气,亦有凌空飞下的气势美和律动美,且 river、heaven 和 sea 三个词分别置于三行的末尾,正好在空间上构成了"黄河—天—海"的立体画面,译诗恰当地安排了空间的暗示性和诱导性。但深层的情感联想意义仍然深藏不露,留给读者以合理想象的空间,审美生动之气的复调性在译诗中得以保存。

原诗的后两句是表层时间意识(一早一暮)同深层时间意识(人生由盛至衰)互为复调性,诗人的苦闷悲情溢于言表,悲慨之情尽情倾泻,是生命冲动的逆转,审美基调趋于"直露"。例如,aggrieving(悲)字干净利落地道出了原诗的主调,毫无遮掩,读者一览无遗,并反观前两行译诗,加深了生动之美的印象。此外,this morning(朝)和 now with evening(暮)、blue‐black strands of silk(青丝)和 snow(雪)同原诗一样构成强烈的对比,是反差强烈的"气韵"之"气"美。两个"君不见"句式本是反问句式,但译者译为两个呼唤句:Look there! 显示了强大的气势,豪爽气概移入译诗,译诗在很大程度上是对应的审美效果。狂欢与悲愤,浪漫与悲情,是李诗的诗学复调审美结构,译诗基本体现了这种气势生动的诗性审美诉求。

(二)诗歌的混融意境美与译诗的艺术生动美

醉态诗学观不仅是"非逻辑之逻辑"的人生体验方式,而且是一种混融性审美思维结构。李白的《月下独酌》里有道家思维的影子,主题具有混融性,是"酒—月—影"的三合为一①,现实世界的困顿

---

① 参见杨义《李杜诗学》,北京出版社 2001 年版,第 89 页。

和内心世界的矛盾同形对应，显示了醉态与清醒之间复调和复义的悖论。程抱一认为："尽管表面看来这首诗语调单纯，诗人却在里面触及了好几个主题：幻象与现实、自我与他人、有情与无情等等。"① 说的是主题悖论中的逻辑与非逻辑的复合性，营造了一种混融性的意境气势美，把几个复调性主题纳入醉态审美经验之中，包容性很强。其主旋律是以"闹"写"独"，"用乐景衬托孤悲"，② 混融性的意境实质是气势美。如李白《月下独酌（其一）》（*Drinking Alone by Moonlight*）的前半部分：

原诗：

> 花间一壶酒，独酌无相亲。
>
> 举杯邀明月，对影成三人。
>
> 月既不解饮，影徒随我身。
>
> 暂伴月将影，行乐须及春。

译诗：

> Here among flowers one flask of wine,
>
> with no close friends, I pour it alone.
>
> I lift cup to bright moon, beg its company,
>
> then facing my shadow, we become three.
>
> The moon has never known how to drink;
>
> my shadow does nothing but follow me.
>
> But with moon and shadow as companions the while,

---

① 程抱一：《中国诗画语言》，涂卫群译，江苏人民出版社 2006 年版，第 35 页。

② 刘焕阳：《中国古代诗歌艺术研究》，山东大学出版社 2008 年版，第 150 页。

this joy I find must catch spring while it's here.

（Stephen Owen 译）

原诗的前五句是完全的混融审美思维，酒、月、影三位一体，诗中的"酒""月""影"的情感相互融合和投射，彼此不分，相互移情，构成混融性的醉态意境美，无情变为有情，隐藏了主体，呈现一幅人与月、影交织的画面美，流露出一股画面的元气。诗歌无明确的人称主语，语言是重意合的审美主体与客体的混融性的"非逻辑化"。译诗再现了原诗的意境的"气"美，添加了主语 I，突出了人物主体，是审美主体的"逻辑化"移情投射，即"客体对象的主体化、拟人化、情景化（由物及我），又是主体情感的客体化、外在化、物质化（由我及物）"①，强调了"I—moon—shadow"的情景交融，再造了混融意境美。

译诗的回声反射了原诗的审美情趣，表现了译者的逻辑思维能力，不仅借助人称主语的明晰化和虚词的功能，而且动词的选用如 pour（酌）、lift（举）、beg（邀）、face（对）、follow（随）、catch（及）等，既忠实，又生动形象，是诗酒气势张扬下的"闹"中有"独"复义诗意美的情感张力，呈现逻辑投射生动美和译者审美移情的生动美。特别是 beg 一词，更显译诗中饮酒者的谦卑，在反射原诗的意蕴时，投射了译者的恭敬和天真之情，为译诗起到了画龙点睛的作用。

苏珊·朗格说："诗，也像其他一切艺术一样，是抽象的和富有含义的。"② 译诗也要译出"抽象"和"含义"。作为艺术之王的诗歌投射主要是诗人的精神情感，诗是"用一种美的文字——韵律的绘画

---

① 刘宓庆：《翻译美学导论》（修订本），中国对外翻译出版公司 2005 年版，第 220 页。
② ［美］苏珊·朗格：《艺术问题》，滕守尧、朱疆源译，中国社会科学出版社 1983 年版，第 155 页。

的文字——表写人的情绪中的意境"①，宇文氏的译诗不仅再现了原诗的诗"形"（词语的音节和韵律），而且移情投射了诗人的混融性诗"质"（天真之情和孤独中的醉酒狂欢之情）。

三　诗歌翻译中"气韵"之"韵"的"生动"美

（一）李诗独创性的情感韵味与译诗的情感反射生动美

李诗句子结构参差不齐而自然天成，音韵频换而显得和谐，不受诗歌形式和格律束缚，节奏错落，风格真率、朴实、明快、流畅，字里行间流露出自然之美和酣畅淋漓之情，节奏自然，音律和谐。张福庆说，李诗的神韵融入诗歌"抒情的无意识和非自觉"，在"客观景物的触发下，把心中蕴蓄的情感自然而然地宣泄出来"。②即在情景交融的意境中，情感韵味自然流露，译诗也应力图反射原诗的这种情感韵味的自然性。例如：

原诗：

> 五花马，千金裘，
> 呼儿将出换美酒，
> 与尔同销万古愁。

（《将进酒》）

译诗：

> Then take my dappled horse,
> take my furs worth a fortune,

---

① 宗白华：《意境》，北京大学出版社 1989 年版，第 20 页。
② 张福庆：《唐诗美学探索》，华文出版社 2000 年版，第 173 页。

Just call for the boy to get them,

and trade them for lovely wine,

And here together we'll melt the sorrows

of all eternity!

（Stephen Owen　译）

　　原诗是诗人对朋友说的劝酒词，娓娓道来，自然流畅，无丝毫雕斧琢痕迹。译文是散体诗，根据语境合理增加了两个典型的口语化词 take，填补了原诗隐含的意义空白，再现了原诗中诗人的豪饮之情。为图一醉方休，诗人不惜变卖随身携带的马匹和裘衣，豪爽形象跃然于英语读者面前。

　　译者正确理解原诗数词的联想意义和情感构建功能，灵活翻译"五"和"千"的文化内涵，把"五花"和"千金"分别译为 dap-pled（有斑点的）和 worth a fortune（值钱的），而没有死译，克服了一般汉学家不问青红皂白直译数字的弊病。此外，译者以 melt 译"销"，是译诗的诗眼，意为几杯酒下肚，一切烦忧失意，都溶入酒里。"翻译中对字词的锤炼，首先应当从表意准确入手，还应体物缘情，既从增强表达的形象性去提炼，又需考虑行文的生动传神。"① 译诗的神韵彰显了借酒消愁之情，惟妙惟肖，形象传神，节奏自然，"韵"味不俗，生动形象之美状溢目前。

　　由此可见，译者把译诗语言形式当作一种"生命形式"，通过译诗语言的变通而赋予译诗以诗人的情感艺术生命，而非以机械模仿原诗的形式外壳来追求原诗的艺术形式。苏珊·朗格指出，艺术都是一种生命形式，艺术品的结构形式就是生命形式的投射，即生

---

① 魏瑾:《意象之辨：从 imagism 说起》,《外语与外语教学》2008 年第 11 期。

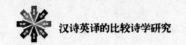

命形式和艺术形式具有同构性。① 译者透过这种生动艺术形式反射了原诗的借酒消愁的豪爽情感的生命形式。又如，有些李诗不仅自然天成，而且注重押韵，韵味与情味合璧。如《山中答问》：

原诗：

> 问余何事栖碧山，
>
> 笑而不答心自闲。
>
> 桃花流水窅然去，
>
> 别有天地非人间。

译诗：

> You ask me why it is
>
> I lodge in sapphire hills;
>
> I laugh and do not answer—
>
> the heart is at peace.
>
> Peach blossoms and flowing water
>
> go off, fading away afar,
>
> and there is another world
>
> that is not of mortal men.

（Stephen Owen　译）

　　原诗是通俗自然的对话体，语言朴素简洁，形同口语，信口拈来，语言天然飘逸，"淡而愈浓，近而愈远"（明李东阳《麓堂诗话》），表面上的"平淡"暗示着深层的"浓烈"。遁隐山林的禅意

---

① 参见吴风《艺术符号美学》，北京广播学院出版社 2002 年版，第 110 页。

预示着现实生活中的失意和苦闷，情感上的乐观浪漫包裹着愤世嫉俗。

译诗也是自由间接引语和自由直接引语的对话体，为营造语句停顿效果，把每行诗分解成两行跨行连续体，读起来有诗味和韵律感，每行都是按照原诗的"四—三"式节奏切分，基本上是顺译，跨行连续在诗学功能上造成情感意义再现的悬念。尽管有些冗长且不押韵，但每行的音节数大致相当，避免了诗行的过长，选词通俗易懂，除 lodge 和 sapphire 等词有些雅化外，其余词语都很朴实，足见朴素美。而"碧山"译为 sapphire hills，主要是迎合英语读者喜欢 sapphire（蓝宝石）所蕴含的高雅意义，满足了他们本土化的审美诉求，译诗在整体上求得与原诗类似的神韵美。同时，译诗几乎完全反射了原诗投射的"淡而愈浓"的情感模式。

苏珊·朗格认为，人们为取得某种情感意味极力模仿，反而会完全超出模仿范围而成为一种抽象效果。因此，人们往往会对表象进行特殊处理（转化），而不是忠实复制；它制造与原表象等效的感性印象，而不是与原型绝对相同的形象；它用具有一定局限性但又十分合理的材料，而不是与原型材料性质绝对相同的材料。[①] 诗歌翻译过程中，译者也使用类似的艺术手法进行转化，虽然宇文所安在译诗中也有模仿，但更多的是情感"转化"处理，译诗的"材料"（语言）并不是同原诗原型的材料（语言和意象）绝对相同，而是营造原诗的情感意味，追求原诗的精神价值和神韵，生动反射原诗的情感价值。宇文所安用合理的语言材料，以整齐的现代英诗的音步和美观的跨行连续形式转化原诗的七言诗节奏形式，以某些

---

① 参见［美］苏珊·朗格《艺术问题》，滕守尧、朱疆源译，中国社会科学出版社 1983 年版，第 94 页。

文雅的语体如 lodge 和 sapphire 等替换原诗的感性审美形象，不仅是一种创新抽象效果，而且营造了有生命力的新形式和新意象，反射了强烈的情感效果。

（二）李诗的音韵美和形式整饬美与译诗的音形修辞生动美

李诗虽不注重诗歌形式，不受格律束缚，但也不是完全我行我素，有些诗行十分看重对仗，整饬美是诗的韵律特征之一，是诗歌形式的音韵化。译诗没有亦步亦趋地译出原诗的形式工整美，但在某种程度上再造了原诗中的某些音韵特点，有些地方也译出了对应的形式美。例如：

原诗：

> 列缺霹雳，丘峦崩摧。
>
> 洞天石扇，訇然中开。

(《梦游天姥吟留别》)

译诗：

> Thunder – rumbling in Lightning Cracks,
>
> hill ridges split and fell；
>
> then the stone doors of Caves to Heaven
>
> swung open with a crash.

(Stephen Owen　译)

这是诗人在梦中见到的情景。译诗中有三行是五词句，字数相对工整，特别是"霹雳"译为 thunder – rumbling，再现了原诗的拟声效果，以 Lightning Cracks 译"列缺"（即闪电），虽然大写作为地名属于误读，但是 crack 表示"噼啪"，且内含两个辅音［k］，crash 也表示爆裂声，也含辅音［k］，另加上 cave 中的［k］音，在整体上构成一种声响共鸣的暗示。秦秀白认为，"音位的不同组合形式也会导致不同的音响效果，产生移情作用，给人以身临其境的感受"，"联觉语音能加强语言的直观性、形象性和生动性；它能刺激人的听觉，从而对语义产生象征性的联想"。① 这实质是一种音韵美。

不仅辅音具有声响暗示作用，而且元音也具有声音联想功能。元音和短元音的联想作用也不尽相同。"长元音具有暗示空间宽阔、时间较长、速度缓慢、态度庄重和思考深沉等特点，而短元音则有空间狭小、时间短促、生动活泼、心情愉快等特点。"② 例如，lightning、stone 和 open 分别含开口大的元音［ai］和［ou］，都可联想到一种声音形式，这些共鸣造就一种持续长久的声音，沉闷的气氛。译诗中表示音响大的词都是元音开口大的词，而表示音响效果小的词都是开口小的元音音节［i］的词，如 hill、ridges 和 split 等，这些词语构成一种音韵美，音韵效果在整体上构筑了译诗的乐声生动形象美。

尽管译诗没有机械模仿原诗的形式整饬美，但是根据英语音位联想的特点营造拟声效果和声音联想，多少显现了原诗韵味的生动美。语音修辞既表音又表意、表情。又如，李白《月下独酌（其一）》的后半部分：

---

① 秦秀白：《英语语体和文体要略》，上海外语教育出版社 2004 年版，第 41—42 页。
② 傅惠生：《典籍英译应注意有意味形式的研究》，《中国外语》2007 年第 5 期。

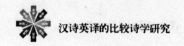

原诗：

> 我歌月徘徊，我舞影零乱。
>
> 醒时同交欢，醉后各分散。
>
> 永结无情游，相期邈云汉。

译诗：

> I sing, and the moon just lingers on;
>
> I dance, and my shadow flails wildly.
>
> When still sober we share friendship and pleasure,
>
> then, utterly drunk, each goes his own way—
>
> let us join to roam beyond human cares
>
> and plan to meet far in the river of stars.

原诗是整齐的五言诗，格式工整，译诗也基本对齐，每行几乎都是七至九个词，显示出工整对应美。例如，"我歌月徘徊，我舞影零乱"和"醒时同交欢，醉后各分散"，是对仗整齐的对句，前两句译为 I sing, and the moon just lingers on 和 I dance, and my shadow flails wildly，语言结构几乎是原文的克隆，且音节相等，都是九个，句法结构都和原诗几乎一样，对仗齐整划一。后两句译诗的句式分别有两顿，即 When still sober /we share friendship and pleasure 和 then, utterly drunk, /each goes his own way—，虽然不如前两句译文工整和谐，但也比较对应，句法结构大致相当，读起来有一种韵美，展示了译诗的气韵美。这种声形修辞整饬美本身就是韵律美。总之，译诗忠实再现了原诗的审美结构和气韵生动美。

本节从"气韵生动"的美学范畴出发，探讨了宇文所安英译李白诗歌的美学价值。译者在语言形式和意境方面再现了原诗的"气"的"生动"美，在音韵和情感方面再现了原诗的"韵"的"生动"美。译诗风格的气势和气韵，具有重要的审美价值，尽管译诗不押韵，但通过词语的意义和语音手段的补偿，凸显了译者的"气韵生动"的审美追求，为传播中国古典文化做出了积极贡献。"古诗词英译的意义在于弘扬中国的古典文化，中国古诗词英译研究者和实践者都应该以弘扬中国古典文化为己任。"①

①　卢军羽：《汉语古诗词英译理论研究的现状与展望》，《外语学刊》2009 年第 2 期。

第五章 汉诗翻译的伦理倾向

伯顿·沃森是美国著名的中国经典翻译家，在其五十多年的职业翻译生涯中，翻译出版了大量的中国历史、哲学、宗教和诗歌典籍，为推动中国文化在美国和西方的传播做出了重要贡献。沃森翻译的中国典籍，尤其是历史典籍，近年在我国翻译界日益受到重视，但他英译的中国古诗却没有引起足够的关注。他编译的《中国诗选》中的《诗经》译文，代表了他诗歌翻译的一般特点。随着"翻译研究已经回归伦理问题"①，探讨沃森的《诗经》译文可以管窥他翻译伦理的矛盾性与和谐性。

本章从描写翻译研究的视角出发，通过对他译诗中所遵循的翻译伦理踪迹的追寻，初步探讨了他在翻译选材和翻译操作方面伦理取向的矛盾性与和谐性对中国诗歌英译产生的影响，以期对我国的古典诗歌英译和对外传播提供有益的启示。

---

① Anthony Pym, "The Introduction: The Return to Ethics in Translation Studies", *The Translator*, No. 2, 2001.

第一节　翻译伦理的内敛性与外倾性

译者的伦理倾向是译者文化身份的决定因素之一，它潜在地操控着译者的翻译选材和翻译策略。Chesterman 把翻译伦理分为原语/原作者的再现伦理、客户服务的扩展伦理、哲理性的交际伦理、规范伦理和委托伦理五类。[①] 为了改进这种语焉不详和分类重叠的分类，Williams 和 Chesterman 把翻译伦理重新分为真诚价值再现伦理、价值忠诚伦理、服务基本价值观的理解或合作伦理及规范与信任价值伦理。[②] 可以看出，尽管分类各有所侧重，但翻译伦理的核心价值都离不开"诚信"原则，它不仅规约着译者的身份，而且制约着译者的心态。

但是，在文学翻译中，由于追求的价值不同，译者对原文、原作者、译文、译文读者涉及的文化、意识形态的理解和侧重点不同，译者的伦理在开放程度上有所差别。Robinson 把译者的伦理分为内敛性（introversion）和外倾性（extroversion）两类。[③] 实际上，这两种类型虽然互为矛盾，但很难决然分开，从两个词的词根（ver‑）都含有"改变"的意义就可以看出。有的译者更倾向于前者，有的则更倾向

[①] Anthony Pym, "The Introduction: The Return to Ethics in Translation Studies", *The Translator*, No. 2, 2001.

[②] 参见 Williams Jenny & Andrew Chesterman, *The Map: A Beginner's Guide to Doing Research in Translation Studies*, Shanghai: Shanghai Foreign Language Education Press, 2004, p. 18。

[③] 参见 Douglas Robinson, *The Translator's Turn*, Beijing: Foreign Language Teaching and Research Press, 2006, p. 203。

于后者。甚至同一译者具有两种伦理倾向，在某一阶段倾向于前者，而在其他阶段则倾向于后者。

内敛性的伦理注重"诚信"原则，译者的心态更加务实和谦卑，因为"谦卑是贯穿于内敛心态的世俗传统，是一种阻止个性外部表达的内转"①。其特点是"顺从""消除自我""利他"和"自我否定"，它是西方基督教伦理的世俗化和具体化，这与 Chesterman 的"真诚价值再现伦理"很契合；而佛教伦理也强调修行，强调内省和心诚，遵循规则，从出世到入世，目的主要是自利和利他的一致性。中西伦理在内倾性方面具有对话性，在文学翻译中，译者的内倾伦理注重对原文和原作者负责，极力压抑自己的个性。从另一个角度来看，译者"谦卑"地忠诚于原文，追求有别于目标语的"差异伦理"，以"偏离主体文化规范"的方式，"改革本土文化中的主流文化身份"。②

Robinson 还认为，译者要想进入更高层次，就需要外倾性，"挣脱陈旧的谦恭理想的束缚，学会表达自我，言说自我，要求自己的权利"。③ 外倾性的伦理强调表达自我，坚持己见，反对泯灭自我，带有明显的个人伦理意识。外倾性的译者在翻译中是语言鉴赏家，是两种语言和多种专业术语的行家，译者的主体性得到张扬，翻译的选材和翻译方法都具有鲜明的个人烙印，有时倾向于变异和改写，当然也就不太"忠实"，更强调自我价值，摒弃了理想主义的色彩，注重译文的流畅性和可读性，这可表现在翻译操作和翻译选材两个层面。朱志瑜认为，翻译的态度是面向"他者"的态度，"在操作层面的伦理"，"归根结底

---

① 参见 Douglas Robinson, *The Translator's Turn*, Beijing: Foreign Language Teaching and Research Press, 2006, p. 204。

② Lawrence Venuti, *The Scandals of Translation: Toward an ethics of difference*, London & New York: Routledge, 1998, pp. 83 - 84.

③ Douglas Robinson, *The Translator's Turn*, Beijing: Foreign Language Teaching and Research Press, 2006, p. 206.

是对他者的伦理，即如何对待外来的、异质的，特别是弱势文化的事物"。① 译者据此伦理观塑造自己的文化身份，以张扬译者的个性。

第二节　译者的外倾性伦理与经典的重构和阐释

一　翻译选材与经典重构

译者的翻译选材可以反映译者的翻译伦理观，译者的外倾性伦理隐含着译者某种程度上不断变化的文化身份。正如 Venuti 所言，虽然译者"吸收"了"官方机构、学术专家、出版商和评论家所确立"的、隐含在"经典"中的"伦理观"，但译者对伦理观的态度经历了一个变化的过程，"先是全盘接受，接着是在接受和拒绝之间徘徊不定，最后是提出质疑和修改"②。

译者的这种"质疑"和"修改"意味着对"异域文本"经典的本土化"阐释"和变异。这是译者个人伦理意识的现实化和自我言说。尽管译者受外倾性伦理思想的支配，但本土文化背景和意识形态交织在一起，译者的翻译选材也受后者一定程度的影响。

沃森选择英译《诗经》中的诗歌时烙上了强烈的外倾性伦理观，对原诗歌体系的"诚"不是最重要的考量，因为译者的翻译选择不仅要体现译者对待中国最早的诗歌经典时强烈的个人伦理观，而且还会

---

① 朱志瑜：《翻译研究：规定、描写、伦理》，《中国翻译》2009 年第 3 期。

② Lawrence Venuti, *The Scandals of Translation: Toward an ethics of difference*, London & New York: Routledge, 1998, p. 82.

受到本土文化里意识形态和主流诗学的影响。《诗经》共有 305 首诗篇，其中"风"（主要是民歌）160 首，"雅"105 首，"颂"4 首。但沃森仅选译了 35 首，其中"风"27 首，"雅"7 首，"颂"仅 1 首。沃森选译的《诗经》，大多是类似于英语民歌和民谣的《国风》，是作为文学作品而非传统的儒家经典来翻译"阐释"。这些诗歌的朴实美和简约美同他自己的诗学倾向相契合。这种原则出于他的审美意味和诗学观，主要根据他自己的偏好选择《诗经》中的诗歌翻译成英文，他的编译式的"改写"和重构把《诗经》经典文本高度浓缩化了。

沃森翻译《诗经》所流露出的外倾性伦理，基本顺应了当时美国主流文化的意识形态，即"二战"后的美国文化战略中，美国普通读者迫切希望了解中国文化和文学。他在选材方面的文化态度和对待"他者"的伦理，即选译朴实、通俗、可读性强和短小精悍的民歌或民谣类诗歌，也基本上迎合了美国的主流诗学。

二　译诗的现代阐释性

译者的外倾性伦理观还贯穿于译者对原诗的现代性阐释。孔子说："诗可以兴，可以观，可以群，可以怨。"《诗经》的重要特征之一是抒发情感。虽然沃森所选诗以民歌为主，语言朴实无华，但产生的时代毕竟久远，对今天的读者而言仍显古奥。沃森同庞德对待《诗经》的态度迥然不同，他不把《诗经》看成儒学经典，而是当作民歌来解读，进行非儒化的现代性和通俗性阐释。

沃译把《诗经》每首诗的第一行译为标题，如《草虫》一诗的标题 Chirp Chirp the katydids 译自该诗的第一行"喓喓草虫"。增译标题有助于读者的欣赏习惯。沃译《诗经》有 10 首加注了题解。例如，他在

《关雎》中增加了题解："据说是用于王室成员的婚礼上的歌曲；'雎'象征夫妻之爱。"目的是让西方读者理解标题、背景和原诗的主题意义。

译者的外倾性伦理张扬译者的主体性，协调主体（译者和潜在的读者）与客体各要素之间的关系，在翻译运作中强化了《诗经》译文的通俗化和非经典化。译者对原文体系和原文风格的改造、变异、注解的明晰化、通俗化，都突出了译者外倾性伦理的主导作用。

沃森在翻译中，不是以古英语译古汉语，而是充分顾及译文普通读者的审美期待视域，以现代英语译古汉语。他把朴实的语言风格当成诗学变量，正如 Lefevere 所言："诗学是一种历史的变量，而不是绝对的。"① 在翻译中，译者开放性的诗学伦理观顺应这种发展趋势，以通俗的译诗语言对原诗进行现代性的解读。例如，《野有死麕》（*In the Meadow There's a Dead Deer*）：

原诗：

> 野有死麕，白茅包之。
>
> 有女怀春，吉士诱之。
>
> 林有朴樕，野有死鹿。
>
> 白茅纯束，有女如玉。
>
> 舒而脱脱兮，无感我帨兮，无使尨也吠。

译诗：

> In the meadow there's a dead deer,
>
> with white rushes cover it：

---

① Andre Lefevere, *Translation*, *Rewriting and the Manipulation of Literary Fame*, Shanghai: Shanghai Foreign Languages Education Press, 2005, p. 35.

there's a girl with thoughts of spring

and a fine man who tempts her.

In the woods are the scrub oaks,

in the meadow a dead deer:

in white rushes wrap and bind it.

There's a girl fair as jade.

Go slow——gently, gently!

Don't muss my waist cloth,

don't make the dog bark!

这是一首描写青年男女幽会的爱情诗，译诗中全部用的是日常生活中的普通词语，如 meadow、wood、deer、girl、man、cover、wrap、cloth、dog、bark 等，没有一个古体词，而且除了 meadow 和 gently 是双音节词外，其余全是单音节词。这些词主要是意象，在读者面前展示了一幅浪漫的画面。译诗通俗易懂，选词注重口语化，避免使用古英语词而产生的佶屈聱牙之感，便于英语读者欣赏。译诗无论是语言，还是意境，都充满现代社会的生活气息，译者的开放性伦理清晰可见。

第三节 译者的内敛性伦理与译诗风格的和谐

一 译者的内敛性伦理对"忠实"和"忠诚"的统摄

译者的内敛性伦理强调译者的谦卑心态，尽量阻止外倾性伦理的过分"喧宾夺主"，把个人伦理的自我意识和作为职业翻译家的职业伦理自觉统一起来，不仅强调对原文信息和意义的"忠实"，更注重对原文形式诗学特征的"忠诚"，重视再现原诗结构的形式美，把审美体验置于"忠诚"法则之下和伦理内部机制之中。为了抵抗本土化强势话语的创译论，在诗歌翻译中，忠诚原则是最重要的伦理准则。"'诚'无疑是翻译活动能够有序而健康地进行所必需的态度预设与伦理基础。"①

Lewis 所主张的"僭越的翻译"（traduction abusive）或反常的忠实（abusive fidelity）同这种"内敛性"伦理有类似的目标，旨在"释放原文语言的冲撞力量"，重现"原文的意指方式"和"诗学特征"，恢复"语言符号的多义性"和意指意义的多样性，以补偿"目的语的标准形式所造成的翻译损失"。② 这样的伦理机制必然注重翻译风格的和谐，并试图融合"神似"和"形似"的矛盾。

译者的内敛性伦理规约着译者坚持忠诚法则，兼顾译诗的和谐美。茅盾指出诗歌翻译中的"神韵"和"形貌"不可得兼时，"觉得与其失'神韵'而留'形貌'，还不如'形貌'上有些差异而保留'神韵'"③。陈西滢提出三似论（形似、意似和神似），傅雷明确提出重"神似"而不重"形似"。这些说法都主张"神似"重于"形似"，也就是内容和意义重于形式，对美学形式不够重视。但江枫认为先"形似"，然后才能"神似"，主张译诗"力求形神皆似"，"形式即内容"。④ 这些观点主要涉及译文和原文在意义和形式上是否可保持一致的问题，即形式的"忠诚"和内容"忠实"的矛盾问题，归根结底

---

① 吴志杰、王育平：《以诚立译——论翻译的伦理学转向》，《南京社会科学》2008年第 8 期。

② 曾记：《"忠实"的嬗变——翻译伦理的多元定位》，《外语研究》2008 年第 6 期。

③ 王秉钦：《20 世纪中国翻译思想史》，南开大学出版社 2005 年版，第 219 页。

④ 江枫：《形似而后神似》，《中国翻译》1990 年第 2 期。

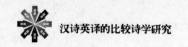
是翻译伦理问题，内敛性的伦理观可把两者协调统一起来。

内敛性伦理的统摄功能的基础在于"忠实"原则和"忠诚"原则享有文化的共性，翻译中原文文本和译文文本具有"共通"的精神价值，即文化的普遍性。维科在《新科学》中努力寻求人类历史的共同规律和多种生活形式的基本统一，并相信有"一种各民族共通的精神语言"，而这种语言统一地"把握人类社会生活中各种可能事物的实质"。① "共通"的语言和"共通"的精神价值，受文化的普遍性统领，在多元文化中求得"和谐"。正如乐黛云所言，"维护一个多元文化的和谐社会"和为了"认知方式本身发展的需要，重视差异"，必须坚持"和而不同"的原则。② 这种享有文化价值"共通性"的"和谐"原则，可以投射在译者的伦理上，译者内敛性的伦理通向"和谐"性，"和谐"兼顾"忠实"和"忠诚"两大法则。

沃森虽然没有在理论上探讨这个问题，但在翻译实践上追求"形似"和"神似"的协调与和谐，这是他内倾性伦理的必然归宿。沃译十分重视译文的"忠实性"和"忠诚性"，坚持同原文形式和内容上的相似性，既重形似，也重神似，以"和谐"为宗旨。

二 译者的内敛性伦理与译诗的和谐美

内敛性的伦理观强调翻译的"和谐性"，实现"神似"和"形似"的高度统一，以译文的"和谐美"为最高诗学追求。《诗经》中的诗句几乎都是四字句，译者设法把四字句译为相应的短句子，一般是简单句，很少用复合句。译诗句子的字数一般是四至六个，同原诗

---

① 张隆溪：《走出文化的封闭圈》，生活·读书·新知三联书店2004年版，第149页。
② 乐黛云：《比较文学与比较文化十讲》，复旦大学出版社2004年版，第96页。

每行字数大致对应。为了减少译诗句子中的字数或音节数，译者常使用缩略语，如 there's、don't 等，这样沃森内倾式的个人"忠诚"伦理尽量靠近原诗的审美诉求，力图再现原诗的形式美学特征。沃森爱用短句翻译《诗经》，注重再现原诗的对称美和简洁美，这是一种风格的和谐美。

以下这首诗《青青子衿》的翻译很好地遵循了这个原则。

原诗：

青青子衿，悠悠我心。
纵我不往，子宁不嗣音。

青青子佩，悠悠我思。
纵我不往，子宁不来。

挑兮达兮，在城阙兮。
一日不见，如三月兮！

译诗：

Blue Blue Your Collar

Blue blue your collar,
Sad sad my heart:
though I do not go to you,
why don't you send word?

Blue blue your belt－stone,
sad sad my thoughts:
though I do not go to you,

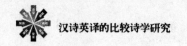

why don't you come?

Restless, heedless,

I walk the gate tower.

One day not seeing you

in three months long.

这首诗描写了一位女子思念离她而去的情人，她在他们过去常常幽会的城楼上徘徊。译诗使用了直译的方法，除了"子宁不嗣音"／"子宁不来"分别译为"why don't you send word?"／"why don't you come?"句法上略有改变外，其余各句几乎都是"字字对译"和"句句对译"。译诗和原诗十分"形似"，几乎是原诗的临摹，词序和词义都尽量接近原诗。综观《青青子衿》全诗，译诗和原诗很对应，这种译法很有诗味，部分实现了形式对等。

原诗是口语化的民歌民谣体，译诗的风格也很简单通俗，可谓风格"形似"。译诗的内容和意义也比较完美地再现了原诗的意义和审美意蕴，可谓意义的"神似"。译诗与原诗在风格上保持高度和谐一致。译者用简洁的语言模仿原诗的一唱三叹的结构，例如，though I do not go to you，／why don't you send word?（纵我不往，子宁不嗣音）和 though I do not go to you，／why donfflt you come?（纵我不往，子宁不来）这样的模仿可谓惟妙惟肖，把握了原文的情感和形式。此外，沃森擅长以叠词译叠词，把"青青"和"悠悠"分别译为 blue blue 和 sad sad，表达了这位坠入爱河的姑娘思念心上人的多愁善感的情绪。不过，译者的模仿并不使用单一模式，如叠词的翻译视具体情况而定，有时以叠词译叠词，求得和原叠词类似的修辞效果，但有时采用其他修辞手段进行模仿或分解，避免了单调性。

译诗的形似与神似的和谐美出神入化，译者的内敛性伦理贯穿于"形—神"和谐一致的翻译过程的始终，努力寻求译诗与原诗的协调统一，把译者个人的主观能动性同忠诚法则的普遍制约性糅合起来，内化为兼顾"形""神"皆似的和谐伦理。译者的内敛性个人伦理同职业伦理基本一致，译者主要从原诗内部结构和审美视角出发，强调译文同原文的一致性和相似性。译诗的"形似"和"神似"都得到了最大程度的兼顾，和谐美几乎达到极致。译者的内敛性伦理获得了最大程度的张扬。

第四节　两种伦理的局限性与译诗的局限性

一　两种翻译伦理倾向的局限性

译者内倾性和外倾性的伦理都各具片面性和局限性。内敛性的伦理引导译者谦卑地以"忠诚"原则为己任，追求同原文语言形式的相似和相同，译者可能通篇以直译的方法翻译原诗，而不敢有所变通，译诗可能只关注再现原诗的句法结构，只引入"他者"的差异性而忽略本土诗歌语言的范式。

外倾性的伦理由于强调自我价值的实现，注重主体性而偏离原诗的体系规范和语言诗学规范，走向另一个极端。伦理学家 Levinas 指出，"他者就是邻居"，有的学者认为，"翻译邻居就是把邻居变成我

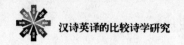

们自己的语言，从而否定邻居的他者身份"①。说的就是在外倾性伦理思想的支配下，在翻译原文（"邻居"）的过程中，消解了原文的"他者"差异性，最终变成了译者的独白。

二 指称意义翻译的片面性

虽然沃森是美国著名的汉学家，但由于他不懂现代汉语和简化字，不能有效获取最新的有关研究成果，因此在汉语的词汇、句法等方面的理解讹误在所难免。同时，他的内敛性伦理观也会加剧这种唯原文指称意义是从的偏颇。

例如，《关雎》中有四行诗：

原诗：

> 参差荇菜，
>
> 左右采之。
>
> 窈窕淑女，
>
> 琴瑟友之。

译诗：

> A ragged fringe is the floating – heart,
>
> Left and right we pick it：
>
> The mild – mannered good girl,
>
> Harp and lute make friends with her.

① 转引自 Robert Levinas Eaglestone，"Translation，and Ethics"，Sandra Berman & Michael Wood. （ed.）*Nation，Language and the Ethics of Translation*，Princeton：Princeton University Press，2005，p. 136。

　　此诗中的"参差"意为在水中上下浮动的样子，但译者译为 ragged fringe（参差不齐的边缘），其中 fringe 译得不妥，"荇菜"本为一种植物，译为 floating - heart 有点不知所云。"琴瑟友之"指的是男子梦想与女子弹琴鼓瑟亲密相处，译文误解为 Harp and lute make friends with her（琴瑟和她交朋友），望文生义，仅仅译出了原诗的字面意义，原诗中的"君子"缺场了。

　　此外，沃森的译文存在过度直译现象，过度模仿原诗的句法结构，语句不够灵活，显得缺乏灵气，文体风格单调僵化，是沃森《诗经》翻译中的通病之一。这是由于他在翻译过程中过分受制于内敛性伦理，导致了译诗语言的石化性。

　　总之，虽然沃森英译《诗经》有其不足，其外倾性翻译伦理和内倾性翻译伦理存在一定的矛盾性，有时译者的外倾性伦理占了上风，有时内敛性伦理占主导地位。但是，沃森的译诗语言简洁通俗，流畅透明，并大体上同原诗的语言结构类似，便于西方读者的接受和欣赏，译者既忠诚于读者，又兼顾原诗的语言形式，是两种伦理倾向的磨合。

　　在翻译过程中，两种伦理倾向相互交织、竞争和妥协，译者在两者之间游刃有余。内敛性的翻译伦理在诗歌翻译过程中具有特别的意义，它为保持原诗的风格起到了保驾护航的作用。诗歌翻译的艺术价值重在语言形式，再现原诗的艺术价值是译者内敛性的伦理导向的必然追求，而外倾性的伦理有时也是必要的，它力求创造性和选择性。在诗歌翻译中，译者的两种伦理倾向虽然具有矛盾性，但可以达到协调。"和而不同"的哲学理念可统领译者的内敛性和外倾性伦理，在很大程度上实现两种伦理倾向的和谐统一，减少各自的偏颇性。

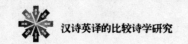

　　透过沃森的《诗经》翻译，我们可以窥见他翻译中国古诗方法的基本走势。译者充分调动两种伦理倾向的积极作用，坚持"和而不同"的原则，化解矛盾，消解悖论，用"和谐"伦理观统一这两种伦理观。这需要"注入更多的理性思考，以免为偏见所蒙蔽"①。

---

　　①　汤君：《翻译伦理的理论审视》，《外国语》2007 年第 4 期。

第六章　汉诗英译的诗性融合与流变

美国著名诗人和翻译家肯尼斯·雷克斯罗思（Kenneth Rexroth），笔名王红公，被称为"垮掉派"诗歌之父，翻译了大量的中国诗歌，包括：《汉诗一百首》（*One Hundred Poems from the Chinese*），《汉诗一百首续》（*Love and the Turning Year：One Hundred More Poems from the Chinese*），同钟玲合译的《兰舟：中国女诗人》（*The Orchid Boat：Women Poets of China*）和《李清照词全集》（*Li Ching Chao：Complete Poems*）。本章探讨佛教、道家思想、女性主义思想和中西画论对王红公的汉诗英译的诗性、情感和文化的融合与流变产生的影响。

第一节　佛教道德教义对汉诗英译移情的影响

王红公的诗歌创作和翻译具有异质同构性，二者构成"雌雄同体"。王红公的文学观深受释迦牟尼"涅槃"思想的影响，在文学上提倡并身体力行地进行英语诗歌创作的开拓创新，这种责任感驱使他更加关注美国诗歌的命运，对其诗歌翻译活动产生了深远的影响。

　　王红公的诗学观，同 20 世纪 60 年代国际政治格局和美国社会的"反传统文化"运动分不开。由于"二战"对西方文明的打击，20 世纪 50 年代在美国兴起的"垮掉派"运动，60 年代的"嬉皮士"文化反"潮流"运动，以及反对美国介入越南战争的反战运动，使美国年轻人对西方文化的优越性产生了怀疑感和幻灭感，迫切渴望借助东方文化来医治"美国病"。从小受到中国文化影响的王红公，以"垮掉派教父"的神圣使命感和责任感，引领美国文学的"革命性"发展方向。他的道德观基因是在中国文化的熏陶下培养起来的，因而，他自然而然地会想到用中国传统宗教精神来拯救西方人迷途的心灵。他曾经到日本学习佛教和禅宗，尽管日本禅宗同中国禅宗有所区别，但他通过佛教和日本文学中有关心灵顿悟的启发，了解释迦牟尼"涅槃"前不忘告诫弟子，拯救大众心灵的精神，因此，佛教教义对他思想转型的影响，不容置疑。正如 Gibson 所言，王红公的"道德观不是基督徒式的，而是革命性的，建立在全人类的责任之上，如同释迦牟尼佛宣布放弃涅槃，除非所有的人都进去"①。换言之，王红公的"革命"是从基督教的上帝崇拜，转为佛祖释迦牟尼的"涅槃"精神的崇拜，其诗歌创作和诗歌翻译站在人类命运的高度，借助佛教四大皆空和大彻大悟的思想，劝诫西方人不要贪得无厌，要静心顿悟，借此抚平西方人心灵所受的创伤。例如：

　　原诗：

曲江二首（其一）

一片花飞减却春，风飘万点正愁人。

且看欲尽花经眼，莫厌伤多酒入唇。

---

　　① Morgan Gibson, *Revolutionary Rexroth*, Hamdon：Archon Books, 1986, p. 24.

江上小堂巢翡翠，苑边高冢卧麒麟。

细推物理须行乐，何用浮荣绊此身。

译诗：

By the Winding river,

everywhere petals are flying.

And spring is fading. Ten thousand

atoms of sorrow whirl away.

In the wind. I will watch the last.

Flowers as they fade, and ease

The pain in my heart with wine.

Two kingfishers mate and nest in

the ruined river pavilion.

Since unicorns, male and female,

Guard the great tomb near the park.

After the laws of their being,

All creatures pursue happiness.

Why have let an official

career swerve me from my goal?

（王红公 译）

此诗写于安史之乱之际，曲江又名曲江池，是唐代长安最负盛名的风景区，曲江的盛衰标志着大唐的盛衰。诗的字面似是写伤春，实则诗中有史有玄，在很大程度上抒发了诗人忧国忧民的情怀。王红公醉心研究杜甫三十多年，身受杜甫关怀人民疾苦和国家前途命运的高尚人格的感染，引起自己对西方文明命运忧虑的共鸣，在《汉诗一百首》选录这首杜诗本身就表明，译者对杜甫道德观念和家国情怀的认同和同情，也是他自己的精神家园，并通过翻译成为杜甫道德思想在西方的代言人。他翻译杜甫，实际上在译诗中投射自己的精神寄托和责任心。王红公试图拯救美国"垮掉的一代"的精神世界的高度责任感，类似于释迦牟尼"涅槃"前不忘告诫弟子拯救世人的心灵，让陷入精神危机中的美国人读一读中国古代士大夫典范杜甫的诗歌，以治疗心灵的创伤。

王红公的翻译并不局限于原诗的形态，而主要发端于对中国诗歌情感的尊重，特别是对诗中所蕴含的中国传统文化伦理道德观念的尊重。杜诗"一片花飞减却春"的意境，意味着以"花"喻"人"，"花"的衰败，就是"春"的"减少"，就是"人"的伤害，"每一个人，都是人类的一部分；每一个人受到伤害，都使人类受到伤害"①，译者把"减却春"译为 spring is fading，充分理解了杜甫从落花"减春"所联想到的国家衰弱、繁华不再的忧思，再现了杜诗的永恒的道德境界和人类共同的精神价值。"风飘万点正愁人"，表明春的消失，象征"安史之乱"中胡人野蛮势力毁灭盛唐文明的悲剧，Ten thousand /Atoms of sorrow whirl away/In the wind，虽然字面意义与原文有所不同，但 sorrow 一词译出了诗人对辉煌文明毁灭的悲伤心情，译者在翻译中无疑受到感染，也折射了译者对诗人伟大人格的赞许。

之后，译者用 the last/Flowers as they fade 译"欲尽花经眼"中的全部落花，译出了从目睹伤春全过程，到目睹国家、个人悲剧的全过程，是译者和诗人悲愤情感的共同升华，表明译者关心西方文明的命运同诗人关系国家社会的命运形成了共鸣。诗的最后一句"何用浮荣

---

① 邓小军:《杜甫曲江七律组诗的悲剧意境》,《北京大学学报》（哲学社会科学版）2011 年第 4 期。

绊此身", 译为反诘句 "Why have let an official/Career swerve me from my goal?" 意为诗人自己尽管享受快乐, 但不能背离关怀和牵挂国家民族命运的为官本分。可见, 译者同情诗人的人格和道德情操, 在翻译过程中, 体现了或者契合了佛祖释迦牟尼关怀人类命运的 "涅槃" 精神境界。

第二节　道家思想对汉诗英译审美取向的影响

道家思想的核心是强调 "出世", 从儒家社会的等级森严的尊卑关系和名利羁绊中解脱出来, 反对用语言把上下尊卑和特权关系固定下来, 实质是对儒家政治文化话语的重构。"道家的精神投向, 既是美学的也是政治的。"① 也就是说, 道家思想有某种 "非儒化" 的倾向, 王红公在汉诗英译中, 其 "同情" 翻译思想受到道家思想的影响。

王红公认为 "诗歌翻译是一种同情行为"②, 即把他人的情感视为自己的情感, 把他人的话语转化为自己的话语, 这是他的翻译基本原则。"翻译对他而言如同全部的艺术创作, 一种神圣的沉思的行为, 一种化身的同情仪式, 一种普遍的自我为守恒的能量形式的转换。"③ 他反对原诗和译诗的二元对立, "反对区别原诗和译诗, 因为它们都

---

① 叶维廉:《道家美学与西方文化》, 北京大学出版社 2002 年版, 第 1 页。

② Kenneth Rexroth, "The Poet as Translator", Bradford Morrow (ed.) *World outside the Window: the Selected Essays of Kenneth Rexroth*, New York: New Directions Pub. Corp, 1987, p. 171.

③ Morgan Gibson, *Revolutionary Rexroth*. Hamdon: Archon Books, 1986, p. 97.

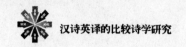

来自世界上与古今诗人相同的想象互动"①，重在译出诗歌的情感，特别是把儒家的思想情感置换或淡化为道家的情感。

　　他的汉诗英译，在某种程度上同诗歌创作相互共鸣，无论是翻译选材，还是翻译策略，都不按常规出牌，而是敏锐地捕捉时代的脉搏，在吸收中国文化的同时，亦创亦译，刻意淡化中国封建文化，回避帝王和王侯将相的描写，过滤掉儒家忠君的愚忠思想，有时刻意把儒家色彩"道家化"。例如，杜甫的《倦夜》(*A Restless in Camp*)：

原诗：

> 竹凉侵卧内，野月满庭隅。
>
> 重露成涓滴，稀星乍有无。
>
> 暗飞萤自照，水宿鸟相呼。
>
> 万事干戈里，空悲清夜徂。

译诗：

> In the penetrating damp
>
> I sleep under the bamboos,
>
> Under the penetrating
>
> Moonlight in the wilderness,
>
> The thick dew turns to fine mist.
>
> One by one the stars go out
>
> Only the fireflies are left.
>
> Birds cry over the water.
>
> War breeds its consequences.

---

① Morgan Gibson, *Revolutionary Rexroth*. Hamdon：Archon Books, 1986, p. 96.

It is useless to worry,

Wakeful while the long night goes.

（王红公　译）

原诗的题目新颖有致，暗示诗人忧国忧民，彻夜未眠，身心疲惫。译诗译为 A Restless in Camp，尤其 restless 抓住了"诗眼"，暗指诗人疲倦的心。译者用"同情"的心态，设身于诗人的地位，感受着一颗不眠的疲倦心灵同乱世国运的无言的对话，将诗人的慨叹之情同自己的"同情"之心融为一体，译者没有死译诗题，正是译者的合理移情的结果。原诗的前六行是写景，后两行是抒情。写景中以竹、月、露、星、萤、鸟意象，同侵、满、重、稀、自、相等感觉性词语搭配，虽然这些意象组合以搭景为主，但景中有情，暗示诗人因国难当头而夜不能寐所感到和听到的景象。"情融乎其内而深且长，景耀乎其外远且大"（谢榛《四溟诗话》），诗人以"情眼"观景，融情于景。"意象之'意'融有感情，意象之'象'入眼光耀"，"产生了意义和境界上内深长而外远大的审美效应"。①

译诗以"情"观景，译出了景中情，如 penetrating damp 点出了竹凉的穿透性，Under the penetrating /Moonlight in the wilderness 中虽无"庭隅"，但从方位词 under 可推知，且 penetrating 以通感方式译"满"，把视觉感觉化了，fine mist（雾状的水滴）理解透彻，One by one the stars go out/Only the fireflies are left/Birds cry over the water 三句译得很直白，但也译出了审美对象的意象之视觉和听觉的情感意义，透露了诗人辗转反侧，无法入眠的痛苦之情。War breed 和 useless to worry 可谓抓住了抒情的主线，译者之情融入诗人之情后，再移情于

---

① 杨义：《李杜诗学》，北京出版社 2001 年版，第 606 页。

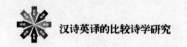

译诗之中,是一定程度的创新,因为"'同情'能使译者走进作者的情感世界,了解体悟原作的精神和精髓;'同情'能把译者体会到的原作的精神和情感传达给读者,使读者接受和喜爱译本"①。

以上可见,译者在翻译中道家审美倾向很明显,基本上是"以物观物",大大淡化了杜甫的儒家审美色彩。又如,王维的《酬郭给事》(*Twilight Comes*):

原诗:

> 洞门高阁霭余晖,桃李阴阴柳絮飞。
>
> 禁里疏钟官舍晚,省中啼鸟吏人稀。
>
> 强欲从君无那老,将因卧病解朝衣。

译诗:

Twilight comes over the monastery garden.

Outside the window the trees grow dim in the dusk.

Woodcutters sing coming home across the fields.

The chant of the monks answers from the forest.

Birds come to the dew basins hidden amongst the flowers.

Off through the bamboos someone is playing a flute.

I am still not an old man,

But my heart is set on the life of a hermit.

(王红公 译)

译者把"洞门高阁霭余晖"中有关皇宫("洞门高阁")和皇恩

---

① 郑燕虹:《肯尼斯·雷克斯罗思的"同情"诗歌翻译观》,《外语教学与研究》2009 年第 3 期。

普照（"余晖"）的隐喻过滤，彻底清除帝王等级象征的痕迹，译为
the monastery garden，变成了西方的修道院，虽然是明显的文化误读，
但正好反映了译者的自由主义思想，让读者产生一种宗教的敬畏感和
同情感，译文里 twilight 只保留了"霭"字的指称意义，第二句里 the
trees grow dim in the dusk 同 twilight 很配合，带有庭院深深的意境。原
诗中间四句是赞扬郭给事为官清正沉静、恭谨侍奉皇上的谀词，但译
者却完全改写为野外樵夫的吟唱和树林里的僧侣唱着赞美诗相互对唱
和鸟语花香、竹林笛鸣的牧歌景象。作为译者，在进行文化归化的同
时，吸收和融入了中国古诗中"情景交融""景中有情"和"情中有
景"的道家美学追求。

　　最后两句译诗基本译出了诗人归隐的主旨，hermit 意为"隐居修
道院的隐居者"，尽管同中国古代的"隐士"概念大为不同，但更易
于西方读者所理解。这两句译得相对忠实，原因之一是原诗的最后两
句属于"理式"的抒情，具有抽象性，强调思辨性，同"英语抒情诗
侧重于通过对客观外观世界的描述来揭示人与自然、人与社会的关
系，强调理性的思辨"[①] 的思维模式相共鸣，所以翻译起来没作大的
改动。可见，王红公的创译反映了他排斥中国古代的帝王和官吏等级
思想，实质是以"译"行"创"，把"译"作为诗歌创作的媒介，是
地道的翻译本土化，表现了他的诗学观念。

　　王红公深受道家思想的影响，译文中的自然意象，或多或少同现
代美国诗歌的自然主义倾向有些契合，自然主义的创新精神、文学思
想态度、文学审美观念、创作的思维方式在文学中具有一定的积极意
义，并融合在王红公的译诗中。

---

① 从滋杭：《中西诗学的碰撞》，国防工业出版社 2008 年版，第 49 页。

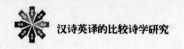

第三节 女性主义思想对创译的影响

王红公身处西方文化和社会思潮的前沿，不可能不受到当时的社会文化运动的影响，20世纪六七十年代，美国女权运动如火如荼，妇女追求地位平等和自我身份构建，并在政治和文化生活的各个方面产生了广泛的影响，开启了女性主义的文化批评高潮，后来渗透到翻译研究领域，甚至对认同女性主义文化思想的男性作家和翻译家都产生了积极作用。

王红公自觉接受了女性主义的合理思想，在同钟玲合译中国女诗人的《兰舟——中国女诗人》诗集过程中，发挥了主导作用。他们在分工合作中，钟玲负责收集材料、选诗、译出每个字的罗马拼音、译出每个单字和每组词的意义，再把整首诗意译出来，并附上注解和看法，而王红公则负责把整首诗意译、打磨成更富诗意的译文。其中，有一首明朝著名女诗人黄峨的散曲《双调·雁儿落带过得胜令》：

原诗：

俺也曾娇滴滴徘徊在兰麝房，

俺也曾香馥馥绸缪在鲛绡帐，

俺也曾颤巍巍擎他在手掌儿中，

俺也曾意悬悬阁他在心窝儿上。

谁承望，

忽喇喇金弹打鸳鸯，

直楞楞瑶琴别凤凰。

我这里冷清清独守莺花寨，

他那里笑吟吟相和鱼水乡。

难当，

小贱才假莺莺的娇模样；

休忙，

老虔婆恶狠狠做一场！

译诗：

To the tune "The Fall of a Little Wild Goose"

Once upon a time I was

Beautiful and seductive,

Wavering to and fro in

Our orchid scented bedroom.

You and me together tangled

In our incense filled gauze

Bed curtains. I trembled,

Held in your hands. You carried

Me in your heart wherever

You went. Suddenly

A bullet struck down the female

Mandarin duck. The music

Of the jade zither was forgotten.

The phoenixes were driven apart.

I sit alone in a room

Filled with Spring, and you are off,

Making love with someone else,

Happy as two fish in the water.

That insufferable little bitch

With her coy tricks!

She'd better not forget…

This old witch can still

Make a furious scene!

（王红公、钟玲　译）

这首散曲中的女主人公大胆追求性意识和男欢女爱的心理直露无疑，体现了反抗性别压迫和男性支配的自主精神。译诗同原诗不仅叙述方式有所不同，而且性心理的描写更为直露，突出了自然主义的创作特色和审美创新倾向，也反映了译者对女性主义思想的认同。Flotow 认为："女性主义翻译强调差异，非领域化（文本脱离其领地），置换（文本流放入其他文化）和拼凑（原译和译语的交汇），而不是忠实或等值，这是符合逻辑的。"① 因此，译者一定程度上的"拼凑"，虽然不很忠实，但表现了译诗的女性主义色彩，女性主义和自然主义可以集于译者一身，在很大程度上，这是两种思想相互配合，创译一体化。

译诗中的 seductive, together tangled, A bullet struck down the female/Mandarin duck, That insufferable little bitch 等比原诗中委婉的说法露骨得多，性心理和性意识强烈得多，尤其是 Making love with

---

① Luise Von Flotow, *Translation and Gender*, Shanghai: Shanghai Foreign Language Education Press, 2004, p. 44.

someone else，更是性意识的直接流露，毫无遮掩，创作的成分很重，这种创译是典型的"边界写作"，抒写了女性情感的真实想法，西方人更能了解中国古代怨女的内心孤独的苦处。正如女性主义翻译理论家 Simon 所言："翻译和写作作为一种创作实践在文本中相遇，使翻译成为'边界写作'形式。"① 因此，译写是跨界的行为，是两种文化模式和文化身份的融合。又如：

原诗：

檀　口

赵鸾鸾

衔杯微动樱桃颗，

咳唾轻飘茉莉香。

曾见白家樊素口，

瓠犀颗颗缀榴芳。

译诗：

RED SANDALWOOD MOUTH

Chao Luan – luan

Small cherries sip delicately

At the edge of the wine cup.

Beautiful speech floats on jasmine perfume.

Like the mouth of the singer Fan Su,

The concubine of Po Chu – i,

The teeth are like white melon seeds,

---

① Sherry Simon, *Gender in Translation*, London& New York：Routledge, 1996, p. 152.

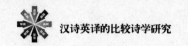

And the lips like pomegranate blossoms.

（王红公、钟玲　译）

在这首诗中，赵鸾鸾用的"白家樊素"指白居易一生中最宠爱的歌姬，口小如樱桃，身材如杨柳，能歌善舞，当时闻名遐迩。因此，王红公在翻译的过程中就增加了对"樊素"的解释说明 Like the mouth of the singer Fan Su。不过，他的翻译还不够充分，没有说明"樊素"的"口"如樱桃一样小巧可爱。

王红公在翻译中增加诗行来对原诗进行补充，以增强译文的可读性和可接受性。在卓文君的《白头吟》的开头只用了两个比喻——"皑如山上雪，皎若云间月"。但王红公在译文增加了"my love, like my hair, is pure"，不仅点明这两句诗指的是"爱情"主题，而且还同标题 A Song of White Hair 相呼应，传神达意。然而，这种增译并非随心所欲，而须适当，兼顾原诗的神韵和风采，而不是累赘。女性主义翻译思想也并非随意显现，而是为了追求平等与合理才贯彻。

第四节　中西画论对汉诗英译形式变异的影响

王红公创作了十多种形式的现代英语诗歌，其中有些直接得益于汉诗英译，翻译的经验触发了他的创作灵感。他受到亚洲文化，包括中国古代的道家和佛禅思想的影响，特别是中国画意中的色彩、意象和意境审美观念的启迪，在诗歌翻译中糅进了中国画意中的画面美的审美形式，染上了中国古诗的语言特点，人物尽量不介入译诗，诗歌形式在翻译中产生了变形。同时，他在早年学过绘画，甚至和他的前妻合画过立体派的油画作品，立体主义流派的绘画技巧渗入其创作和翻译技巧之中。中西绘画理论和技巧为他提供了翻译诗学的源泉，催生了不同的翻译诗歌的变异形式。王红公的中国文化情结，加上庞德的意象叠加式翻译策略的启发，画面的静态性诗学观显现在译文里，具有符际翻译的特征。例如：

原诗：

> 战哭多新鬼，
> 愁吟独老翁。

（杜甫《对雪》）

译文：

> Tumult, weeping, many new ghosts.
> Heartbroken, aging, alone, I sing
> To myself.

以上译文看起来似乎在英诗里很少见，但是它是典型的意象平铺和画卷的静态写意，没有流动感，丢掉了英语语法的逻辑性和连贯性，生发了不同于常规语言的英诗形象，尽管王红公不是第一个吃螃蟹的人，但他的翻译实验无疑验证了庞德开辟这种汉诗英译方式的合法性和合理性，并借入英诗创作中，他的创译在一定程度上进一步影响了英诗的非逻辑化的写作实践，继承和发展了庞德的翻译诗学实践，促进了英诗的形式变异。

不仅中国绘画艺术对王红公的汉诗英译产生了重要影响，而且西方的立体主义绘画艺术也影响了他的诗歌翻译策略。例如，杜甫的

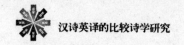

《绝句二首》(其二)(*Another Spring*):

　　原诗:

江碧鸟愈白,

山青花欲燃。

今春看又过,

何日是归年?

　　译诗:

White birds over the grey river.

Scarlet flowers on the green hills.

I watch the Spring go by and wonder

If I shall ever return home.

　　原诗的前两句的译文分别是 White birds over the grey river 和 Scarlet flowers on the green hills,加上了介词 over 和 on,虽然译诗仍具静态性,但译诗的立体性明显增强,具有立体主义画派技巧的影子。王红公早年作画的风格在译诗显现出来了。立体主义画派注重对形体的特别处理,"它把形体拆开,分解它,再把各个部分用不同的方式连接起来,它简化了形体,使之与周围空间更紧密地联系在一起"①。毕加索的绘画艺术对王红公的绘画和诗歌创作的语言风格产生了潜移默化的影响,画面的立体性和层次性,分解性和合并性,同王红公诗歌创作的风格互为观照,具有一定的同构关系。

---

　　① 〔英〕唐纳德·雷诺兹等:《剑桥艺术史》,钱乘旦译,中国青年出版社 1994 年版,第 216 页。

王红公认为"诗歌即想象（vision）"，"想象即爱"。[①] 此话导出了"想象"在诗歌中的情感审美功能，因为它是"情感与抽象，非语言与文学，个人与人际"关系的整合。显然，这种"想象"是跨越时空边界的审美体验，有立体绘画派的拼合特征的影子，构成其诗歌创译的支点之一。情感的想象渗透了译者的想象，译诗形式变异不仅不可避免，而且变动幅度可能大得面目全非。例如，王昌龄的《闺怨》（*A Sorrow in the Harem*）：

原诗：

> 闺中少妇不知愁，
> 春日凝妆上翠楼。
> 忽见陌头杨柳色，
> 悔教夫婿觅封侯。

译诗：

> Withered flowers fill the courtyard.
>
> Moss creeps into the great hall.
>
> On both sides everything was said long ago.
>
> The smell of perfume still liners in the air.

译诗几乎完全是对原诗的改写，主人公彻底缺场，只有背景"前景化"了，大概是想借原诗的主题进行情感的想象，增加诗歌的意境，他在汉诗英译中，"不拘泥于字词的对应，甚至不惜对原诗作较大的改动，其主要的动因就是追求再现原诗的'诗境'"[②]。从总体上

---

① Morgan Gibson, *Revolutionary Rexroth*, Hamdon：Archon Books, 1986, p. 33.

② 朱徽：《中国诗歌在英语世界》，上海外语教育出版社 2009 年版，第 136 页。

看，译诗是绘画意境与人物分离后的单向度拼合。诗歌以创译的方式实现对中国诗歌的本土化，以践行中国诗与英语诗的跨文化和跨时空的对接和拼接。尽管这种"翻译"方式为不少学者所诟病，但这种"中国式法则"为其英诗创作提供了灵感，达到了"译""创"双赢的效果。

王红公在翻译中国诗歌方面是一个"另类"，但他善于吸收中国文化元素和保留西方文学的传统，其创译思想是中西诗歌灵感和文化的融合与流变，是译者结合中西文学传统创新思维的检验，"译""创"互补，其创译的汉诗在英语世界广为接受和传播。所以，对汉学家的汉诗英译，我们不必苛求其忠实性，而是要考虑到历史和诗学的语境，只要是译诗能在西方传播，就是对中西文化交流所做的贡献。同时，他的创译翻译思想也为中国翻译西方文学作品提供了有益的启示，如西方儿童文学汉译，也可使用本土化的创译策略。

第七章 译注与中国文化形象的建构

西方汉学家有借助中国典籍译注解释中国文化的核心价值，通过译注建构中国文化形象的传统。译注不仅是重要的翻译策略，而且反映了译者的文化态度，是中国文化形象建构的具体体现，也是学术话语的建构方式。英国汉学家大卫·霍克思在《南方之歌》（*The Song of the South*）、美国汉学家宇文所安在《中国文学选集》（*An Anthology of Chinese Literature*）、美国汉学家伯顿·沃森在《哥伦比亚中国诗歌选》（*The Columbia Book of Chinese Poetry*）中的《离骚》英译本都使用了数量可观的注释。霍克思使用了尾注和脚注两种方法，其余两位译者都只采用了脚注法。但迄今鲜有对这些译注及其中国形象建构的研究。本章对三位汉学家的《离骚》译注进行对比，旨在认清译注中的文化形象的价值及其对中国经典译介与传播的启示。

第一节 译注的功能

一 文化缺损的弥合功能

《楚辞》里贯穿的中国古代文化同当代西方文化存在着跨时代、跨地域、跨民族和跨文化类型的差异，加之语义的变迁，即使当今的中国读者对晦涩难懂的《楚辞》也可能望而却步，更何况西方普通读者，难度之大可想而知。文学翻译中的文化缺损和空白想象不可避免，译者充分发挥想象力和创造性的作用，墙内损失墙外补，通过文外注释手段，把翻译损失降低到最低程度。

翻译补偿是翻译研究中的一个重要课题，对语言与文化的缺损具有重要的弥补作用。夏廷德对"翻译损失具有不可避免性"的现象进行了理论梳理，通过对中西翻译理论中的补偿思想的爬梳归纳，提出了需求原则、相关原则、重点原则、就近原则、等功能原则和一致原则，并指出了"文本内注释"和"文本外注释"两种方法。①

神话、传说中的神名、人名、地名、植物名、风物名在汉英两种语言中经常出现空缺和不对应，音译或直译加注释是解决这种文化空白的有效途径。

二 语义的文化阐释功能

当代西方汉学家的文化身份，同传统汉学家有很大的不同，他们更加开放和包容的文化心理，决定了他们可自主地把"自我"和"他者"有机结合起来，虽然他们对中国文化的特殊性和差异性很敏感，但他们在很大程度上认同并欣赏中国的传统文化精髓和价值观，中国的风情、风物、风俗是普通美国民众最感兴趣的中国情调的精神价值。"中国文化'异'的描写，是跨文化中国叙事中的一个基本的表现"②，在翻译过程中，汉学家对"异"的翻译，不仅可通过文字在正文中再现出来，也可在注释中"表现"出来。不过，这种译注中的

---

① 夏廷德：《翻译补偿研究》，湖北教育出版社 2006 年版。
② 高鸿：《跨文化的中国叙事》，生活·读书·新知三联书店 2005 年版，第 157 页。

"表现"可能落入"东方主义""西方主义"和"自我东方主义"的窠臼，我们最需要的是善意的文化释义。

三 文本互文的延伸功能

互文性是典籍英译的重要特征之一，不仅渗透于译文文本之中，而且体现在注释里，因译文空间的限制，相关信息不得不在注释里生成，注释互文是文化和诗学延伸的解决方案。罗选民认为，"翻译是各个方面因素调节和平衡的过程。即使译者掌握了解原文本的互文指涉，但这些指涉只是在原文本中发生作用，为原文本所特有，译者无法在目的语中找到相同的互文指涉"①。换言之，译者需要构筑注释，译文或缺的诗学、审美情趣和文化要素可在注释里拓展和延伸，译文和译注构成典型的人文互动关系。

王宏印指出，"正是互文性的翻译问题，才使得翻译作品在进入译入语的文学史的时候，始终拖着原语文学史的长长的影子。在译语读者的阅读过程中，实际上看到的是在双重的文学史交汇点上的一个忧郁的身影——那就是译者，一种双重身份的文化传播者"②。不过，中国典籍文学"长长的影子"也可植入译注中而被西方读者利用，成为了解中国文化传统的窗口，传播中国文化，以实现中西"异质文化之间，文学的互补、互证、互识"③，在"互补、互证、互识"基础上，译者以平等的地位和心态，把受限的译文文本信息在注释里延伸拉长，使之在外位明晰化、显性化和在场化，达到文化和文学之间的互渗、互融。

---

① 罗选民：《互文性与翻译》，博士学位论文，岭南大学，2006年，第142页。
② 王宏印：《文学翻译批评论稿》，上海外语教育出版社2006年版，第164页。
③ 乐黛云：《比较文学与比较文化十讲》，复旦大学出版社2004年版，第38页。

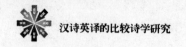

四　异域神话与历史的传承功能

神话和历史是人类宝贵的精神遗产，世界各民族的历史渊源总是与神话相互缠绕，中国的古史与神话尤其难以剥离。古史传说人物历经了"（实际存在的）人—神—（传说中的）人"和"（实际的）历史—神话—（传说的）历史"的长期演化过程，这就是神话的历史化和历史的神话化。"在神话历史化的同时，历史有被神话化。"① 典籍英译中，神话的历史化是绕不过去的一道墙。神话历史人物、神话典故、神话风物在翻译中传承，需要借助注释的途径，译文毕竟不可能塞进过度的解释，注释就成了译者传承异域文化的最佳方式。保留神话就是保留一种原始的思维。

《离骚》中有大量的神祇，如"灵修""宓妃""丰隆""羲和""望舒""飞廉""飞龙""蛟龙"等，神话地名，如"不周山""县圃""天津""崦嵫""咸池"等，神物名，如"扶桑""若木"等。这表明，《离骚》属于典型的古典浪漫主义仙游文学，具有生活化的神话思维逻辑性，也是文化思维传统的精华。萧兵认为，"'神游'文学有其内在的'幻想'逻辑，它基于生活的逻辑，而又独具幻想的特质"②。在英译过程中如何保留和传承这些神话思维，就成了译者的责任。

五　中西文学形象的比较和传递功能

翻译同比较文学的密切关系，决定了翻译研究不可离开比较文学和比较文化的视域。从原文和译文的关系来看，文学形象的归化翻译

---

① 赵沛霖：《先秦神话思想史》，学苑出版社 2002 年版，第 51 页。
② 萧兵：《楚辞的文化破译：一个微宏观互渗的研究》，湖北人民出版社 1991 年版，第 1132 页。

属于比较文学的范畴，尽管这种认识不被重视，抑或受到批评，主要原因在于一般读者不懂或没有原文，自然不明白其中的比较奥秘。翻译中的比较文学的形象建构的主要手段，便是译注。

"自我"与"他者"，"本土"与"异国情调"，透过译者的主体性纽带，可建构互动关系。"'我'注视着他者，而他者形象同时也传递了'我'这个注视者、言说者、书写者的某种形象。"① 译者为了从"自我"注视他者，并传递"异国情调"，通过从"自我"出发，比较和对比中西文化的不同，认识异域文学形象，也就是借助于注释平台把空间诗学的距离并置起来，加以比较和类比，是彰显异域文学形象，达到文化利用和文化传递目标的明智之举。

作为比较文学大师的宇文所安和作为职业翻译家的沃森，英译《楚辞》过程中所作的注释，基本遵循的是中国古代楚辞学家的训诂学释义，没有同西方文学中的类似形象作比较，是一种单向度的注解。这表明他们心系中国的文化诗学传统，看重中国文化的独特性和差异性，把中国文学视为区别于西方文学样式的"他者"，他们的翻译策略尽量向原文靠拢，译注也尽力传递这种差异性。这是一把双刃剑，一方面可以让西方读者了解和欣赏中国特有的文化精髓，另一方面注释也流露出西方学者仅仅把中国古典文学当成另类的倾向，而宇文所安试图"证明中国与西方传统的文化差异最终表现为一系列的二元对立"②，西方人无法从注释中了解中国文学也有普遍性的一面。

---

① 孟华：《比较文学形象学》，北京大学出版社 2001 年版，第 4 页。
② 张隆溪：《中西文化研究十论》，复旦大学出版社 2005 年版，第 147 页。

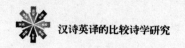

第二节　译注中的文化形象建构

一　"文化英雄"形象

"文化英雄"是在特定文化史中具有超凡的远见卓识和能力，在精神、道德、思想上引领众人的人物，是象征性的文化价值的精神符号。"中国文化英雄是价值观的代表，是人生的样板，包括人格、尊严、成功、贡献和理想几个方面。"① 这些"代表"包括传说、神话、文学作品中的人物，既有历史中的人物，又有想象中的人物。《离骚》有诸多历史和传说中的"文化英雄"，集才、德、识于一身，其文化形象蕴含了典型的民族精神价值，汇集了古代文明的传统，如"尧""舜""彭咸""鲧""禹""汤""说""武丁""吕望"等，同"桀""纣"等反面人物相对照。

考察典籍中的意义离不开训诂学手段。"训诂学是我国传统的语义学，它以词义研究为核心。"② 除解释词义外，训诂学还对古籍的句、章、篇的语义作讲解，阐释语法，分析句读，校勘文献，讲解修辞手法，叙事考史等。三位汉学家不同程度上应用了中国传统的训诂方法，如"注释"（注、释、训、诂、笺、诠等）、"疏解"（解、说、章句、注疏、正义等）和"考述"（集注、补注、校、订、义证、疏

---

① 曾凡：《中国文化英雄与中国文化的价值系统》，《中州学刊》2010 年第 3 期。
② 苏宝荣、武建宇：《训诂学》，语文出版社 2005 年版，第 109 页。

证等），他们的注释既有来自中国古代的注疏，如王逸的《楚辞章句》和朱熹的《楚辞集注》，又有各自的见解。三位汉学家在译文中都有注疏。霍克思作了较详细的注解，宇文所安和沃森也作了选择性注释。例如：

原诗：

> 彼尧、舜之耿介兮，
>
> 既遵道而得路。
>
> 何桀纣之昌披兮，
>
> 夫唯捷径以窘步。

宇文所安译文：

> Such shining grandeur had Kings Yao and Shun;
>
> they went the true way,
>
> they held to the path.
>
> But sloven and scruffy were Kings Jie and Zhow;
>
> they walked at hazard on twisted trails.

沃森译文：

> And Yao and Shun, shining in splendor—
>
> they followed the Way, found the right road;
>
> But Chieh and Chou in depravity
>
> hurried bybypaths, stumbling at each step.

霍克思译文：

> Glorious and Great were those two, Yao and Shun,

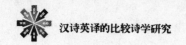

Because they had kept their feet on the right path.

And how great was the folly of Jie and Zhou,

who hastened by crooked paths, and so came to grief.

他们都把"尧"和"舜"音译为 Yao 和 Shun，在译注中都把他们作为中国古代的先贤，建构了"高大上"的"王者"形象，但各自的形象建构却有明显的区别。宇文所安对"尧舜"的注释是："尧和舜是古代的两位圣人国王，在中国北方传统文化圈深受尊重。在楚文化传统中，要么是变形的传说，要么是奇特的诸传说的合一，发挥了重要的准宗教作用。舜，即重华，被认定死后葬于楚国南方的苍梧，成为诗人就各路诸侯道德不端而'陈情'诉说的对象；而尧的两个女儿嫁给舜，舜死后，她们变成了湘水里的河神。"① 宇文所安的注释，既介绍了尧和舜在中国古代文化史上的地位，又联系诗歌的语境，对"尧"和"舜"的文化英雄形象作了具体的分析。宇文所安对"尧"和"舜"的文化英雄形象，作了地域化的区分：在中国古代北方文化圈里，建构了"圣"化的"王者"形象，是受人爱戴，地位崇高的"圣人"；在楚文化圈里，二人的身份和形象都发生了分离和变形，"舜"成了儒家道德的楷模和标杆，是"神"化的道德家。而"尧"则成了道德高尚，教子有方，以德育人的父亲。因此，"尧"和"舜"在楚文化里分别成了世俗化的父亲形象和神化的道德家形象。

沃森的注释则惜墨如金："尧和舜是禹之前的圣人统治者。"② 他

---

① Stephen Owen, *An Anthology of Chinese Literature： Beginnings to 1911*, New York： Norton, 1996, p. 163.

② Burton Watson, *The Columbia Book of Chinese Poetry*, New York： Columbia University Press, 1984, p. 55.

并没有区分二者的不同，只是简单地建构为不太明确的"圣人王者"形象，其特点单一、扁平、模糊，缺少文献的考据和训诂。霍克思的译注翔实，考据充分，其要点为：尧舜是两位圣明的国君，远古"黄金时代"的典范，以德臣服远方的部落。尧被孔子称为崇高，而舜则是无为而无不为，面朝南方则天下归顺，以仁德感召天下。霍克思还介绍了尧和舜的传说，他们分别是高辛和高阳的后裔，尧嫁二女于舜，并禅让于舜，舜死后葬于南方楚地，其二妻成为河神而受到顶礼膜拜。最后，霍克思认为尧舜的传说可能源于两支部落联盟高辛支和高阳支轮流担任首领的混合记忆。①

霍克思的注释更具有文化人类学意义，为西方读者补充了中国古代文化英雄的背景，互文性的容量最大。霍克思建构了"尧"和"舜"以德治天下的英明王者形象，强调"尧"的"崇高"、主动让贤的"禅让者"和慈爱的父亲形象，以及舜的"仁德"形象。宇文所安在注释中建构的尧舜形象具有立体性、亲和性和道德性，霍克思建构的形象也有立体性，且注重德行，但沃森则过于脸谱化。三位汉学家的观点虽有所不同，但都把尧和舜作为典型的文化英雄，以"中国传统"释"中国传统"，把尧舜塑造成公正的圣人形象。

三位汉学家《离骚》译注的差异，同各自的跨文化的训诂学知识有关。宇文所安作为比较文学的大师，其学术思想注重中西文学文化的差异性，对儒家伦理思想很敏感，译注背后的理论预设既不是西方的东方主义话语，也不是西方中心主义话语，而是尝试以东方的话语解释中国文化形象。他善于把握中国地域文化差异对先贤形象的影响，站在中国文化的立场上，其文化心态是开放性的，避免了以己度

---

① 参见 David Hawkes, *The Songs of the South：An Ancient Chinese Anthology of Poems by Qu Yuan and Other Poets*, London：Penguin, 2011, p. 83。

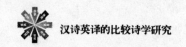

人的封闭性，他深刻认识到中国典籍蕴含了"以思想的力量赢得对方的尊重和平等对待"①的原创性和可传播性的思想观念，认识到这种思想是其文化自觉的源泉。

沃森作为职业翻译家，通过翻译中国典籍传播中国文化，其翻译风格通俗易懂，面向普通读者群，便于读者对译文的接受，汉学研究不是其关注的重点，所以他的过简注释，缘于对中国文化形象关注不够。霍克思是楚辞研究的专家，在新中国成立之前就在北京大学开始翻译和研究楚辞，回国后攻读博士学位，继续这项事业，这些学术经历决定了他对《离骚》的翻译阐释有很重的学术化倾向，译注中不仅尊重儒家的伦理价值观，而且考据严密，引经据典。霍克思有很强的比较文学意识和读者意识，译注不仅凸显历史文献的考据意义，既传承了中国神话的历史化，又传播了中国的神话思维精神，更加注重西方读者对中国文化形象的接受。

二 "美人"形象

"美"在《离骚》里是一个意义很复杂的词。"美"字出现了 12 次，其中两次指宓妃，两次指抽象意义的美好，一次指"美政"，有七次指诗人屈原自身。尽管"美人"只出现一次，且隐喻的对象一直有分歧，不少前人学者认为是喻指楚王，如王逸的《楚辞章句》首次认定是指楚怀王，后世学者朱熹、蒋骥等都沿此说，蒋天枢认为指顷襄王，也有说指屈原，或者兼指怀王和屈原，还有的说泛指一切贤

---

① 顾明栋：《论跨文化交流的终极平等》，《中山大学学报》（社会科学版）2015 年第 5 期。

人。① 当代学者尚永亮认为既指"弃妇",又指"逐臣"。② 但"美人"形象是诗中的核心形象没有疑问,这种形象的"套话"特性具有鲜明的时代语境,"套话的时间性已是无可辩驳的事实"③。形象的翻译构建离不开跨文化和跨时代的语境,离不开"套话"翻译的时间性。

　　惟草木之零落兮,恐美人之迟暮。

宇文所安译为:

I thought on things growing,

on the fall of their leaves,

and feared for the Fairest,

her drawing toward dark.

沃森译为:

I thought how the grass and trees wither and go bare,

and feared that my Fair One too would grow old.

霍克思译为:

And I thought how the trees and flowers were fading and falling,

And feared that my Fairest's beauty would fade too.

三位译者把"美人"的语义译得大致相同:Fairest,Fair One 和

---

① 参见施仲贞、周建忠《〈离骚〉中"美人"之新论》,《东疆学刊》2012 年第 2 期。
② 尚永亮:《〈离骚〉的象喻范式与文化内涵》,《文学评论》2014 年第 2 期。
③ 孟华:《试论他者"套话"的时间性》,乐黛云、张辉主编《文化传递与文学形象》,北京大学出版社 1999 年版,第 207 页。

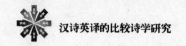

Fairest's beauty，只是沃森没有使用形容词最高级，语气略轻，霍译明确指"美人"是"美女"（beauty），其形象最高大、最清晰。

宇文所安把"美人"和"灵修"都译为 fair（美好），暗示"美人"即楚王，因循王逸等人的观点，且译注同构。他在译注里解释说，"美人"比喻楚王，因而屈原后来"求女"被认为是"寻求欣赏他的价值并雇用他的贤臣"。① 这表明，宇文所安的解释不仅采纳了王逸等人关于"美人"喻指"楚王"说，而且受到了霍克思的"美人"说的影响，宇文所安在《中国文学选读》书后列举了霍克思的《南方之歌》一书作为参考文献即是明证。宇文所安建构的"美人"形象实际上是想象中的"最公正、最威武、最无私"的理想化的君王形象，并且连带建构了所"求"之"女"的"贤臣"形象。沃森为图省事，或者没有详细考证有关资料，干脆不注释，这也是其通俗化和大众化的翻译思想使然。

霍克思在注释里写到，中国古代的"美人"性别是模糊的，后来专指美女，屈原在诗中用性别作为隐喻指涉其他关系，以"美人"象征楚王，并无疑问，但"美人"形象的隐含意义存疑，诗人是否把自己想象为英俊潇洒、花容月貌的后生，把楚王想象为他追求的美女，追求诗中象征邻国统治者的众女神和传说中的女性，似乎有利于这种解释，可诗中还有楚王/美人（即"怨灵修之浩荡兮"中的楚王灵修），可知"美人"的女人们忌妒诗人的美貌，霍克思不能肯定诗人是否把自己说成是女人，把楚王说成是男人，以及屈原"求女"是否是诗的中心部分。还有同性恋之说，花容月貌的男诗人追求美貌的男

---

① Stephen Owen, *An Anthology of Chinese Literature*：*Beginnings to 1911*, New York：Norton, 1996, p. 163.

情人，原诗用语无性别之分，翻译无法再现这种模糊性。①

可见，霍克思的"美人"形象建构是多元化的，综合了各家之说，通过译者自己或学术界的集体想象，分别建构了三种形象：作为隐喻关系中美男子诗人所追求的"美女"形象，作为楚王符号化的"美男"形象和作为美男子诗人所追求的对象"男同性恋"形象。三种形象很人性化和新潮化，只是第三种说法实属荒谬，显然受到了西方同性恋文学研究的影响，有过度阐释之嫌，常为后人诟病。

三位译者的译注不尽相同，反映了译者对"美人"形象认知的差异，折射了不同的《楚辞》研究学派的观点对不同译者影响的差异。宇文所安深谙历史文献学和训诂学的重要性，征引权威解释，凸显中国古代权威学者的影响力，在形象建构中尊重传统，不随意标新立异，彰显了中国文化的价值立场和文化自觉意识。

霍克思的学术思想更加开放，对文献的考据不囿于一家之说，而是结合自己的知识积累和西学视角扩大了学术话语的阐释空间，把比较文学、比较宗教学和形象学的观点糅合在一起，以跨文化研究的宽广视域，让西方的亚文化基因融入中国古代的文化主流之中。译注不仅是霍克思文化中介的场所，也是利用解释权发挥想象力的平台，以选择、理解、控制、增添、压缩、过滤和融合中西文化思想，重新阐释、塑造和颠覆经典形象的过程。尽管这种形象的重构有争议，但他借助注释平台把空间诗学的距离并置起来，把观念史同文化史语境有机结合，加以比较和类比，达到了文化利用，形象传递和观念创新的目标。

---

① David Hawkes, *The Songs of the South: An Ancient Chinese Anthology of Poems by Qu Yuan and Other Poets*, London: Penguin, 2011, p. 82.

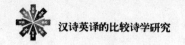

三 "巫"形象

巫的职业在古代既崇高又神圣，巫术歌舞表演仪式在《离骚》中有深厚的文化象征意义。"巫咸"的身份很复杂，有孔安国、孔颖达、顾炎武等人的"贤相说"和马融、郑玄等人的"巫与贤臣的双重身份说"，还有"神巫"说，如《世本·作篇》曰"巫咸作筮"；《吕氏春秋·勿躬》云"巫彭作医，巫咸作筮"；王逸在《楚辞章句》里亦云："巫咸，古神巫也，当殷中宗之世。"而"彭咸"则常指"巫彭"与"巫咸"，两人各司其职。《离骚》中有关"巫咸"的诗句云：

巫咸将夕降兮，怀椒糈而要之。

宇文所安译为：

The Shaman Xian

would descend in the twilight,

I clasped pepper and rice

to beseech him.

沃森译为：

The Shaman Hsien to descend in the twilight,

so I wrapped pepper and rice balls and went to greet him.

霍克思译为：

I heard that Wu Xian was descending in the evening,

so I lay in wait with offerings of peppered rice – ball.

前两位译者把"巫咸"译为 Shaman Xian/Shaman Hsien，实为隐形译注，只有霍克思音译为 Wu Xian。

从词源学来看，三位汉学家都将楚国古老的"巫术"同 shamanism（萨满教）联系起来，"巫咸"（巫师）解释为 shaman（萨满师），而萨满教一词源自西伯利亚 Manchu‐Tungus 族语的 saman，经由俄语转译成英语为 shaman，指从事萨满巫术的萨满师，Shamanism 则由研究者命名。所谓萨满教并非指某种特定的宗教或信仰，而是萨满经验和萨满行为的通称，曾经广泛流传于中国东北到西北边疆地区操阿尔泰语系满—通古斯、蒙古、突厥语族的许多民族中。所以，三位汉学家都把"巫咸"的意义异域化了。

三位汉学家对萨满的翻译，深受英国汉学家亚瑟·韦利的影响，这是因为"韦利借用西方人更为熟悉的'萨满'一词来翻译中国的'巫'"①，便于在西方的接受和流布。可见这些汉学家都有很强的读者意识。不过，韦利的《九歌》英译用很大篇幅的前言解释"巫"文化的来源及其人类文化学意义，译文可读性强，但因"缺乏详细的注释"而在训诂学上"不十分准确"从而影响了其学术价值。②

宇文所安以互文观照的形式，在脚注中解释说"彭""咸"系两个半人半神的巫师祖师，传统上视为一人。③ 这基本上是一种西方神话式的解读，在中国古籍文献中并没有此说，神巫"巫咸"被塑造为希腊神话中半人半神的形象，即兽形妖灵。沃森的注释说，巫咸乃古代十大巫师之一，居住在西方的神山，可时而降临人间。④ 这种"巫

---

① 张弘：《中国文学在英国》，花城出版社 1992 年版，第 119 页。
② ［美］康达维：《欧美赋学研究概观》，《文史哲》2014 年第 6 期。
③ 参见 Stephen Owen, *An Anthology of Chinese Literature*：*Beginnings to 1911*，New York：Norton，1996，p. 165。
④ 参见 Burton Watson，*The Columbia Book of Chinese Poetry*，New York：Columbia University Press，1984，p. 63。

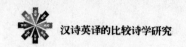

咸"形象的轮廓不太分明，仿佛是一种仙山中若隐若现的道家隐士形象。

霍克思在注释里，把"巫咸"和"彭咸"作了互文参照，说"巫咸"乃发明了巫术和药品的萨满祖师的首巫（屈原本人也可能是巫师）。像《奥德赛》中的吸血鬼一样，巫咸以获取佳肴（椒糈）作为回报才讲出真言，而祭祀仪式中的佳肴也常常被认为正是献给《山海经》中的精灵的贡品。[①] 可见，霍克思并没有把"巫咸"和"彭咸"简单画等号，"巫咸"既有中国古代《山海经》中的"灵怪"形象，如人面兽身、人面鸟身、人面鱼身、人面蛇身或兽身人目等人、神、兽异体合构，其人性、神性和兽性的杂糅，又类似于古希腊神话中半人半兽的先知吸血鬼形象，以回报作为交换条件，霍克思构建的"巫咸"形象，把巫术与神话融为一体，把中西人神兽杂合形象集于一身。

宇文所安的"巫术"功能观立足于中国典籍中的记录，把"巫咸"当作神巫，但把形象设定为希腊神话中具有形体美的半人半神，同中国古代先民中人兽合体的异怪形象迥然有别，折射了译者满足西方读者美学形象期待的文化心理。沃森建构的远离世俗的"巫咸"超然形象，同他追求隐逸的生活经历一脉相承，他不仅翻译了大量的佛教经典，而且在美国和日本过着"亦译亦隐"的生活，甚至长期居住在日本的禅院，深受东方佛禅文化的影响，他本人就是一个东方式的隐居者，很自然地把自己的形象投射在"巫咸"身上，尽管隐士形象同"巫咸"的身份有所不符。

霍克思基于全面丰富的资料钩沉，把《山海经》中的怪神的原始

---

① 参见 David Hawkes, *The Songs of the South*: *An Ancient Chinese Anthology of Poems by Qu Yuan and Other Poets*, London: Penguin, 2011, p. 92。

审美形象同古希腊史诗中的鬼怪形象作类比，敏锐地洞察了中西文化的互文性，以此作为形象话语会通的方式，把握中国文化的精神内涵，围绕相关的主轴，把中国文化的精神话语延伸至西方文化。霍克思在"自我"与"他者"之间的碰撞中，认识到中国的巫文化形象可以同西方的相似形象媲美，由此可以看出其宽广的比较文学和比较文化视域。

四　"神"形象

神话和历史是人类宝贵的精神遗产，世界各民族的历史渊源总是与神话相互勾连，中国的古史与神话尤其难以剥离。"在神话历史化的同时，历史又被神话化。"① 保留神话就是保留一种原始的思维。典籍英译中，神话的历史化是绕不过去的一堵墙。神话历史人物、神话典故、神话风物在翻译中传承，需要借助注释传承异域文化。《离骚》中有大量的神祇，属于典型的古典浪漫主义仙游文学，其生活化的神话思维逻辑是文化思维传统的菁华。萧兵认为："'神游'文学有其内在的'幻想'逻辑，它基于生活的逻辑，而又独具幻想的特质。"② 汉学家如何保留和传承这些神话的"幻想"思维？在注释中建构什么样的神话形象？例如：

> 吾令丰隆乘云兮，求宓妃之所在。

宇文所安译为：

---

① 赵沛霖：《先秦神话思想史》，学苑出版社 2002 年版，第 51 页。
② 萧兵：《楚辞的文化破译：一个微宏观互渗的研究》，湖北人民出版社 1991 年版，第 1132 页。

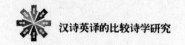

Feng Long I badeto go riding the clouds,

to seek out Fu – feidown where she dwells.

沃森译为:

I ordered Feng Lung to ascend the clouds,

to discover the place where Fu – fei dwells.

霍克思译为:

So I made Feng Long ride off on a cloud,

to seek out the dwelling – place of the lady Fu Fei。

　　宇文所安注释:"丰隆是云神或雷神,宓妃是洛河的女神。"[1] 沃森注释说:"丰隆是雷雨神,宓妃是可爱的洛河女神。"[2] 王逸的《楚辞章句》解释说,"丰隆"是"云师"或"雷师","宓妃"是"神女",比喻"隐士"。两人大体依据王说,但两人对丰隆身份的解释有异,沃森建构的是高高在上的雷雨神的合体形象,主宰着大地万物。宇文所安则分而释之,丰隆的形象具有变换性和选择性。两人对宓妃的女神形象都没有持"隐士"说,沃森想象中的女神形象更加和蔼可亲,更具人性化,更是读者的喜爱,这两位汉学家构建的雷神、雨神形象与河神形象基本上是依古塑形。宇文所安严格维护了王逸建构的云神或雷神形象以及女神形象,没有大的突破,其译注更固守王逸的注解,坚持"以中释中"的原则。沃森对"丰隆"和"宓妃"形象

　　① Stephen Owen, *An Anthology of Chinese Literature*: *Beginnings to 1911*, New York: Norton, 1996, p. 170.

　　② Burton Watson, *The Columbia Book of Chinese Poetry*, New York: Columbia University Press, 1984, p. 61.

的塑造灵活一些，这同其大众化的翻译思想、面向普通读者的翻译策略分不开。

霍克思在注释里进行了折中，根据王逸丰隆是《九歌》里的云中君的说法，认为雷同暴风云有关，雷神主劈云降雨，雷神、云神和《天问》中雷神"荓"，是一神三名。宓妃是水神，洛河的守护神，即《天问》中的洛嫔（河伯之妻，夷羿射杀河伯后娶其为妻）。王逸的注释认为，宓妃是伏羲的女儿。伏羲在中国先民的创世神话中扮演了重要角色，且伏羲和其妹女娲结婚，如同希腊神话中的丢卡利翁（Deucalion）和妻子皮拉（Pyrrha），都在一场大洪水后繁衍了世人。①

霍克思对丰隆形象的建构，兼顾了"一体三面"，突出了形象的多样性和丰满性。宓妃守护神作为慈祥的母亲形象，其身世背景呈现复杂性，多了一分威严，少了一分可爱。此外，霍克思还建构了伏羲和女娲的人类始祖形象，如同古希腊神话中用石头重造新人类的丢卡利翁和皮拉，既满足了中国的祖先崇拜，又令人崇敬和赞美。

霍克思的注释让西方读者很快了解中国古代的典故和传说，了解东方文化同西方文化的相似性，这反映了霍克思注释注重"以点带面"的学术思想，也是引导读者对"文化中国"形象产生兴趣和热情的技巧。霍克思的译注不仅凸显历史文献的考据意义，既传承了中国神话的历史化，又传播了中国的神话思维精神，而且折射了跨文化的阐释意识，更加注重西方读者的接受，在维持"自我"与"他者"之间的对话关系的基础上，更具有"自我"意识。尽管这可能会造成文化"误读"，但"文学有意地误读文化"是"为了改变我们对世界

---

① 参见 David Hawkes，*The Songs of the South：An Ancient Chinese Anthology of Poems by Qu Yuan and Other Poets*，London：Penguin，2011，pp. 90 – 91。

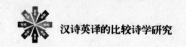

的理解或迫使我们对语言和文学的功能产生反应"。① 从这个意义上来说，霍克思的译注旨在改变西方人的看法，在文化交流中体验"异质文化之间，文学的互补、互证、互识"②，认识中国文学形象也具有普遍性。

第三节　译注的深度文化剖析

这些汉学家翻译《楚辞》，不仅具有明确的目的性，而且具有高超的艺术性，合理兼顾译与注的互动关系，为中国文学的西传做出了积极贡献。译者的文化心态、文化素质、行为理念都对翻译和注释的共构产生了重要影响。

一　汉学家的东方情结

同传统的汉学家不同，当代西方汉学家不是持一种否定性的东方主义观点，不是对中国文化先入为主的想象，通常消除了神秘性、野蛮性和落后性的思想偏见。他们也不太受意识形态的操控，即使开始翻译时有可能具有意识形态的因素，但在翻译过程中，也会逐渐摆脱和放弃意识形态的束缚。霍克思、沃森和宇文所安等英美汉学家，以翻译和研究中国文学和文化为己任，矢志不移地翻译和推介中国的传统文化精华，其翻译支柱就是汉学家的中国情结。正如蒋骁华所言，

---

① ［美］约翰·纽鲍尔：《历史和文化的文学"误读"》，乐黛云《文化传递与文学形象》，北京大学出版社 1999 年版，第 10 页。

② 乐黛云：《比较文学与比较文化十讲》，复旦大学出版社 2004 年版，第 38 页。

汉学家的"东方情调化翻译倾向"在政治上是为了构建文化"他者"①，在文化心理上是为了满足西方读者的文化心理预期，在审美上是为了延长审美过程。

不仅如此，汉学家的译注是为了加强译文的"东方情调化"，体现"东方情结"，通过注释（特别是尾注）空间大的有利条件，译者可拓展背景信息，适当填补译文中的文化或意义空白，使译文和译注产生互文关系，"读者（译者）可以积极参与文学本身的活动和生产，并通过发现意义的新组合而重写文本"②，拓宽文化交流的平台，增加文化传播的渠道。

二　汉学家的文化素质和学术视野

汉学家的汉英语言水平和文化知识水平决定了译文的质量，其学术视野和学术背景，直接关系到译注的思想，尤为重要的是，译者要有广博的中国文学和文化背景知识、历史文献学、训诂学、文字学、音韵学、民族学和宗教学等方面的专门熏陶，否则，考据无理据容易产生不必要的误读想象。同时，译者的西方文学知识也很重要，它不仅决定了译文的生命力，而且也影响了译注的"点—线—面"的拓展，有利于文学和文化的比较和研究，便于加强读者的认识水平，为读者提供相关知识的链接，引起读者对中国文化更大的兴趣和热情。

因此，宇文所安、沃森和霍克思对《离骚》译注中的文化英雄形象、美人形象、巫形象和神形象的建构有相似点，也有不同点，从中

---

　　① 蒋骁华：《典籍英译中的"东方情调化翻译倾向"研究》，《中国翻译》2010 年第 4 期。

　　② 瞿宗德、魏清光：《翻译中的意义空白填补机制研究》，华东理工大学出版社 2009 年版，第 47 页。

可以发现他们的价值观、学术思想、文化身份、文化自觉性的异同。作为比较文学大师的宇文所安和作为职业翻译家的沃森，在英译《离骚》中所作的注释，基本遵循中国古代楚辞学家的训诂学释义，很少同西方文学中的类似形象作比较，基本上是一种单向度的注解。这表明他们心系中国的文化诗学传统，更看重中国文化的独特性和差异性，把中国文学视为区别于西方文学样式的"他者"，他们的翻译尽量向原文靠拢，译注也尽力传递这种差异性。但是，这也是一把双刃剑，一方面，注释可以让西方读者了解和欣赏中国特有的文化精髓；另一方面也流露出西方学者仅仅把中国古典文学当成另类的倾向，而宇文所安试图"证明中国与西方传统的文化差异最终表现为一系列的二元对立"[①]，西方人很难从注释中了解中国文学也有普遍性的一面。

霍克思的译注不仅彰显了历史文献的考据意义，既传承了中国文化史的形象，又传播了中国的神话思维精神，而且折射了跨文化的阐释意识，更加注重西方读者的接受，考虑读者的期待、兴趣、爱好和心态，关注读者的评价和反馈。

宇文所安、沃森和霍克思基于先天的西方本土身份，无法游离的文化背景，长期浸淫的知识结构编码，对中国文学形象的理解，对注释背景的布局、条目的梳理选择、注释话语的方式、背景的考证，以及作为比较对象的西方文化相似物，都会发生变异和偏移，中国文化的丰富内涵在注释中有可能被简化、弱化、矮化和西化，对中国文化形象的建构必然存在误读。

尽管如此，这些汉学家的译注对中国典籍的译注与传播有重要的启示。我国翻译家在中国典籍的翻译和注释中，更应协调中国文化的

---

① 张隆溪：《中西文化研究十论》，复旦大学出版社 2005 年版，第 147 页。

特殊性和普遍性，以广阔的视野和跨文化的学术对话意识，在反思中国特殊论和西方中心论时，要借鉴一些汉学家会通中国化特性的学术话语思想，如互文注释方式"对这种特殊性内在的普遍性因素和普遍性价值的信心和肯定"。[①] 同时，汉学家的译注中的文化误读也提醒我们，汉学家以他者的视角建构中国文化形象和学术话语有其片面性，需要中国学者主动反拨，这对中国学术"走出去"具有重要的借鉴意义。

① 张旭东：《全球化时代的文化认同：西方普遍主义话语的历史批判》，北京大学出版社 2005 年版，第 2 页。

第八章 中西文化传统在汉诗翻译中的博弈

第一节 汉诗英译中的"中国传统"情结

庞德是英美诗歌从新古典主义朝现代主义转型的领军人物，为了建构现代主义的新诗学，推进英美诗歌的转型，他把目光转向他所宣称的应该"替代希腊文学"的古老的东方文学——中国古典文学，他创译中国古诗，试图用中国的诗学传统，吸纳中国经典文学的合理内核，作为外部"刺激物"，反抗和批判西方文学的传统，使西方文学摆脱自身"欧美中心论"的局限性，迈向歌德所倡导的"世界文学"。他的中国文化情结在创译中起到了"陌生化"的刺激作用。

一 中国文学传统在创译中的对抗和推动作用

（一）对抗英美诗歌中维多利亚诗歌的感伤情调

20 世纪初的英国诗坛，主流诗歌风格仍然深受维多利亚诗风的影响，节奏缓慢、呆板，格律和音步单调，盛行抑扬五音步，充斥着形容词，是"一派滥情感伤的基调"①。当时的美国诗歌发展相对缓慢和落后，自主创新意识不强，拘囿于美国的"精英传统"，且多模仿维多利亚诗风"严肃、传统、哀婉、刻板的构思和通常多愁善感"的无病呻吟风格。② 英美诗歌创作没有跟上现代文明所要求的通俗化和大众化的时代步伐。

作为先锋派现代主义先驱，庞德刮起"率直、试验和猛烈反对偶像崇拜"的旋风，为了实现"日日新"（make it new）的目标，他高屋建瓴，站在"世界文学"的高度，以积极开放的心态吸纳世界不同的文化传统。他在费诺罗萨的笔记中偶然"发现"中国古诗中的诗学传统同他倡导的现代主义诗歌创新思想相契合，便精心挑选其中的 18 首创译成英诗。庞德发现这些诗主题多为战争、送别、怨友情、怀古和风景等，语言简练，节奏明快，迥异于维多利亚诗歌"风花雪月"的陈腐和呆板，庞德借此改造英美诗歌中的感伤情调。

（二）对抗美国诗歌中的地域局限性

庞德之前的美国诗人主要集中在美国东北部的新英格兰地区，这是历史原因造成的。这些诗人，如罗伯特·弗洛斯特、罗宾斯、沃特·惠特曼等成长在受新教影响深刻的东部地区，他们创作的主题和背景都局限于这个狭小的区域，虽然他们写出了不少传世之作，但毕竟视野不够开阔，缺乏普遍意义上的文化语境和文学价值，读者群主要限于"文人雅士"，在空间上流布不广，更毋庸说世界意义了。因此，就庞德试图建立世界文学的诗学标准而言，其狭隘性和封闭性显而易见。

---

① 蒋洪新：《英诗新方向：庞德、艾略特诗学理论与文化批评研究》，湖南教育出版社 2001 年版，第 45 页。

② Christopher Beach, *The Cambridge Introduction to Twentieth - Century American Poetry*, Chongqing: Chongqing Press, 2006, p. 8.

中国文学传统的输入，客观上加大了美国诗歌的异质性，古老的中国诗歌传统无疑是一股清风，无论是主题还是风格，都具有新颖性和"超前性"，有利于打破美国诗歌的狭隘性和保守性，扩大了世界性和历史性，使美国诗歌更加开放，内容更加丰富，风格更加多样化，缩短了中西文化的距离，实现了跨时空、跨文化的相遇与汇通，促进了美国诗歌向现代主义的转型。

（三）对抗西方文学中的象征主义

19 世纪末至 20 世纪初，滥觞于法国的象征主义，对欧美文学产生过重要影响。虽然庞德等意象派诗人受益匪浅，但象征主义的主题表现为丑恶、病态、虚无、自我、绝望等，充满"悲观颓废情调和神秘主义色彩"，艺术形式上滥用象征、暗示、比拟等手法，有时"故弄玄虚，自我炫耀，作品大都晦涩费解"，有"颓废主义、形式主义艺术"倾向。[①] 同时，象征主义过分强调象征物和象征对象之间的固化和抽象化，缺乏读者意识。因此，埃德蒙·威尔逊形容其"无法同读者交流"。[②]

庞德创译中国古诗，很大程度上看中了中国古诗中的清新、简洁、具体的意象，尽管这些意象也可视为象征，但象征手法和象征主义毕竟不是一回事。"意象"，是"言""象""意"的统一，"言"通过"象"表达"意"。从象征的角度来看，意象象征在象征物和被象征物之间没有隔离，直接相通，象和意在形式上和本质上都是一致的。意和象的关系是直接的、汇通的、具体的和情感的联系，无须抽

---

① 奠自佳、余虹：《欧美象征主义诗歌赏析》，长江文艺出版社 1988 年版，第 29 页。
② 柳扬：《柳扬·编译·花非花——象征主义诗学》，旅游教育出版社 1991 年版，第 6 页。

象化的过程。在庞德看来，这种意象传统是医治西方文学中的"算术数目"式或固定"节拍器"式的诗歌节奏象征价值的良药，是改革英诗的助力。

（四）对抗西方文学的理性主义和逻辑主义的诗学标准

发轫于古希腊的理性主义，经过古罗马、文艺复兴、古典主义、启蒙运动的继承和发展，被视为人类判断真假、善恶、美丑的价值标准。但理性主义在文学作品中具有浓厚的哲理性和道德说教性，如英国诗人丁尼生和美国诗人朗费罗的某些诗歌，渐次成为现代诗歌的累赘。诗歌形式中的逻辑主义注重语法的严密性和逻辑性，强调句法的规范性和语音的重要性，所以，索绪尔的表音文字优于表意文字的语音"逻各斯中心主义"一直是西方语言的理论基础。

虽然庞德不是语言学家，但他和后来的解构主义大师德里达不约而同都发现了东方文明的非逻各斯中心主义的汉语象形表意文字传统。庞德透过费诺罗萨的手稿，体悟出中国古诗与西方现代主义诗学暗合的精神，即意象明亮、语言简洁、结构短小、音韵和谐、形象优美的非理性特征。庞德发现，中国诗人擅于"表现"事物"而不加以说教或评论"[1]，同时，意象之间的连接词如介词、连词等可省略，逻辑关系模糊不定。汉字非理性和非逻辑性的"象思维"并非像黑格尔所宣称的"以不透明的外在性遮蔽了声音，遮蔽了内在的言说，遮蔽了纯粹的自我"[2]，而是一种可资借鉴的东方思维方式，通过创译为英美诗歌输入异质的诗学元素诗歌样式。建立在表意汉字基础上的费诺

---

① 赵毅衡：《诗神远游——中国如何改变了美国现代诗》，上海译文出版社2003年版，第196页。

② 张隆溪：《"道"与"逻各斯"》，江苏教育出版社2006年版，第29页。

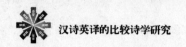

罗萨和庞德诗学，德里达称之为"防范得最为严密的西方传统中的第一次突围"①，即汉字和汉诗的形象性是对西方"逻各斯中心主义"影响的突破。

二 庞德的翻译选材与中国拟古传统

庞德从费诺罗萨遗稿里 150 首古诗中精心挑选了 18 首，其中李白占 11 首，于 1915 年整理出版译诗《神州集》（Cathay）。1954 年，庞德出版译文《诗经》。庞德从中找到了中国和中华古文明。Cathay 一词在欧洲中世纪的旅行家马可·波罗的游记中特指中国，具有古老文明传统的内涵。庞德选用 Cathay 而没用 China，显然出于对中国古代文明传统崇敬的考虑，折射了他的拟古诗学倾向。

庞德精通多门西方语言，曾经以古英语、普罗旺斯语和拉丁语翻译过不少诗歌，具有深厚的西方古典文学素养，同时他从小崇尚中国文化风尚，中国古诗的"古代性"容易得到他的认可，尤其是李白的拟古倾向（古风、拟古、效古）激活了庞德诗学的古典意识（旋涡派仿古希腊）。李白等诗人的诗歌以其丰富的意象和叙事传统，引起了庞德美学上的共鸣，因为他敏锐地意识到中国古诗中的"新异的诗质"，可用来弥补西方诗的不足，强化意象主义和旋涡主义诗歌创作的合理性和自信心。庞德认同和创译中国古诗，核心在于"拟古性"可用作"现代性"的引子，在对中国古诗进行"现代化"改造的基础上，"为他的时代呈现一种具有刺激作用的'新'自由诗"②。这大概是"物极必反"的效应。

---

① 张隆溪：《"道"与"逻各斯"》，江苏教育出版社 2006 年版，第 33 页。
② 陶乃侃：《庞德与中国文化》，首都师范大学出版社 2006 年版，第 71 页。

庞德的译诗《诗经》更具有"古代性"的特征，《诗经》是中国文学的源头，其叙事和抒情风格都为美国诗歌现代性补充了有益的养分。赵毅衡正确地指出："庞德是把《诗经》作为'中国史诗'来译的，因为它是'包含历史的诗'。"① 可见庞德是基于《诗经》"古代性"和叙事性的价值选材的。中国诗歌的古典性价值得到了庞德的认同。

三　庞德的创译对中国传统诗学的接受

（一）静态画面的创译对中国传统静态美的接受

庞德的中国文化情结对他的美学思想产生了潜移默化的影响，并渗透于他的诗歌创译中。庞德凭着他的诗学和美学功底，借助费诺罗萨的笔记，大体揣摩出中国诗歌中的图画意境和情境。庞德擅于用英语再创造汉字中内在的诗学特质，即"具体的意象和惹人注目的联系体的意义"②。中国的写景诗和抒情诗大多是一幅幅风景画，"诗中有画，画中有诗"，意象具体醒目，画面是为了衬托"情"，诗与画构成意义的联系体。这些诗的意象构成诗画的材料，激发了庞德的想象，这些意象主要以静态的画面形式刺激了庞德的美学思想的视觉，使他认识到意象主义"瞬间"产生的"爆发性"意象，同中国诗中的"静态"意象有所区别，并有助于他对中国诗歌的审美体验。

庞德受到中国诗中静态画面的震撼和启发，在诗歌创译中开启了

---

① 赵毅衡：《诗神远游——中国如何改变了美国现代诗》，上海译文出版社 2003 年版，第 287 页。
② L. S. Dembo, *The Confucian Odes of Ezra Pound: A Critical Appraisal*, Berkley & Los Angeles: University of California Press, 1963, p. 25.

意象并置和意象叠加的翻译方法，名词与名词之间的并列，排除了其他语法成分，省略了动词，如"荒城空大漠"（Desolate castle，the sky，the wide desert），翻译单位的划分奇特，深受中国诗歌静态美的影响。从表面上看，译诗的语言是对原诗的模仿，而实际上是译者诗学的转变，因为驾驭英语易如反掌的诗人庞德违背语言的语法常规，显然接受了中国诗歌意象思维中的非逻辑观。陶乃侃指出："庞德通过费氏注释可以部分看出中国古典诗的原结构，作为诗人，他宁愿选择主要依照中国原诗结构改译，一定程度上接受了中国五联结的句式，并用于建构自己的片语并置结构模式。"[1] 说的就是在中国古诗的意象结构模式的压力下，庞德诗学倾向的重要转变。

还有一类译诗，英语结构虽符合正常的语法规则，但以静态译静态，译诗也几乎成了一幅静态描写的画面。如王维的《送元二使安西》（*Four Poems of Departure*）：

> 渭城朝雨浥轻尘，客舍青青柳色新。
>
> 劝君更尽一杯酒，西出阳关无故人。

> Light rain is on the light dust.
>
> The willows of the inn – yard
>
> will be going greener and greener,
>
> But you, Sir, had better take wine ere your departure,
>
> for you will come to the gates of Go.

原诗的前两行是一幅静态的背景画面，交代了送别友人的时间和地点等环境，看上去是色彩明亮的风景画，译诗也是静态的描写，原

---

① 陶乃侃：《庞德与中国文化》，首都师范大学出版社 2006 年版，第 108 页。

诗中的动词"浥"和"新",译成了静态的谓语动词(短语)is on 和 go greener and greener,后两句中的动词 take 的动作性也很弱化,创作成分浓厚的词 departure 只是名词化形式,遮盖了动作性。译诗的画面是以静态为主色调的"诗中画",抒发依依惜别的"画中情"。这种创译方法印证了庞德部分接受了中国诗学的静态美之倾向。他的诗学转变和创译是一种互动的关系。正如谢明所言:"庞德的翻译刺激并强化了他的诗学创新,这种创新反过来又指导和促进了他的翻译。"①

(二) 叠词和叠咏的翻译与中国诗"兴"结构的接受

《诗经》的主要艺术形式之一是叠词丰富,用双声叠韵的形容词来摹声摹形,艺术表现力极强,是《诗经》的典型风格,"这种现象在中国诗歌史上是独一无二的"②。庞德在《神州集》中选译了几首这种叠词诗。例如翻译《古诗十九首之二·青青河畔草》(*The Beautiful Toilet*)时,庞德开始认识到叠词在节奏和修辞方面的美学价值,这种翻译方法不仅影响了他自己日后翻译《诗经》,也为其他西方翻译家提供了可资模仿的范本。例如:

> 关关雎鸠,"Hid! Hid!" the fish – hawk saith.
>
> 采采卷耳。curl – grass, curl – grass
>
> 采采芣苢, Pluck, pluck, pluck, the thick plantain;
>
> 薄言采之。Pluck, pick, pluck, then pluck again.

以上叠词的翻译模式分别是 AA 式、ABAB 式和 AAA 式,译诗

① Xie Ming, "Pound as a Translator", Nadel, Ira B. (ed.), *The Cambridge companion to Ezra Pound*, Shanghai: Shanghai Foreign Language Education Press, 2001, p. 204.

② 储斌杰:《诗经与楚辞》,北京大学出版社 2000 年版,第 146 页。

以 AA 式为主，兼顾其他变体形式，既模仿了原诗中的声音或动作，又产生了口头传唱的效果，可见庞德基本接受了《诗经》的叠词特征。

叠咏体是《诗经》的重章复唱形式，是"主题—变体式民歌体"（theme – and – variant ballad），句式重复，仅关键词替换，有些句子是完全重复，往往一唱三叹，目的是使诗的语言配合音乐美，便于按节奏和韵律吟唱。庞德的创译实质是再创作，他对叠咏体的接受也有一个过程，并非一开始就在译诗里再现。例如，在《神州集》的第一篇《诗经·小雅·采薇》（Song of the Bowmen of Shu）里就有叠咏体，庞译句法模式不仅和原诗相似，而且同原诗对应的诗行也比较接近。

庞德在 1954 年出版的《诗经》全译本里，有些诗的叠咏体译得十分地道。例如，《诗经·王风·黍离》（Thru the Season）共有三节，每一节只有第二句和第四句的关键词有变化，依次分别是"彼稷之苗/穗/实"和"中心摇摇/如醉/如噎"，现将第一节抄录如下：

> 彼黍离离，彼稷之苗。
>
> 行迈靡靡，中心摇摇。
>
> 知我者谓我心忧，
>
> 不知我者谓我何求。
>
> 悠悠苍天，此何人哉！

庞德提供了两种译文，其中第一种如下：

> Black millet heeds not shaggy sprout,
>
> Aimless slowness, heart's pot scraped out,
>
> Acquaintance say: Ajh, melancholy!
>
> Strangers: he hunts, but why?

Let heaven's far span，azure darkness，

declare what manner of man this is.

其他两节只分别替换 shaggy sprout 和 heart's pot scraped out 的部分是：the panicled ear in the forming/the heavy ear of the temple grain 和 heart in dead daze/heart choked with grief，其余诗句保持不变。Cheadle 注意到庞德在 20 世纪 50 年代初因受叛国罪指控而被关进精神病医院时的忧郁心情，同原诗中的主人公的忧郁状态是一致的，从而在他的"再创作"中产生了"个人的共鸣"。① 这种心理状态为他几乎全盘接受《诗经》中的"兴"结构提供了认知条件，并为他的诗学和诗歌风格的转变做好了审美体验的准备。欧阳桢认为："庞德对原文中的重复优势很敏感，对潜在的单调很警惕，所以他的译诗是自由创作，以更满意的方式，在意象层次上而非词汇层次上保留了原文的重复形式。"② 由此可见，庞德的创译中确有部分诗歌译文接受了诗经中的这种"起兴"的诗学结构，这种结构先前在英语诗歌中是没有的。

四　中国诗歌创译与美国诗歌的现代性

（一）中国诗歌语言与美国诗歌语法的创新

中国古诗语言精练，语法的关联性很弱，没有很强的逻辑性。袁行霈认为："一首诗从字面看是词语的连缀；从艺术构思的角度看则

① 参见 Mary P. Cheadle，*Ezra Pound's Confucian Translation*，Ann Arbor：The University of Michigan Press，2000，p. 176。
② Eoyang，Eugene Chen，*Transparent Eye：Reflections on Translation*，*Chinese Literature*，*and Comparative Poetics*，Honolulu：University of Hawaii Press，1993，p. 203。

是意象的组合。……起连接作用的虚词，如连词、介词可以省略，因而意象之间的逻辑关系不很确定。"① 说的就是中国古诗意象的语法关系的基本特性。叶维廉指出，"中国古典诗中语法的灵活性——不确切定位、关系疑决性、词性模糊和多元功能"，便于读者在解读时，在物象和物象之间 "自由浮动的空间" 进行 "若即若离的指义活动"。② 换言之，古诗语法的灵活性和模糊性有利于读者开启想象的空间。中国古诗语法关系的弱化特性可通过翻译移植入英语诗歌里，改变英语诗歌过于偏重语法逻辑的传统。钟玲也注意到少数美国诗人 "尝试把中文的文法模式和修辞艺术用于自己的诗歌创作之中"③。中国诗歌语言的并置式和虚词的脱落，对一些思想开放的美国诗人和翻译家具有很强的吸引力。

庞德从费诺罗萨的翻译及字字译释中国古诗的手稿和未发表的论文《作为诗歌手段的中国文字》里，"发现" 中国诗歌语言和美学特征，可以作为改造美国诗歌语言的兴奋剂，他翻译《神州集》也是为了实现他一生所追求的诗歌革新的目标。庞德的 "译" 和 "创" 都擅于摹写中国诗行的句法结构，他把一些意象并置的诗行译成了空间断裂和语法断裂的词组并列，以突出语言的新奇性和意象视觉审美的玩味空间，通过英语语法的 "陌生化" 完成了从 "摹写" 到 "阐释" 的诗学转变。虽然他早期的诗歌创作就有这种语法断裂的倾向，但他的创译强化了他的诗学诉求，并深刻地影响了他日后《诗章》创作中的语法创新，这也是对中国诗歌形式的阐释。例如：

---

① 袁行霈：《中国诗歌艺术研究》，北京大学出版社 1998 年版，第 56 页。
② 叶维廉：《道家美学、中国诗与美国现代诗》，《中国诗歌研究》2003 年第 00 期。
③ 钟玲：《美国诗与中国梦：美国诗里的中国文化模式》，广西师范大学出版社 2003 年版，第 106 页。

Prayer：hands uplifted

Solitude：a person，a nurse.

(《诗章》64)

Moon，cloud，tower a patch of the batissers，

All of whiteness.

(《诗章》79)

显然，庞德的无定冠词和谓语动词的诗歌语言"撤弃逻辑性、指引性的连接元素"，"打破传统西方单线串联的行进，超脱定向、定位、限指僵死的西方语法和纵时式的时间观"，是受中国诗歌语法影响使然。① 从这个意义上说，庞德的创译在一定程度上推动了他自己的诗歌创作。对其他诗人如 William Williams、Gary Snyder、Cid Corman 和 Robert Duncan 等的翻译或创作也有所启发。中国诗是美国诗语言"非印欧化"的"基本推动力"。②

（二）中国诗歌"先天的"现代性与美国诗歌意象的清晰性

1913 年，庞德领导的意象派诗人发表意象派宣言，庞德本人也提出了几条禁忌，阐述了意象派诗学理论，核心是强调"具体性"和"直接性"，避免抽象性，即不用任何"多余的词"和"毫无意义的形容词"，"要么不用任何修饰语，要么用好的修饰语"，同时一反传统诗的押韵常态。庞德通过创译中国古诗将这种诗学理论发扬光大，因为中国古诗意象的主要特征是明亮具体，同抽象几乎毫无瓜葛，在

---

① 叶维廉：《道家美学、中国诗与美国现代诗》，《中国诗歌研究》，2003 年。
② 赵毅衡：《诗神远游——中国如何改变了美国现代诗》，上海译文出版社 2003 年版，第 242 页。

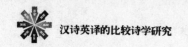

庞德看来具有"先天的"现代性。这种特性正可通过创译刺激和诱发英语诗歌的现代性。

Gentzler 把这种翻译诗学称为"明亮具体的理论"（theory of luminous details），它强调"细节、单词、单个或碎片意象的清晰翻译"①，也就是翻译的意象必须形象具体、避免生硬晦涩，必须"生动呈现"。但叶威廉认为，在 1910 年至 1913 年之间，庞德更强调意象呈现的"清晰性"，在此之前，也不回避"模糊性"（suggestive）方法。② 实际上，庞德的创译也是这种模式。正是意象的"明亮具体性"或清晰中带有模糊性，庞德才发现创译和创作中的共相性，中国诗英译后可以变成英语诗。《神州集》中翻译的意象仍然是具体清晰的，为英语诗吹进了一股改革清风，同意象派创作的英诗汇流，不仅为英诗的现代性找到了理据，而且也更容易让英语读者接受。例如，李白的《江山吟》（*The River Song*）的前四行：

原诗：

> 木兰之枻沙棠舟，玉箫金管坐两头。
>
> 美酒尊中置千斛，载妓随波仍去留。

译诗：

> The boat is of shato – wood, and its gunwales are cut magnolia,
>
> musicians with jeweled flutes and with pipes of gold.
>
> Filled full the sides in rows, and our wine.

① Edwin Gentzler, *Contemporary Translation Theory*, Shanghai：Shanghai Foreign Langue Education Press, 2007, p. 15.

② Wai – lim Yip, *Ezra Pound's Cathay*, Princeton：Princeton University Press, 1969, p. 52.

Is rich for a thousand cups.

We carry singing girls, drift with the drifting water.

译诗中的意象词 boat、wood、gunwales、magnolia、jeweled flutes、pipes of gold、sides in rows、wine、cups、singing girls 和 drifting water 等，都是具体的名词（词组），隐含的意义色彩明亮、清晰，几乎没有意象模糊的词和抽象词，介词和动词也不多，有的诗行是跨行连续句，符合庞德的意象派诗学观："不要把诗行切成零散的抑扬格，不要让诗句都在一行的末尾结束、在新的一行开始。"① 所有这些特征都是现代英诗的特征，这样的创译为现代诗歌的创作找到了知音。

（三）中国诗歌的平民化与美国诗歌语言的通俗性

现代诗歌的又一特性是语言的现代性，不用或少用古奥、生僻的词语，口语体、日常词语甚至方言俚语都可构筑诗歌。《诗经》中不少诗是从民间采集来的民歌、民谣，具有口语化的特征，这也和现代诗歌的发展趋势一致。有些诗庞德故意翻译成现代口语化的英语，以扭转美国诗歌的"精英化"的保守倾向，强化英诗的通俗性和平民性。例如，《诗经·召南·甘棠》有云：

原诗：

> 蔽芾甘棠，勿剪勿伐，召伯所茇。
> 蔽芾甘棠，勿剪勿败，召伯所憩。
> 蔽芾甘棠，勿剪勿拜，召伯所说。

---

① 刘岩：《中国文化对美国文学的影响》，河北人民出版社 1999 年版，第 84 页。

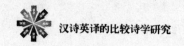

译诗：

Don't chop that pear tree,

don't spoil that shade；

Thaar's where ole Marse Shao used to sit，

lord，how I wish he was judgin' yet.

庞德在这首诗里关注的不是原诗的形式结构，而是原诗所隐含的故事，并把其中缺场的典故（相传召公曾在甘棠树下听讼）明晰化和具体化，点明了主题，避免了语境的缺失。译文使用了彻底的口语化语言，如 thaar（that）和 marse（master）是典型的黑人词语，是标准英语的社会阶层变体，同时 don't 、thaar's 和 judgin' 等用法是庞德翻译《诗经》中广泛使用的语音省略法。这首译诗的语言变成了黑人英语，似乎是黑人奴隶对白人主人的颂歌。

难怪有学者说庞德创译《诗经》是"用诗歌的节奏和旋律使活人唱歌"①。当然是现代诗的节奏和旋律"唱"的现代人的"歌"。从译语来看，这实质上是一种"秘响旁通"的审美经验，我们读庞译的诗，"不是一首诗，而是许多诗或声音的合奏与交响"②。庞译《诗经》词语的非规则发音和句法的非规则语法结构，不仅"使诗歌染上了一层率真、粗犷的民歌情调，读起来十分亲切"③，而且在一定程度上加速了美国诗歌语言通俗化的进程。

庞德通过翻译中国古诗，借用中国古典诗学，以对抗英美诗歌中的西方文学传统，并建构英诗的新诗学和新形式。中国古诗中的

① Mary P. Cheadle, *Ezra Pound's Confucian Translation*, Ann Arbor：The University of Michigan Press，2000，p. 154.

② 叶维廉：《中国诗学》，人民文学出版社 2006 年版，第 68 页。

③ 李玉良：《〈诗经〉英译研究》，齐鲁书社 2007 年版，第 240 页。

"拟古性"、静态美、叙述结构和比兴结构都对庞德产生了重要影响。庞德以"译"之名行"创"之实,有力推动了英诗创作的现代性转变。

第二节　汉诗英译的西方文化的"俄狄浦斯情结"

Alexander 将庞德的翻译分为"模仿"(Copies)和"改编"(Remakes)两类①,可统称为创译。在创译中国古诗过程中,尽管吸收了大量的中国文学传统,但庞德的创译没有、也不可能完全颠覆西方文学传统。庞德与西方文学传统的关系,是一种爱恨交织的"俄狄浦斯情结",如同儿子(俄狄浦斯)面对着父亲(西方文学传统)形象,总有一种无法超越西方文化传统影响的焦虑,二者构成一种互文关系。庞德的创译在接受中国文化传统的同时,并没有完全否定西方文学经典的价值,西方的诗学传统挥之不去,并在翻译里留下了深刻的印记。

一　翻译诗学受西方文学拟古传统的无形操控

庞德精通多门西方古文字,如古英语、拉丁语、希腊语、罗曼语、法语、意大利语等,并翻译了大量的古英语、普罗旺斯语和托斯卡纳语古典诗歌,拟古传统在庞德的诗学中根深蒂固,目的是"以古

---

① 参见 D. P. Tryphonopoulos & Stephen J. A. (ed.), *The Ezra Pound Encyclopedia*, Greenwood Press, 2005, p. 60。

创新"，在古典文学中淘金，通过翻译使现代文学"复活"。庞德荟萃古典文学精华，既操纵它为建构世界主义普世意义的诗学规范服务，又被它操纵，在翻译中国古诗并使之通向现代性的道路上，摆脱不了传统的纠缠，并自觉内化为他自己的思维模式的一部分。至于当时美国的主流诗学，他甚至不能完全摆脱他所猛烈抨击的维多利亚诗歌风格。庞德在诗歌创新的过程中，始终处在传统和革新的纠葛之中。

庞德在翻译创新中擅于继承西方的古典传统，在引进中国古诗的"新式"诗歌情绪和意象组合方式时，并没有丢掉西方的传统之根，正如 T. S. 艾略特所言："一个作家不能脱离其传统进行创作。"① 表明了他的历史主义的思想观，有学者称"庞德从灵感到创作都深深侵浸在一种崇尚古韵的意识之中，而且这种意识与其现代主义诗学创新意识交织在一起，二者既冲突又融合；冲突是表面的，融合才是其实质"②。这道出了庞德受西方文学拟古传统无形操控的原委，只不过庞德在英译《神州集》和《诗经》时，西方文学传统中的拟古意识有所不同和侧重罢了。

（一）西方文学中的叙事传统

和中国文学传统中以抒情文学为主流不同，西方文学传统则以叙事文学为主流。源于古希腊的西方文学，如希腊神话故事和荷马史诗、戏剧和罗马史诗《埃涅阿斯纪》等，都是叙事文学。超级稳定的农耕文化造成了中国文学的内倾性和静态性，文学传统以抒情为主，而搏击自然的海洋文化形成了西方文学的外倾性和动态性，叙事文学

---

① 转引自黄杲炘《从柔巴依到坎特伯雷——英语诗汉译研究》，湖北教育出版社 1999 年版，第 123 页。

② 王贵明、刘佳：《今吟古风——论埃兹拉·庞德诗歌翻译和创作中的仿古倾向》，《北京理工大学学报》（社会科学版）2006 年第 6 期。

最能表现这种动态性，"叙事文学成为诗人和作家们在创作中模仿现实、复制现实的主要手段"①。

亚里士多德的《诗学》总结了史诗模仿人的行动的叙述特点和情节、结构、性格等结构特征。西方的长篇叙事诗以生动的故事情节、鲜明的人物形象和宏伟的篇幅展示了西方民族、国家或时代的社会精神风貌，而在西方文学里经典化。叙事诗重在事件的线性发展的外在呈现，在语言上显然以动态性词语为主导，中国诗重在情感的碎片化和非连续性的内在抒发，在语言上静态描写性的词语占主导地位。由于叙事诗在西方文学传统上的影响力，庞德的翻译不可能彻底脱离这种传统的影子。例如《诗经·小雅·小明》的第二章：

原诗：

> 昔我往矣，日月方除。
>
> 曷云其还？岁聿云莫。
>
> 念我独兮，我事孔庶。
>
> 心之忧矣，惮我不暇。
>
> 念彼共人，眷眷怀顾！
>
> 岂不怀归？畏此谴怒。

译诗：

> Long long ago we set out,
>
> thinking the sun and moon veering about.
>
> Would see us home at the year's turn.

---

① 杨恒达：《西方文艺学》，（http：//www.rwlh.com/html/fzhbg/index.asp？rootid＝0_130&leaf_id＝10_30_50）。

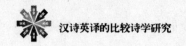

heavy in mood to brood that I alone,

Work in mood to brood that I alone.

work for that crowd—

No furlough allowed.

longing for home,

fearing the price.

庞德创译这首小官吏久役于外，欲归不能而牢骚满腹的诗歌，首先使用了西方叙事诗或故事中典型的叙事风格，以 Long long ago 开头，彰显了译诗的故事性和叙事性，叙事模式既体现了中国诗的情感，又带有西方诗歌叙事传统的明显印记。除了 we set out…would see…work 等主语和谓语型主句具有自然的叙述特点外，现在分词非谓语结构 thinking…longing…fearing 也暗示了语言的动态性和叙事性，共同构筑了动词的联系性，隐含了"模仿现实"和"复制现实"的叙事传统。

（二）西方文化中的逻辑思辨传统

亚里士多德开创的逻辑学为西方文化奠定了形式逻辑思维的基础，对西方文化的思维方式产生了久远的影响。西方人重分析和逻辑推演，思维传统中理性主义思想浓厚。柏拉图和亚里士多德等所崇尚的理性思想传统，经后来的哲学家们的不断完善，早已植根于西方的思维传统之中，并深刻地影响了西方语言的特征。英语等"语音中心主义"的西方语言，是"人为规定的信号，信号以理性的规则建立象征符号，以声音组合决定意义，取决于人的主观分析、概括和抽象的能力，因而导致语言的信号化和逻辑化，比较容易上升到逻辑思维"①。英语具有严密的逻辑思维结构，重"形合"，语言的外在形式要素如主谓一致、曲折变化、形态变化和衔接、连贯尤为重要。

拼音文字的"逻各斯中心主义"被视为西方的传统。英语是理性主义思维传统的产物，受亚里士多德的演绎法逻辑思维模式的影响，英语的理性有"抽象性""客观性""确定性"的特征，② 注重形式的理性联结功能，而不是靠意义的感悟。庞德深受西方逻辑思辨传统影响，在翻译中无法规避这种传统思路。庞德的译诗语言大多符合标准语法规则，虽然有些是模仿汉语意象并置的并列短语形式，语法脱落，是汉语形式的刻意模仿，但这不是主要形式。译诗的主要形式仍是把碎片化的意象通过逻辑思维串联起来，建立有效的主谓结构和联结形式，构建英语诗行的句法化。例如，《诗经·国风·东方之日》：

原诗：

> 东方之日兮，彼姝者子，在我室兮。
> 在我室兮，履我即兮。
>
> 东方之月兮，彼姝者子，在我闼兮。
> 在我闼兮，履我发兮。

译诗：

> Sun's in the East,
>
> her loveliness.
>
> Comes here,

---

① 连淑能：《论中西思维方式》，《外语与外语教学》2002 年第 2 期。
② 连淑能：《中西思维方式：悟性与理性》，《外语与外语教学》2006 年第 7 期。

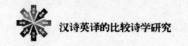

To undress.

Twixt door and screen,

at moon – rise.

I hear.

Her departing sighs.

庞德的译诗把意象 sun 和 East 用句法化链接起来，意象 door、screen 和 moon – rise 用介词 Twixt 和连词 and 及介词 at 黏合起来，是典型的英语"形足性"特征，具有严密的逻辑性和理性色彩。尽管庞德力图摆脱亚里士多德的逻辑主义传统，但他的译诗语言却无法脱离这种根深蒂固的传统形式。

二 创译中的拟古倾向与西方古典话语模式

庞德先后开创了意象主义和旋涡主义的诗歌运动，试图开辟诗歌历史的新纪元，他在费诺罗萨的遗稿里发现中国古诗的诗风同他的诗学有暗合之处后，便迫不及待地改造中国诗，通过创译为英语诗构建西方话语模式。尽管他创译的中国古诗的"古代性"大为淡化，特别是他翻译的《神州集》中的诗歌，完全是摆脱了古奥风格羁绊的新式的自由诗，但是，庞德在《诗经》翻译中，交织着现代性和西方的拟古传统，他的拟古倾向由淡变浓，翻译风格明显改变。一方面，由于他的古汉语水平大为提高，他通过直接阅读中国古诗，领悟了其中的古风之玄妙，迫切希望传译出中国古诗中的古朴风格和诗学倾向；另一方面，也由于他在翻译《诗经》时，个人诗学和个人境遇都发生了翻天覆地的变化。意象主义和旋涡主义影响烟消云散，他自己也因为叛国罪而被关进了精神病院，此时他对西方文化的依恋情结更加难以割舍，诗学倾向逐渐回转。

在译诗的词汇选择上，他的西方古典意识开始复苏。例如，《诗经·周南·桃夭》：

原诗：

> 桃之夭夭，灼灼其华。
> 之子于归，宜其室家。
>
> 桃之夭夭，有蕡其实。
> 之子于归，宜其家室。
>
> 桃之夭夭，其叶蓁蓁。
> 之子于归，宜其家人。

译诗：

> O omen tree, that art so frail and young.
>
> So glossy fair to shine with flaming flower.
>
> That goes to wed,
>
> and make fair house and bower.
>
> O omen peach, that art so frail and young.
>
> going to man and house,
>
> to be true root.
>
> O peach – tree that art fair
>
> as leaf amid new boughs.
>
> Going to bride,
>
> to build thy man his house.

上例中，译者选用了古体词 art（are）、thy（your）、amid（among）和 bower（boudoir），给人的印象是古香古色，甚至连感叹词 O 也蕴含特殊的意义，诗人联想到 old（old 的缩略词就是 o），这些词把古典文学意识同现代性糅合在一起，古词和今词的会通和穿插，诗意的古今共融和互补，谱写了一章协奏曲，意味着庞德的古风追求诗意化了，流露出他对欧洲古典文学的依依不舍的感情。

在译诗的韵律上，庞德翻译《诗经》比翻译《神州集》更注重韵律和节奏，自觉或不自觉地使用了维多利亚诗歌的韵式和格律，似乎挣脱不了传统诗歌的形式框架。国外有学者把"维多利亚的诗学格律"看作是除"主角的浪漫性""选词的现代性"之外使译诗比原诗更加靠近庞德的读者群的三个因素之一，[①] 可见庞德受到传统西方韵律诗的影响之深。例如，《诗经·郑风·羔裘》：

原诗：

> 羔裘如濡，洵直且侯。
> 彼其之子，舍命不渝。
> 羔裘豹饰，孔武有力。
> 彼其之子，邦之司直。
> 羔裘晏兮，三英粲兮。
> 彼其之子，邦之彦兮。

译诗：

Lamb – skin coat and a leopard cuff.

---

① Mary P. Cheadle, *Ezra Pound's Confucian Translation*, Ann Arbor: The University of Michigan Press, 2000, p. 181.

Goes on living beneath my roof.

There are others, I've been told

and this one is getting' old.

Askin' and askin', now I hear

others are called and might appear.

With a lambskin coat and leopard trim

although I am fond of him

这里姑且不论译诗的创作性有多大，仅就韵式而言，原诗的韵式是abca，cccc，cccc 式，译诗的押韵基本上是古英语里的英雄偶句（heroic couplet），呈 aabbccdd 式，第一行和第二行虽不是严格的押韵，但 cuff 和 roof 仅仅是辅音 f 相同，而元音不同，押的是半韵。译诗中 lambskin 和 leopard，skin、coat 和 cuff 是押头韵，living beneath 押的是半谐音/i/，askin' 和 askin' 是叠词押阴韵。又如，《鱼藻》（*The Capital in Hao*）：

原诗：

> 鱼在？在藻。有颁其首。
> 王在？在镐。岂乐饮酒。
>
> 鱼在？在藻。有莘其尾。
> 王在？在镐。饮酒乐岂。
>
> 鱼在？在藻。依于其蒲。
> 王在？在镐。有那其居。

译诗：

Fine fish in weed, that is their place.

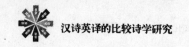

And the king's good wine in his palace.

Fish in pond – weed wagging a tail.
And the king in high Hao at his wassail.

While fish in pond – weed lie at ease.
The kings of Hao may live as they please.

这首诗译诗不仅翻译得比较忠实于原诗，而且严格使用了英雄偶句 aabbcc 韵式，头韵也很频繁，如 fine, fish, fish, fish, 和 weed, wine, wagging, while, weed, 尽管有些是遥韵，但总体音韵效果很好。原诗每两行八个字译为一行，译诗每节第一句音节数也是八个，第二行一般是九个，只有第二节的第二行是十个音节。译诗的格律化趋势很明显。

庞德在开创自由诗的过程中并没有完全放弃格律诗的审美诉求，这是传统诗的无形渗透力同他自己诗学的相互交织和相互补充的结果。庞德生活在现代性中又生活在西方传统中。有时为了凑足押韵和增强语音效果，庞德刻意采取分行处理的方式，把一句诗行分成若干小行，每小行只有一两个词，例如《螽斯》和《野有死麕》等译诗都是典型的例子。这些具有传统诗歌特色的译诗更有诗味，读起来更有节奏感和韵律感，是传统诗歌话语模式的活化和变形。

三 译诗中的"化静为动"与西方文学的叙事传统

庞德在创译中国古诗的过程中，特别注重以语言的流动性带动译诗的动态性，使中国古诗"动"起来，从而建立自己的动态诗学观。庞德用动态性来弥补中国诗静态美有余而动态美不足的缺憾，实现改造中国诗的目的。庞德宣称，他的目的是"使死人复活，呈现活的图形（figure）"①，可见他的动态美学主张。他声称"艺术的精神在于动态性"，"译者的职责就是把'动态内容'，即诗歌的生命力传送给读者"。②"动态"是诗歌能量的喷发。"化静为动"，把中国古诗的静态画面在他的译诗里转化为流动画面，展示给西方读者，这就是他的翻译诗学的精髓。

庞德很有音乐功底，曾经出版过两部歌剧。他对音乐的感悟力也渗入创译之中。他声称"诗歌是用词语谱写的音乐"③，可见他对诗歌音乐性的洞察力。不过，他对诗歌音乐性的认识始终是一个悖论，即"节奏的绝对性"和"旋律的非和谐性"。庞德的诗歌创作和翻译都十分突出诗的节奏感，但诗歌大多不押韵。他擅长用"音乐短语"（musical phrase），即短语结构，构筑诗歌的节奏，即"短语节奏"④，以自由诗的形式，表达诗歌的情绪。他的汉诗创译，基本上抛弃了押韵和格律，以建构新诗的形式，使英语诗歌步入了现代性。从表面看，庞译似乎是"无序"的，但实质是"有序"的，因为译诗虽然无韵，但节奏很清晰，抑扬顿挫，是一种"赋格"（fugue）形式，即用复合格发展主题，而不仅仅是单调的单个格律。

庞德偏爱用带有"敲击音乐"（percussive music）联想性的词语和带有清脆意义联想的词语创译中国古诗，以表现明快的节奏和动

---

① Xie Ming, "Pound as a Translator", Nadel, Ira B. （ed.）, *The Cambridge companion to Ezra Pound*. Shanghai：Shanghai Foreign Language Education Press, 2001, p. 208.

② Wai - lim Yip, *Ezra Pound's Cathay*. Princeton：Princeton University Press, 1969, p. 76.

③ Ira B. Nadel, *Ezra Pound*, Shanghai：Shanghai Foreign Language Education Press, 2001, p. 236.

④ 赵毅衡：《诗神远游——中国如何改变了美国现代诗》，上海译文出版社 2003 年版，第 210 页。

感，是他动态美学诉求的具体体现。这种意义的流动性和画面的动感性反映了西方叙事诗的基本特点，强调意义的流动性和直线延伸性，正好弥补了中国古诗画面的静态性有余而动态性不足的缺憾，从而使译诗的意境活动起来，节奏加快，达到改造中国诗，使中国诗从静态美变成了译诗的动态美，适应了西方读者的审美情趣。庞德通过改造中国诗，实现英诗创新的目的。例如卢照邻的《长安古意》的前半部分：

原诗：

> 长安大道连狭斜，青牛白马七香车。
>
> 玉辇纵横过主第，金鞭络绎向侯家。
>
> 龙衔宝盖承朝日，凤吐流苏带晚霞。
>
> 百尺游丝争绕树，一群娇鸟共啼花。
>
> 游蜂戏蝶千门侧，碧树银台万种色。
>
> 复道交窗作合欢，双阙连甍垂凤翼。
>
> 梁家画阁中天起，汉帝金茎云外直。

译诗：

> The narrow streets cut into the wide highway at Choan,
>
> Dark oxen, white horses,
>
> drag on the seven coaches with outriders.
>
> The coaches are perfumed wood,
>
> The jewelled chair is held up at the crossway,
>
> Before the royal lodge:
>
> A glitter of golden saddles, awaiting the princes;
>
> They eddy before the gate of the barons.

The canopy embroidered with dragons

Drinks in and casts back the sun.

Evening comes.

The trappings are bordered with mist.

The hundred cords of mist are spread through

and double the trees,

Night birds, and night women,

Spread out their sounds through the gardens.

Birds with flowery wing, hovering butterflies

crowd over the thousand gates.

Trees that glitter like jade,

Terraces tinged with silver,

The seed of a myriad hues,

A network of arbours and passages and covered ways.

Double towers, winged roofs,

border the network of ways;

a place of felicitous meeting.

Riu's house stands out on the sky,

With glitter of colour.

As Butei of Kan had made the high golden lotus

to gather his dews.

　　原诗主要铺陈长安豪门贵族奢侈享乐的生活，恣肆汪洋地描写了长安大道、街景、车水马龙、五颜六色的楼台宫阙等华美建筑，展现了一幅繁忙壮观的立体大舞台。这是一幅颇具特色的以静态描写为主的诗歌画面，尽管原诗也有动词，但总体画面遮盖了诗歌的动感性，

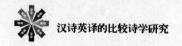

展示了长安的奢华场面。

庞德只译了原诗的前十六行，译诗使用了大量的动态动词和动态介词，如动作性动词（词组）：cut into，drag，eddy，drink in，cast back，come，spread through，spread out，hover，crowd，stands out，meet 和 gather 等；发光性和发声性动词：glitter，ting 和 sound through 等，这些动词是动作、视觉艺术和听觉艺术的流动和融合。此外，译诗中还使用了不少引起"响亮"声音联想的词汇，如［k］：cut，coach，crossway，canopy，cast，come，cord，crowd，cover 等；［g］：glitter，gold，gate，garden 和 gather 等；［d］：dark，drag，dragon，double 和 dew 等。另外，还有很多含有［b］的词语。译诗刻画了一幅情景交融和声情并茂的流动画面，场面活动起来了，实现了由"静"到"动"的转化，原诗的画面描写获得了叙事性，彰显了西方叙事诗的传统，同时也是为了实现把中国诗改造成迎合西方读者的审美期待，从某种意义上说是中国诗在美国的本土化。又如，李白的《送友人入蜀》（*Leave – Taking Near Shoku*）：

原诗：

> 见说蚕丛路，崎岖不易行。
>
> 山从人面起，云傍马头生。
>
> 芳树笼秦栈，春流绕蜀城。
>
> 升沉应已定，不必问君平。

译诗：

> They say the roads of Sanso are steep.
>
> Sheer as the mountains.
>
> The walls rise in a man's face,

Clouds grow out of the hill

at his horse's bridle.

Sweet trees are on the paved way of the Shin,

Their trunks burst through the paving,

And freshets are bursting their ice

in the midst of Shoku, a proud city.

Men's fates are already set.

There is no need of asking diviners.

　　原诗中的叙述是围绕蜀道山路之艰险的描写，以达到抒情的目的，译诗也具这种特点，叙述和描写相互交织，但叙事特色更强烈。译诗中的动态动词有 rise、grow out of、burst through、busting 等，这些动词是对事件（动作）的"模仿"。亚里士多德说过，诗人是个"模仿者"，必须模仿"（一）过去或当今的事，（二）传说或设想中的事，（三）应该是这样或那样的事"。① 亚氏强调事件的模仿。译者把"当今"或"设想"中的"事"（路途的艰险和遥远）"活化"了，生动形象，充满了对友人的关爱之情。正如莱辛对比画的"静态性"和诗的"动态性"时所言："诗呈现的是一个渐次进展的动作（事件），其构成部分在时间里依次进行。"② 也就是说，诗有动态的叙事性特征。不过，叶氏指出莱氏的"诗"只是"史诗或叙事诗"③，可见史诗的显著特征。庞德译诗中的这种叙事方法，明显有亚氏的史诗论的影子，叙事传统在力主诗歌改朝换代的庞德那里，并没有断香火。

---

① 亚里士多德：《诗学》，陈中梅译注，商务印书馆 1996 年版，第 178 页。
② 叶维廉：《中国诗学》，人民文学出版社 2006 年版，第 202 页。
③ 同上书，第 204 页。

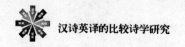

四 译诗中的"化破碎为连贯"与西方文化的理性逻辑传统

虽然庞德在翻译中"偏爱形式、碎片和具体细节"①，有些意象的翻译就是碎片化的并置，但理性主义和形式逻辑的传统早已植根于庞德的思想里，无论他怎样反叛，都是"剪不断，理还乱"，理性逻辑情结挥之不去，因为这是他的思维惯性。汉语重意合，英语重形合。庞德通过费诺罗萨的论文，并通过自学汉语，逐渐认识到汉语的象形会意和连贯特点，但他深受主体文化的长久熏陶，他的译诗大多还是倾向于正统的语言逻辑形式，主谓结构明晰，介词、连词等手段发挥了自然流畅的衔接作用。例如，李白的《玉阶怨》（*The Jewel Stairs' Grievance*）：

原诗：

> 玉阶生白露，夜久侵罗袜。
> 却下水晶帘，玲珑望秋月。

译诗：

> The jeweled steps are already quite white with dew,
> It is so late that the dew soaks my gauze stockings.
> And I let down the crystal curtain,
> And watch the moon through the clear autumn.

这首表面写玉阶之怨而实写宫女不幸遭遇的怨诗，原诗的意象铺陈，主题意义"妙在不明说怨"（沈德潜语），实际在说怨，意在言外，"此篇无一字言怨而隐然幽怨之意见于言外"（高棅语）。此诗的

---

① Edwin Gentzler, *Contemporary Translation Theory*, Shanghai: Shanghai Foreign Language Education Press, 2004, p. 23.

主体性湮没在意象群中，诉说者（主语）受到压制，意义在理解上具有多元性，观物感应的美学姿势和层次具有多解性。庞德"具体明晰"的翻译使译诗的语言具体化，意义的空间缩小化，连接的手段多样化，语言呈现高度的理性逻辑色彩。如，"罗袜"是一种丝织的袜，译为 gauze stockings（薄长袜），意义有所减损，"玲珑望秋月"可以理解为"望见明亮的秋月"，也可理解为"在明亮的秋天夜晚望月"，等等，译诗用了 through the clear autumn（透过明亮的秋天），译诗语言地道、连贯、通顺，连接词如 with，so…that，through，and 等，增添了语言的逻辑性。

此外，原诗中压抑的诉说主体是不明确的，可以是"我"，也可以是"她"，叙述视点具有多解性，庞德增添了"I"和"my"，译诗语言更加符合英语的规范，更加具有理性化。又如，《诗经·陈风·东门之杨》(*Rendez – vous Manque*)：

原诗：

> 东门之杨，其叶牂牂。
> 昏以为期，明星煌煌。
>
> 东门之杨，其叶肺肺。
> 昏以为期，明星晢晢。

译诗：

> Neath East Gate willow
>
> It's good to lie.
>
> She said：
>
> "this evening. "

Dawn's in the sky.

Neath thick willow boughs

twas for last night.

Thick the close shade there.

The dawn is axe – bright.

原诗是描写一位痴情女子等待自己的情郎，但对方却违约不至的徘徊、失望、焦虑不安的心情。庞德将诗的标题改译为 Rendez – vous Manque（失约），抓住了主旨。原诗中的树叶意象"牂牂"与"肺肺"和月光意象"煌煌"与"晢晢"，以及"东门"与"杨"，在语言上只是碎片，暗示天已经放亮，但情人始终未曾露面的失望心情。译诗把这些意象重复词语和重叠词语句法化了，除了 Thick the close shade there 之外，其他句子都加上了谓语系动词"is"，并且表示逻辑关系的介词 in、for 和连接性副词 there 等，语言具有很强的逻辑性和连贯性。虽然诗行中的语言变体如缩略词（'s/'twas）、简体词（neath）和生造复合词（axe – bright）很多，但是译诗的逻辑化的理性思维和原诗的碎片化的意象叠加迥然不同。

尽管译诗的特殊叙事方法把原诗中的女子"化妆"得很开放大胆而显得有些滑稽，丢失了原诗的含蓄美，但这种贯穿着理性逻辑语言的叙事特点，拉近了译者同传统的心理距离。

综上所述，庞德的创译不同程度上继承了西方文学的叙事模式、逻辑思辨方式和古典话语模式，他的西方文学的传统意识，同中国情结的拟古倾向交织在一起，但从总体上看，其西方文学的传统较之中国文学的传统占据了上风。这有利于把中国古诗改造成动态化、逻辑化和连贯化的英语诗，客观上便于中国古诗在西方的传播。庞德翻译《诗经》中的西方传统意识比翻译《神州集》更加浓厚。

第三节　传统文化元素的翻译选择

宇文所安的中国文学史观、诗学观和比较文学观，受到我国古代文学界、比较文学界和海外汉学界的高度关注，宇文所安还以个人之力，翻译出版了两部大部头的中国典籍《中国文论英译》和《中国文学选集》，其翻译思想、文选编译和翻译模式、翻译策略日益受到重视，①② 国外学者也给予了高度评价。

这些研究和评论为我们进一步深入研究奠定了基础，指明了方向。我们从宇文所安的唐诗英译文本出发，可以发现其翻译中文化选择的脉络，改造中国文学传统，把唐诗带向现代性，让传统复活，同时，译者也通过保留唐诗中的中国文化传统，对英语诗歌的现代性作了一定程度的改变，以此可看出译者的文化包容心态和文化选择方式。

一　唐诗中意象的民族性的翻译选择

（一）意象附加值的翻译以中国性为主

中国古代诗歌意象集中投射了诗人的民族心理轨迹。意象不是诗人对外物的直接映射，而是心灵对物象的情感化浸染和过滤，有时是

---

① 参见陈橙《文选编译与经典重构：宇文所安的〈诺顿中国文选〉》研究，上海外语出版社 2012 年版。

② 裔传萍：《宇文所安唐诗翻译的诗学建构语境与考据型翻译模式》，《外语研究》2015 年第 1 期。

超越时空的想象和置换，并投射到诗歌语言中。它具有强烈的民族心理性和地域文化性，既可能是非虚构的情感的自然流露，又可能是虚实之间的交融。童庆炳区分了中西意象的不同，指出前者着重高层次的"审美理想"，后者着重物象的"影像"。[①] 西方文学意象的实质是模仿性，这同西方诗学特性分不开。正如余宝琳所言：西方文学是"行动的模仿"，中国文学（诗歌）是对诗人周遭世界"直接反应的记录"，诗人与世界"不可分离"。[②] 换言之，中国诗歌的意象不是模仿，而是诗人与外物融为一体的产物，唐诗意象的翻译只靠模仿无法译出原诗的民族情感。

意象的民族色彩不同，汉英意象附加值不可避免存在差异。意象附加值指意象超出常态意义范围得到的较大的增值，包括语言意义、审美意义、情感意义和文化意义的增值。民族情感的差异意味着翻译选择中有情感距离差异，异化翻译可能再现民族情感的语言外壳，但并不等于译出了情感附加值，有时需要借助各种辅助手段加以补偿，注释自然是合适的选择。例如，杜甫的《秋兴八首》（之五）：

原诗：

蓬莱宫阙对南山，承露金茎霄汉间。

西望瑶池降王母，东来紫气满函关。

云移雉尾开宫扇，日绕龙鳞识圣颜。

一卧沧江惊岁晚，几回青琐点朝班。

---

① 童庆炳：《中国古代文论的现代阐释》，中国人民大学出版社 2010 年版，第 305 页。

② 张隆溪：《中西文化研究十论》，复旦大学出版社 2005 年版，第 145 页。

译诗：

Palace towers of Peng – lai

stand facing South Mountain,

a golden stalk that catches dew

is high in the Milky Way.

Gazing west to Onyx Pool

the Queen Mother is descending,

from the east come purple vapors

and fill Han Pass.

Pheasant tails shift in clouds,

palace fans reveal

sunlight circling dragon scales,

I see the Emperor's face.

By the gray river I lay once and woke,

Alarmed that the year had grown late—

How often did I, by the gates' blue rings,

take my place in dawn court's ranks?

（Stephen Owen　译）

　　原诗中的"蓬莱"本指海上的仙山，《史记》和《汉书》均有记载古代帝王寻觅蓬莱仙山长生不老仙草的传说，据传秦始皇为求长生不死药，慕名来到海边，隐约见一仙岛，随驾的方士随口说是"蓬莱"，即"蓬草蒿莱"，因得名。后渐指帝王的仙境。汉武帝率先在宫殿太液池筑起三个小岛，其中之一命名为"蓬莱"。此后，隋唐宫廷也先后仿建蓬莱山。"蓬莱宫"原是唐代的大明宫，唐高宗龙朔三年把大明宫更名为"蓬莱宫"，向南面朝"终南山"，六七年之后，又改回"大明宫"之名。虽然"瑶池""函关""西王母"是同道教相关的地名和仙人名，在诗歌中是虚指，但诗人暗示皇帝求道成仙，译诗选择"蓬莱"意象，折射了译者尊重中国文化的心理。尤其是在音译 Peng – lai 时，译者借注释说道："此乃借用西海（实际上是东海）众神居住的岛名，是汉宫群的一部分，常用汉宫指唐宫。"① 注释把原诗中的转喻关系明晰化了。

Queen Mother（王母）、Onyx Pool（瑶池）和 dragon scale（龙鳞）都是直译，注释征引了《汉武故事》里所记载的传说："是夜漏七刻，穴中无云，隐如雷声，竟天紫色。有顷，王母至：乘紫车，玉女夹驭，载七胜履玄琼凤文之舄，青气如云，有二青鸟如乌，夹侍母旁。下车，上迎拜，延母坐，请不死之药。"② 译注建构了王母雍容华贵的女仙形象和汉武帝虔诚的道家崇拜者形象。

这些译注对异化的意象作了解释说明，表明译者的中国文化自觉和愿意接受中国文化典故的心理，为西方读者阐释了不同的异域因子，扩大了译诗的文化语境，便于他们理解和接受。译者通过译注弱化了中国典故的陌生性，译注成了融合中西文化的"中介"。这种副文本体现了译者的意图，"副文本的功能是要保证文本内涵与作者宗旨的一致"③，二者"宗旨的一致"有利于读者理解译者的翻译意图，理解原诗的文化背景。

---

① Stephen Owen, *An Anthology of Chinese Literature：Beginnings to 1911*, New York：Norton, 1996, p. 436.

② Ibid. , p. 437.

③ 葛校琴：《副文本翻译中的译本制作者控制》，《山东外语教学》2015 年第 1 期。

（二）意象附加值的翻译以西方性为辅

意象附加值的意义在汉语和英语中有不同的表现形式，属于不同的文化系统。正如艾兰所言：古汉语译为西方语言，两种"意义类型"不同，译文建立的"关系与共振网络"也不同于原文。① 译文意象的附加值同原诗意象的意义附加值的"共振网络"不同在所难免。宇文所安对中国诗歌意象的民族性既尊重，又有自己的理解，异化可表明译者的文化包容性，但不意味着翻译选择受到读者的认可。因此，翻译也不尽选择异化策略，适当使用了归化手段是不得已的选择，意象意义附加值的部分改变在所难免，如"霄汉"本意"天河"，也指皇宫周围，比喻朝廷，译为 Milky Way（银河），显然是来自希腊神话传统，表明译者在翻译阐释中国神话过程中，自然糅合西方神话色彩，让受众也看到了西方人熟悉的文化因子，这种归化的翻译便于读者直接认知和理解中国意象在翻译中的变异，尽管"中国性"受到了一定程度的挑战，但注入了西方元素，便于唐诗融入国际性，增大可接受性，旨在使唐诗的民族性融入世界性之中。

宇文所安认为，极端的（"归化"和"异化"）翻译都是糟糕的翻译，大多数译者的翻译都是介于两个极端之间，在一定程度上走协调和融合的道路。选择"归化"某些方面，而尊重另一方面的不同之处。例如，在上例中，"青琐"译为 blue ring，是异化和归化的融合，"青"在中国文化里可以指"黑""绿"和"蓝"三种颜色，译为 blue 是比较合理的选择，"琐"可指"锁"或"锁链形的纹饰"，译为 ring（环）是合理想象的产物，二者结合基本上是归化和异化的妥协。

---

① ［美］艾兰：《水之道与德之端》，张海晏译，上海人民出版社 2002 年版，第 15 页。

中西文学传统的差异甚大，即使只是适度"归化"，有时也会发现这些作品"在原文世界魅力无穷，却对译文读者来说没有异国情调"①。译者在唐诗翻译的异化与归化策略选择中，为文化协调搭台。译者的选择过程，就是文化协调的过程，"协调"意味着意象的翻译在选择中合作、妥协、协商、不强词夺理，不走偏锋，尽量兼顾不同的声音，这是最理想的办法。但如果不可兼顾，意象意义附加值的取舍是选择的必然。例如，"圣颜"译为 Emperor's face，有一定的妥协性，是中性的翻译。但"沧江"在原诗中意为"夔江"或苍色（青色或绿色）的江，译文为 gray river（灰色的江），带有归化的意味，意象的意义附加值是一定程度的西方性。

正如王宁所言：面对不同民族文化的"冲突、协商、协调"局面，翻译可对不同的民族文化中起"协调作用"。② 也就是说，翻译选择中的协调是解决文化冲突的重要方式，译诗可构成一定的对话关系，在文化心理上达成某种妥协，避免了一边倒。必要情况下，译者选择适度归化，在一定程度上倾向译文的西方性，翻译效果更好，接受性更强，宇文所安的翻译实践表明，适度西方化是使唐诗翻译得以传播和流布的重要策略之一。

二　唐诗中的人性伦理的翻译选择

人性伦理的选择是区别于自然选择的"人性本质"的选择。实质是"人性"和"兽性"的选择，其前提是人类的自我认识，认识人

---

① Stephen Owen, *An Anthology of Chinese Literature: Beginnings to 1911*, New York: Norton, 1996, p. xliii.

② 参见王宁《民族主义、世界主义与翻译的文化协调作用》，《中国翻译》2012 年第 3 期。

同兽究竟有何区别。① 译者在翻译中也会遇到人性和兽性的伦理选择，原文伦理和译文伦理面临冲突时，译者如何选择和协调。译者的伦理选择会制约译者的审美心理，并试图适应目标语的社会文化心理。

种族中心主义和民族平等思想是不同的民族意识形态和伦理倾向，前者是狭隘的文化一元论，后者是文化多元主义。种族主义"谴责其他文化低等"是一种"特许状"。② 显然，如果译者赞同极端的民族意识形态和伦理倾向，不利于翻译的文化协调，译文可能让读者感到不舒服，甚至可能扭曲原诗内在的伦理主题。但如果译者的文化身份持多元文化主义的民族观和伦理观，则会主动在译文中进行伦理的过滤，在译诗中选择普遍人性的伦理观，显然是一种可行的举措，以适应文化普遍主义的思想。例如，杜甫《悲陈陶》的后四句：

原诗：

> 群胡归来血洗箭，
> 仍唱胡歌饮都市。
> 都人回面向北啼，
> 日夜更望官军至。

译诗1：

> Bands of Turks were coming back
>
> wiping their arrows clean,
>
> still singing their nomad songs

---

① 参见聂珍钊《文学伦理学批评：伦理选择与斯芬克斯因子》，《外国文学研究》2011 年第 6 期。

② ［美］威廉·A. 哈维兰：《文化人类学》，瞿铁鹏、张钰译，上海社会科学出版社2006 年版，第 510 页。

they drank in the capital market.

Citizens of the capital turned

to face the north and weep,

day and night they keep looking

for loyalist armies to come.

(tr. Stephen Owen)

译诗2:

While now the tribesmen,

enemy wash the blood from their weapons.

Drunkenly shouting songs,

in the market – places, and the people

of Chang' an turn their faces.

Stained with tears to the north,

even hoping for the loyal troops

to return.

(tr. Rewi Alley)

从文化人类学来看，民族之间的接触会造成语言的相互借用，汉语中的"胡"是古代汉族对匈奴和西域其他民族的称呼，带有歧视性和藐视性。萨皮尔说："历史上有接触的种族和文化，久而久之会趋向于同化，而同时相邻的语言只偶然在表面上同化。"① 但在民族融合之前，战争等因素造成了汉语中某些词专门用于对其他民族的歧视称谓，这种命名方式反映了语言哲学的历史特性。

---

① ［美］爱德华·萨皮尔:《语言论》，陆卓元译，商务印书馆2006年版，第194页。

唐代的胡人和突厥属于两个不同的民族，但唐诗中的"胡人"主要指骚扰边境的北方匈奴等少数民族，有"野蛮"之意。以上两种译文，宇文所安没有把"胡人"译成通常的 barbarian（野蛮人），而是译为 Turks（突厥人），即土耳其人的祖先，也指"专横凶残的人"，含义有所弱化。第二个"胡（歌）"译为 nomad（游牧民），是中性词，没有民族歧视和仇恨的含义，减弱了民族对立感，没有向西方人传递民族蔑视意识，显示了译者对中国民族文化的正确认识。此外，原诗中"血洗箭"中的"血"，是杜甫用夸张的手法渲染胡人士兵的残酷无情和穷凶极恶，译文省略不译，避免了英语读者可能感觉到的恐怖和残忍的兽性，译文的中和稀释淡化了自然主义的血淋淋的残酷场面，译诗不是完全模仿和死译，而是减弱了血腥意识，向读者传递了普遍人性的伦理。

　　路易·艾黎把"胡人"译为 tribesmen（部落成员），也没有民族歧视的意思，但他把"血洗箭"译为 wash the blood from their weapon（从他们的武器上洗血），不仅表达别扭，而且联想意义负面，给读者的感觉不好。他把"唱胡歌"译为 shout song，既可理解为宗教歌曲的领唱与应唱，也可理解为骄狂地大喊大叫地唱歌，再现了狂妄的凶态。

　　从表象可以看出宇文所安译文对中西伦理的深刻认识，了解西方读者对普遍人性伦理的期待，这种有所淡化的伦理选择有助于增添杜诗的普世价值。翻译中的人文精神关乎人性的"终极关怀"，翻译重建人文精神的"终极"意义的价值目标同现实人性的生命感受相结合，是翻译的"协调"，也是文化的"和合"，是"人类的终极生成模式与命运的设计"，是"未来人类精神走向的基本方向"。① 宇译既

----

　　① 张立文：《中国和合文化导论》，中央党校出版社 2001 年版，第 53 页。

坚持忠实再现的原则，又有变异的翻译策略，表现了杜诗中的和平主义的精髓，传递了唐诗中的普遍人性的伦理观，"弘扬一种超民族主义和世界主义精神倒是符合我们的文学和文化研究者将中国文化推介到国外的目的"①。宇文所安翻译中的伦理选择基本契合这种普遍人性论的理论精髓，为读者建构了中国文学伦理的正面形象。

三 唐诗中的审美倾向的翻译选择

（一）翻译审美的外化与内化

西方文学具有明显的外文本化特征，而中国文学具有内文本化特征，西方文学喜欢用语言和语法结构直接把文学的意蕴呈现出来，至少会暗示出来，而中国文学更注重把文学性延伸到文本之外，通过留白，给读者以丰富的想象空间，以调动读者参与文本审美的积极性。宇文所安在翻译中面对中国文化传统和西方文化传统，清醒地认识道："西方的文学传统倾向于把要表达的内容绝对局限在作品里……中国的文学传统倾向于强调作品同活的世界之间的延续性。"② 因此，他把这两个传统结合起来，译文既再现了中国传统，又很自然地融入了西方传统。

译诗的语言把唐诗的意蕴和情感通过英语结构明晰化和直接化，在很大程度上消除了原诗的多义性和模糊性，减少了审美的障碍，把英语的传统优势自然展现出来，在一定程度上发挥了英语的"语言机器"的作用，但宇文所安不走极端，译诗的语言也注重张力，保留涵

---

① 王宁：《"世界文学"与翻译》，《文艺研究》2009 年第 3 期。
② 宇文所安：《追忆——中国古典文学中的往事再现》，生活·读书·新知三联书店 2014 年版，第 8 页。

盖性较强的"意在言外"的审美张力，调动读者的审美积极性。宇文所安在译诗中把文本的内化和文本的外化有机结合起来，让读者发挥想象力，拓展从文本内至文本外的空间，使译文文本活起来。例如，杜甫的《春望》一诗：

原诗：

春　望

国破山河在，城春草木深。

感时花溅泪，恨别鸟惊心。

烽火连三月，家书抵万金。

白头搔更短，浑欲不胜簪。

译诗1：

The View in Spring

A kingdom smashed, its hills and rivers still here,

spring in the city, plants and trees grow deep.

Moved by the moment, flowers splash with tears,

alarmed at parting, birds startle the heart.

War's beacon fires have gone on three months,

letters from home are worth thousands in gold.

Fingers run through white hair until it thins,

cap – pins will almost no longer hold.

(tr. Stephen Owen)

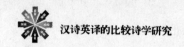

译诗 2：

Spring – The Long View

Even though a state is crushed

Its hills and streams remain;

Now inside the walls of Chang'an

Grasses rise high among unpruned trees;

Seeing flowers come, a flood

Of sadness overwhelms me; cut off

As I am, songs of birds stir

My heart; third month and still;

Beacon fires flare as they did

Last year; to get news

From home would be worth a full

Thousand pieces of gold;

Trying to knot up my hair

I find it grey, too thin

For my pin to hold it together.

(tr. Rewi Alley)

比较两种译文发现，宇文所安的英文形合特征突出，特别是 Fingers run through white hair until it thins（白头搔更短），添加了副词 through 和连词 until，语法结构直接显露诗人的伤悲之情，但译文总体上顺应原诗的语法结构，竭力再现杜诗的语言模式，帮助读者领悟杜甫情感的"非虚构性"，英语语言内化中有汉语诗学的外化，且 here 和 tears、gold 和 hold 构成押韵，译诗的音韵美很浓。

路易·艾黎的译文改写创作程度高，原诗的每一句都分译为两行，几乎看不到原诗的语言特点，如 Now inside the walls of Chang' an/Grasses rise high among unpruned trees（城春草木深），基本上是译者个人的解释，填补了"城"之具体的 Chang' an 的信息缺失，"木"则解释为 unpruned（未修剪的）的树，诗意几乎完全局限在文内了，而宇译 spring in the city, plants and trees grow deep，几乎是对原文的克隆，启发读者的审美想象。艾黎以自由式散文体翻译杜诗，是再创作，美学价值大打折扣，但出于译者向当代英语读者推介杜诗的目的，也有其合理性，因为自由体诗歌顺应了当代英语世界读者的审美期待，便于杜诗的传播与普及。

　　又如，"感时花溅泪，/恨别鸟惊心"，路易·艾黎译为 Seeing flowers come, a flood/Of sadness overwhelms me; cut off/As I am, songs of birds stir/My heart，译文意为："看见花来了，悲伤之情如洪水般涌上心头，我被阻隔时，鸟的歌声搅动我的心。"译者把自己的理解全填满了译文，"花"和"鸟"的情感被置换为诗人的情感，诗人的移情消失了。而宇文所安译为 Moved by the moment, flowers splash with tears, /alarmed at parting, birds startle the heart，译文不仅言简意赅，内蕴深刻，意义和情感没有完全语言符号化，而是有所隐藏，保留了原诗的部分模糊性和情感张力，留给读者参与想象的空间。

　　宇译尽量避免英语"语言机器"的僵化制约作用，合理融入汉语语言结构的诗性特征，在很大程度上忠实再现了杜诗中的悲情和忧患意识，显示了诗人的愁苦形象和恋家心态。宇文所安翻译唐诗突出诗歌的差异性，注重把握诗人的风格，以再现诗歌的独特风格和诗人形象。不过，宇文所安也在翻译中通过词汇手段，使用小幅度变异的方法，强化或弱化某些意象，建构具有强烈的诗人个性的形象。

（二）翻译审美的模仿性与反模仿性

宇文所安深受中国古代美学思想和文论思想的影响，把儒家文化核心思想"致中和"贯穿于唐诗的阐释研究和翻译过程之中，翻译策略的选择兼顾多样性，用英式英语翻译诗歌，用美式英语翻译戏剧等，实际上是以英式英语的语体特点来暗示唐诗译文的总体高雅风格，特别是深刻把握了译诗与原诗语体之间的互文性，译诗对原诗既模仿，又反模仿。归根结底，译者作为协调者，在处理互文关系时，既不用古英语翻译唐诗，也不用英语俚语和口语开启所谓的通俗化，而是采用了既正式、文雅，又不古僻、生硬的现代英语语言，译诗的句法结构也比较正式，把古代性和现代性有机结合起来。

宇文所安的"协调"翻译选择方式把西方诗学中的"模仿"与"反模仿"有机结合起来，译诗对原诗的"模仿"不是僵化的直译和死译，而是有所变通，再现原诗的美学价值，关键在于模仿与反模仿不同程度的"协调"，也就是亚里士多德的"模仿说"诗学理论和现代反模仿诗学的"调和"，在翻译实践中求得平衡，但也不是平均。宇文所安在诗歌形式翻译方面倾向于模仿性，有时达到了句子顺序的一致性。例如，杜甫《悲陈陶》（*Lament for Chen - tao*）的前四句：

原诗：

> 孟冬十郡良家子，
>
> 血作陈陶泽中水。
>
> 野旷天清无战声，
>
> 四万义军同日死。

译诗 1：

In winter's first month, from ten provinces

sons of good families—

their blood became the water that stood

in the marshes of Chen-tao.

   The moors were wide, the sky was clear,

   of battle there was no sound：

forty thousand imperial troops

had died on the very same day.

（tr. Stephen Owen）

译诗 2：

The best of our youth

From ten districts have poured

Their blood into the bogs of

Chentao, mixing it with the mud

Of early winter; now the whole

Drear places is deserted, with

Skies clear and no sound of struggle；

Yet here some forty thousand

Of our men gave their lives, all

On one day.

（tr. Rewi Alley）

原诗描写兵败沙场的悲壮场面，宇译中的句法形式的对应是译者优先考虑的策略，是译者的模仿诗学使然，但也不是一味地模仿，也有反模仿的成分。译诗每行是按照"4—3"式翻译成两部分，跨行连续（enjambment）是其显著特色。宇文所安的七言诗翻译几乎都遵循这个规律，并把原诗每行的后三个字作为一个节奏，分隔在第二行，且在排版上缩进两个字母，以示区别。从这个意义上来看，诗歌形式翻译也是某种程度的"协调"翻译，没有复制，也没有自由改变，透过形式可见译者翻译美学思想的指导作用。

艾黎的译文因循了"反模仿"诗学，但也有"模仿"诗学倾向，前两句依英文句法结构翻译，并有意义添附和解释，而 Drear places is deserted, with/Skies clear and no sound of struggle（野旷天清无战声），模仿的痕迹很明显，最后一句亦然。两人的翻译美学思想有共同点，只是宇文所安更选择文体形式美的模仿，而艾黎更注重反模仿。

四　文化选择的原则与效果

（一）选择的原则

宇文所安并没有直接提出一套翻译标准，但在唐诗翻译实践中事实上有自己的文化选择原则。

第一，文化内涵尽量忠实的翻译原则。宇文所安唐诗翻译中，主要文化信息尽量不遗漏，不删改，最大限度保留原诗中的文化色彩。一些中国民族文化特色浓厚的典故，对西方读者而言陌生化程度高，译者利用注释加以解释，最大限度地向西方读者传递中国古代风貌。

第二，异化翻译优先和适度归化相结合的原则。文本内的直译和文本外的注释互文结合，重点突出中国文化的自觉性。但是，译者的选择既有异化，也有适度的归化，例如，唐诗里的度量单位和乐器名等，都译为英语的名称。以异化为主，归化为辅的翻译标准，避免了选择的单一性，遵循了基本平衡的原则，两种策略的选择不仅有冲突，而且也有对话关系，但"平衡"和"对话"并不是平均和折中。乐黛云说："平等对话并不排斥有时以某方体系为主的对某种理论进行整合，也不排斥异途同归，从不同的文化体系出发进行新的综合性体系建构。"① 只是这里的平衡"体系"如同跷跷板，总体趋势是竞争中选择平衡。

第三，诗歌形式模仿的翻译原则。宇文所安的诗歌翻译极力模仿中国诗歌的句法特征，以凸显中国诗歌形式的独特性，与英语诗歌重语法形式的特点区别开来，这同他的学术翻译思想分不开。他的唐诗翻译重汉语形式的对应，译诗语言的主位和述位的推进模式基本依照唐诗的语言模式，是为了唐诗研究的需要，通过译诗的结构讲解唐诗的特征。

（二）选择的效果

1. 国际译评

本书译例均取自宇文所安的英文版《中国文学选集》，中外学者也发表了不少有代表性的评价观点，尽管评论有争议，但大多数评论家对宇文所安的（唐诗）翻译从不同的视角作了客观公正的评价。Perushek 认为宇文所安的翻译"深受欢迎"、翻译和注解"有创新"②，也就是说，译文和注释都与以往的译本不同，令人耳目一新。《诺顿中国文学选集》封底广告词评论说：翻译"明晰"，富有"原

---

① 乐黛云：《比较文学与比较文化十讲》，复旦大学出版社 2004 年版，第 113 页。
② D. E. Perushek, " Booked Review: An Anthology of Chinese Literature: Begings to 1911", *Library Journal*, May 1, 1996.

创性"，引导读者"穿越传统，领略中国历史和审美的差异"，肯定了译者的差异化翻译的历史和美学价值。Fuehrer 说：宇文所安"利用其学术背景，恰当地阐释了语境框架和互文关系"①，无疑也充分肯定了译注与译文的参照价值。Dolby 认为宇文所安的翻译"避免了文化过滤"，并且"以自己的方式再现了独特的中国风的形式和语言"②，宇文所安对待中国文化的开放态度也是值得肯定的。

孔慧怡也作了高度评价："宇文所安在语言和文化方面的决定，完全服务于不同但却具有可比性的参照中的时间/空间的再创造。"这实际上肯定了翻译中的表示时间和空间意义的创新翻译方法。她还认为，宇文所安的翻译是"以接受语为导向"，"读者易于理解和同情宇文氏的处境"。③ 也就是说，宇文氏的归化翻译的策略选择是"易于理解"的前提和基础。孔氏还积极评价了译文的美学价值。

这些发表在各种权威期刊或封底上的译评，不仅代表了评论家个人的喜好，而且还可能影响其他读者对译本的看法。"通过不同渠道以不同形式发表的评论并非孤立存在，而是交织互动，相辅相成，融汇成美国公共话语中一个有特殊形构及功能的意见网络。"④ 处于这个网络中的各种观点相互交锋和妥协，最终会影响读者的接受，影响图书公司的销售和传播。

---

① Bernhard Fuehrer, "Reviewed work（s）：An Anthology of Chinese Literature：Beginnings to 1911 by Stephen", *The China Quarterly* , Special Issue：Reappraising Republic China , 1997.

② William Dolby, "Book Review：An Anthology of Chinese Literature：Begings to 1911", *Bulletins of the School Oriental and African Studies*, Vol. 3, 1997.

③ Eva Huang, "Book Review：An Anthology of Chinese Literature：Beginnings to 1911", *Translation and Literature*, Vol. 7, Part I, 1998.

④ 刘亚猛：《国际译评与中国文学在域外的"活跃存在"》，《中国翻译》2015 年第 1 期。

2. 译本的传播与接受

《诺顿中国文学选集》分别在 1996 年和 1997 年由诺顿出版社出版，并于 2008 年由 Princeton 出版 CD 音频版。OCLC World Cat 联机检索显示，全世界有 864 家大学和公共图书馆收藏，其中美国藏书最多，共 742 家，英国 33 家，澳大利亚 27 家。虽然图书馆的借用流通率不便统计，但藏书量也是一种考量方式。美国不少大学的东亚研究中心都开设了中国文学课程，其中很多使用宇文所安的《选集》作为教材，各界学生往往循环使用教材，在校内书店内流通，如宾汉顿大学就如此。亚马逊等网站一直在推出该书的旧书和新书销售及租书业务，网站显示，旧书的库存待销售量多于新书。据此，我们可以推定，宇文所安翻译的唐诗在世界各地有较大的传播范围。闵福德和刘绍铭合编的《含英咀华集》（*Classical Chinese Literature：An Anthology of Translations*，哥伦比亚大学出版社和香港中文大学出版社）收录宇文所安的唐诗译文 60 首，有力促进了宇文氏的唐诗翻译的传播。

宇文所安应用了归化和异化翻译策略，在一定程度上把中国文学传统和西方文学传统在唐诗翻译中融合起来，通过各种选择手段解决翻译中的文化冲突问题。一方面，译者尽量直译原诗的文化意象，显示了对中国文化的开放态度和文化自觉性；另一方面，译者对唐诗的意象也不是照单全收，而是把某些同中国文化相似的西方文化意象植入译诗之中，做归化处理，翻译适度兼顾归化和异化，二者在译诗中可构成一定的对话关系，在文化处理上达成某种妥协，避免了极端化。译诗具有"半透明性"，既不是纯粹的西方本土话语，也不是纯粹的中国话语，既有唐诗的特殊文化价值，又兼顾了西方文化的因子。宇文所安在重视翻译的充分性基础上，适度照顾变异的可接受性，调动了英语受众的兴趣。

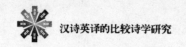

此外，他的译文选集作为通识教材，译文受到国际译评界的高度评价，客观上有利于有效地传播中国文学。因此，我们可以得到一个重要启示：具有独特学术地位的西方汉学家可以成为翻译传播中国文学的重要主体，借助他们的翻译和学术平台，可以在西方社会翻译出版更多的中国文学精品。

第四节　汉诗英译中的译者文化身份

文化身份是一个很抽象、很复杂的概念，是多模态的复合。霍尔（Hall）认为文化身份至少包含两种思维方式：其一是共有的文化，即集体的"一个真正的自我"隐藏于被强加的"自我"之中，共享历史和祖先所共享的那个"自我"；其二是"真正的现在的我们"和"真正的过去的我们"，即"存在"和"变化"的统一。霍尔实际上是强调文化的共同性和差异性的统一，是差异性、历史性和变化性的相互交织。汉学家的文化身份很特殊，其"共同性"和"差异性"的相互关系表现在不同的方面，存在着几对矛盾：民族性与世界性、西方的捍卫者与中国的认同者、翻译家与批评家、主业者与副业者、代言人与调停者、信徒与叛徒等。

一　汉学家文化身份的世界性与民族性

译者文化身份多元性中的一个不可忽视的方面就是双重性：世界性和民族性，译者具备中西两种文化背景，而这两种文化有其各自的民族性，它们之间也是一种辩证统一的关系，这些因素都密切关系到译者的翻译成果。从译者的视角出发，文化异质性的延伸由近及远，由单一层次到多层次，世界文化是多元纷繁的局面，文化丰富多彩的异质性和多元性是当今世界的主旋律。各民族国家是全球化社会的基本因子，由于政治、经济、历史、文化因素的差异，全球化的文化多元性与差异性依然并行不悖，构成两个鲜明的特点。东西方之间的文化差异依然存在，文化差异仍需翻译加以消解。从某种意义上说，是翻译催生了文化的全球化。例如，莎士比亚戏剧虽然在英语文化里占据重要地位，但翻译使莎剧中国化、日本化、德国化了，莎剧的全球化是翻译的全球化使然。当今的世界文化产品包括文学产品和消费文化产品的增长速度超过以往任何时代，这是信息爆炸时代的必然产物，同时也加剧了文化多元化的全球化进程。它为翻译提出了新的课题：如何跟上全球化步伐？如何使本土文化与国际文化接轨？归根结底，需要用什么样的文化身份支配翻译研究和翻译实践，是解决以上任务的核心。

（一）世界性

从宏观层次上讲，译者的文化身份定位于世界性是正确的选择。汉学家大都以兼容并蓄的心态掌握的外来语越来越多，对扩大汉语的表现力发挥了积极作用，译者还要保持和强化这种吸纳异文化的身份。当今世界文化在全球化过程中，民族文化特色仍然很鲜明，作为文化载体的语言或语篇反映了该文化的民族特色，译者应该敞开胸怀，接纳其他民族的语言文化，在选择翻译策略时，可以采用异化的方法。

与静态的文化多元性相对，文化的融合性是文化的动态特性，文化的全球性使这个动态的过程加快了进程，文化发展的历史表明，多元文化的相互碰撞和交流必将产生文化的相互兼容和融合，而翻译则是实现这种结果的助推器。不过，两种文化的相互融合程度并不是平等的，往往是强势文化对弱势文化的影响程度要大于后者对前者的影响。因此，强势文化的色彩要浓多了。从宏观上讲，文化融合使翻译的可译性增大，翻译的深度和广度变大，译者更容易理解原语文化。从微观上讲，文化的融合使译者面临的具体材料操作难度加大，强势文化的语言转换成弱势文化的语言需要克服更多的困难。翻译发挥的作用越大，文化融合的速度就越快；文化融合的速度越快，对翻译的要求越高。文化融合的速度决定了译者文化身份要不断调整，为了承担更加繁重的文化交流重任和文化交流的历史使命，也为了自己的学术研究，汉学家在翻译汉诗过程中有世界性的文化身份的倾向。

（二）民族性

全球化使得经济、政治、意识形态和社会文化发生了重大变化，民族文化受到"他性"文化的侵入而面临着新的身份危机。人们面对他性文化的心态是复杂的，反观自己的民族文化，对异文化长驱直入对民族文化造成的影响，常常有三种不同的态度。第一，强调自己文化的普遍性，否认其他文化的"他性"并改变这种他性。即以自己的民族文化作为盾牌和长矛来抵挡异文化，甚至改造融合"他性"文化。其基调是强烈的民族文化的情绪，是一种夜郎自大的表现。不过，这只体现在欧美某些人的文化沙文主义思想之中。第二，虽承认其他文化的"他性"，但要求改变这种他性。这主要是弱势文化的心态：既要维护自己的民族文化身份，避免被"他性"文化破坏，又对"他性"文化持有戒心。第三，既保持自己文化身份的民族性，又对"他性"文化持开放的态度。这些文化态度都显示了民族文化的无形力量。民族文化作为一种无形的网络，即使是"国际人"也难以逃脱这个网。因为无论这个"国际人"在何国流动，总会受到与其关系最密切的文化制约，其身份必然有一定的民族性。西方汉学家的文化之根根深蒂固于西方文化传统之中，即使汉学家对西方文化有强烈的自我批评精神，但无法离开其民族文化之根。从宏观角度来看，译者的文化身份依托于主体文化（民族文化）的框架。孔慧怡认为："翻译作品面世前后，得到什么评价和反响，就完全视当时主体文化的内部需求和规范而决定了。"① 因此，受主体文化统摄，汉学家的文化身份依赖于主体文化的定位就可见一斑了。译者把自己的文化身份定位于主体文化的取向，并不是说汉学家是信奉民族主义和保守主义的，而是说译者在翻译时的策略选择常常同主体文化的民族性分不开，例如翻译的归化法、意译法是翻译过程不可或缺的。中国古典诗歌翻译史表明，汉学家在一定程度上依托民族文化，才能使译作具有生命力，即使翻译有变异，甚至有讹误现象，传播和接受的效果也很好。

（三）民族性与世界性的矛盾与协调

文化的世界性和民族性是一对相互对立、相互转化的矛盾，文化的全球化也有其副作用，它会使民族文化丧失其固有的特性和多样性，使文化面临单调乏味的危机。所以，全球化强调过头就会造成对民族文化的威胁，欧盟是区域性的政治、经济、文化一体化的超国家组织，文化的全球化程度相当高，但欧盟各国在相互翻译对方的文件时，都力图保持自己的民族特色，以免各国的民族文化被对方侵蚀。这当然是以保持自己民族文化特色为出发的。美国社会学家伊曼纽尔·沃勒斯坦（Immanuel Wallerstein）指出：当代世界文化中有两对

① 孔慧怡：《翻译·文学·文化》，北京大学出版社1999年版，第11页。

平行的矛盾，一是世界一体化的倾向与维护国家民族特征的倾向之间的矛盾；二是国家一体化的倾向与维护国内各民族特征的倾向之间的矛盾。国家在第一对矛盾之中争取文化多元化，而在第二对矛盾之中争取文化一元化。① 第一对矛盾就是全球化与民族化的矛盾，即各民族文化要保持自己的民族性。

无论如何，文化的世界性终究还是会改变文化的民族性，它使文化民族性有所淡化，并使译者的文化身份也发生相应的变化。译者文化身份中的民族性将会有所弱化，世界性的因素将会增加。二者将达到一种协调和平衡，而不是相互同化。汉学家的文化身份需要随着时代的变化不断定位，在此消彼长中达到平衡。

宇文所安在汉诗英译中，文化身份的民族性与世界性之间的矛盾得到协调。

中国古典诗歌在世界文学上占有重要的一席之地，"中国性"（Chineseness），即感知到时代、体裁、风格，尤其是作家个性的差异，是中国古诗的精髓。宇文所安认为："作为译者，我确信这些作品的'中国性'会得以显现：我的任务是发现这个谱系差异的语言风格。"② 换言之，他的译诗既追求原诗的"世界性"，又保留"中国性"，在译诗赢得国际承认的同时，通过体现各个诗人的风格而保存中国文学的民族特色。

英译中国诗歌是"中国性"和"世界性"（尽管在一定程度上是美国性）的有机统一，这需要译者同时具备中国文化心态和国际文化心态，通过翻译来实现。宇文所安在翻译中，不是固守封闭的中西文

---

① 参见张南峰《特性与共性》，《中国翻译》2000 年第 2 期。

② Stephen Owen, *An Anthology of Chinese Literature: Beginnings to 1911*, New York: Norton, 1996, p. xliii.

化差异，而是主张"文化共性"，以"世界诗学"的高度移译中国诗歌，其翻译策略正是这种诗学的具体体现。

宇文所安在《中国文学选集》译例言中详细说明了使用近似"归化法"的翻译策略翻译中国的历法、度量衡、乐器、酒和动植物名称等，反对使用音译，如把中国的阴历正月译为三月，把二月译为四月，以表示春季；将中国的古琴译为 Harp（竖琴），将瑟译为 Great Harp（大竖琴）；将"酒"译为 beer 和 wine。这种译法实际上就是把中国地域性改造成"国际性"的典型案例，但它们之间毕竟存在文化共性。尽管这种"国际性"把中国文化系统纳入西方文化系统，在很大程度上是英美特性，容易产生文化误读，但是，这样毕竟进入了国际文化系统的流通，有助于消除 Antoine Berman 所说的"每个文化以本民族为中心"的"特别的自恋情结"①，这不仅是在文学上寻求共性，而且"努力消除文化对立的偏见，认识不同文化尤其是东西方不同文化可能有共同性，有可以互相沟通的观念价值"②，实现异质文化的互识、互补和互用。

二　汉学家作为代言人与调停人的文化身份

中国文学和英美文学在语言文化上存在着先天的异质性和差异性，决定了中西文学通约的困难性。中国古诗特有美学价值的复杂性和语言的幽古深奥性，就连普通中国人都感到有难度，更不用说一般的西方人了。宇文所安站在"世界诗歌"的高度，把中国诗歌的翻译看成中西文学和文化的对话和交流，用平等的心态看待中国诗歌。他

---

①　转引自张隆溪《中西文化研究十论》，复旦大学出版社 2005 年版，第 111 页。

②　同上书，第 67 页。

从事唐诗翻译、研究和教学，期望受众从中开启一扇通向中国文化的窗口，加深中国文化交流和理解，他甚至希望为美国总统讲唐诗，以促进中美关系的发展。他把文学翻译看成国际政治，而译者就是国家关系中的调停者或斡旋者。

宇文所安在访谈中说，译者的角色是"文学经纪人"，而不仅仅是诗歌语言和美学的转换者。由于语言文化的差异，"文学经纪人"拥有特殊的权力，他有权决定选择翻译哪些作家来"代表"一个国家的文学。因此，译者的选择对沟通译出文学和译入文学具有决定性的作用，译者既是文学"经纪人"，又是"代言人"。这意味着译者在翻译中，不仅是原文和译文之间的"中介人"，而且还担任原文的"代言人"，行使自己的职权，发挥自己的主体性，在"卖方"（原文）和"买方"（译文）之间协商和妥协，把"生意"（翻译）做成功。他的这种观点同许多西方学者不谋而合。Spivak 把作为译者的自己看成"文化掮客"①，即"经纪人"，Simon 说，译者"作为在不同知识传统之间充当媒介并向强力民族'回'报的'文化掮客'"，会对"翻译的影响予以充分注意"。② 译者作为"文学经纪人"，使非西方的文学作品在西方的翻译流通中发挥的作用不可轻视，东方主义学者 Said 也曾经自喻为困惑的"经纪人"③。所以，译者"经纪人"身份发挥作用，必须协调原作和译作的关系。Lefevere 指出："译者不仅必须与不同的概念网络妥协，而且还须与不同的一般性的网络妥协。"④ 译者的"妥

---

① 转引自陈永国主编《翻译与后现代性》，中国人民大学出版社 2005 年版，第 237 页。

② 同上书，第 273 页。

③ Emily Apter, *The Translation Zone*, Princeton：Princeton University Press, 2006, p. 104.

④ Andre Lefevere, "Translation Practice（s）and the Circulation of Cultural Capital：Some Aeneids in English", Susan Bassnet & Andrew Lefevere.（ed.）*Constructing Cultures：Essays on Literary Translation.* Shanghai：Shanghai Foreign Language Education Press, 2001, p. 49.

协"实际上是承担"经纪人"或"代言人"的角色，这实际是译者的文化身份。

台湾学者余光中也写道："译者未必有学者的权威，或是作家的声誉，但其影响未必较小，甚或更大。译者日与伟大的心灵为伍，见贤思齐，当其意会笔到，每能超凡入圣，成为神之巫师，天才之代言人。"① 说的就是译者担当文学文本中文学"代言人"。因此，宇文所安的译者"文学经纪人"和"代言人"的思想在东西方都产生了广泛的共鸣，其洞见之深刻可见一斑。

在全球化时代，欧美的强势文化造成了文化资本分布的失衡，更需要译者以高度的国际责任感，来改变这种不平衡态势。译者的作用在一定程度上关涉文化全球化的公平性及弱势文化里文学交流中的国际化程度和命运。在宇文所安看来，译者作为经纪人的身份可以使中国诗歌同英美文学协商，既传递"中国性"，又有某些西方元素，两种文化权力达到一定程度的妥协和协调，使得中国文学成为全球共有的文化资本——"国际文学"的一部分，而不仅仅属于中国一个国家，使文化共享成为"互补、互通、互用"的国际文化资本，这有利于中国文学在西方的传播，提高中国文学和文化的国际地位。宇文所安既是代言人，又是协调者。

三 离散汉学家文化身份的特殊性

离散汉学家以研究者（批评家）和翻译家为主，既是西方文化的认同者，又是中国文化的捍卫者，如刘若愚、叶维廉、欧阳桢、余宝琳等。对于离散译者而言，这种全球化的身份认同受到散居地文化语

---

① 余光中：《余光中论翻译》，中国对外翻译出版公司 2002 年版，扉页。

境的制约，加剧了身份的非稳定性和多维性，译者身份的"自我"处于变化之中。离散译者的文化身份处在母国的文化记忆同散居国文化身份认同的矛盾冲突中，一方面，在散居国为了生活和学术的生成和发展，其本国民族文化身份逐渐淡化，以融入散居国的文化主流；另一方面，其隐藏在记忆深处的民族文化身份却不时同其新的民族文化身份发生碰撞，在相互博弈中求得相互妥协和融合。译者在翻译过程中，需要考虑文化语境的诸多方面，不仅是挑战，而且是为翻译的多元化留下了足够的阐释空间。这里以刘若愚作为中国文化捍卫者和文学批评家的多重文化身份为例，分析离散汉学家的文化身份的独特性。

（一）对翻文本选择的影响

文化身份是各种特征和性质的集合，具体包括教育背景、生活阅历、价值观念等。对华裔汉学家而言，中国文化是其灵魂之根，而西方文本则是安身立命之本。

唐诗魅力无穷，内涵隽永，修辞变化万千，意象丰富、意境悠远、文化深邃。唐诗是中国传统文化的精髓。刘若愚选择了李商隐的一百首诗潜心翻译和阐释，这离不开刘若愚复杂的文化身份的影响，特别是其教育背景、生活经历和学术研究的理路。

刘若愚出身于书香门第之家，自幼深受儒家文化传统和英美文学的浸淫，从北京辅仁大学毕业后，进入清华大学研究生院攻读英国文学。20 世纪 40 年代后期赴英国留学，相继在伦敦、美国、中国香港等各大学教授中国语言文学和比较文学。而刘若愚初到美国的经历也决定了他传播中国文化的决心，这体现在他辗转于美国各大学谋职的艰辛以及他当时所写的诗歌《乙巳（1965）卅九初度率成二章》中。诗中表达了刘若愚在西方难以立足，难以融入主流文化，思乡却不能归，怀才不遇的愤懑，并以典故暗示他将坚持不懈，以图他日施展文学才华，传播中国文化。

刘若愚在早期教育中接受了传统中国文化和西方文化，后在国外留学深造，融入了西方学术圈，他的特殊的人生阅历，不仅造就了他特殊的双重文化身份，而且也赋予了他跨文化交流的能力。他借助英语来传播中国文化，通过研究中国古典诗词构建中国诗学体系，这不仅是他在异国他乡安身立命的基础，也是他借学术研究为开启中国文学"走出去"的大门所做的贡献。刘绍铭批评刘若愚用英文撰写的中国诗学论著仅仅是为了"出人头地"而"做了别人价值系统的奴隶"，显然有失公允。

刘若愚在他的《中国诗歌艺术》中认为李商隐是语言造诣颇深的中国诗人，并认为李商隐的诗歌是非常晦涩的，研究李商隐的诗作也是为证明他的诗学观点"诗是不同的境界和语言的探索"和评诗方法"是否探索它独有的境界；在语言的使用上，它是否开创了新的局面"。① 甚至在《李商隐的诗歌》一书中指出，李商隐对生活的高明态度和表达方式同西方习性和谐一致，是吸引西方读者的魅力所在。刘若愚文化身份中的个人价值观和学术观深深地影响了他的翻译之路。

刘若愚在《李商隐的诗歌》译本中按照自己的选材标准翻译一百首诗，有些甚至是一些鲜为人知的平庸之作，大约三分之二尚没有英译本，分为三大类：晦涩诗；个人和社会主题的诗；历史诗和现实诗。如此选材，以广泛的代表性避免以偏概全。似乎暗示籍籍无名的诗歌也可以经典化，正如他作为文化离散者，也可能在主流学术界成为有影响的学者。

---

① 刘若愚：《中国诗学》，杜国清译，幼狮文化公司1997年版，第147页。

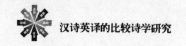

（二）对译诗语言的影响

1. 词语选择

文学翻译和文学批评是一体两面。Rose 认为"文学翻译是一种批评形式"，"翻译有助于深入文学的内部"。① 二者在文学翻译的批评功能上进行了深层对话，在翻译研究的作用上产生了共鸣。在诗歌英译中，语言是最直接的体现，诗歌的词语、意象和句子结构的翻译，可折射译者文化身份的投影。

李商隐的诗歌晦涩难懂，不可译性强。除了浅显易懂的诗以外，刘若愚在每首英译诗之后都附有注释和评论，注释是解释特殊的表达、典故等，而评论则从整体上把握诗的意义和美学特点。他区分了诗人译者和批评家译者的不同，指出前者是用翻译作为诗歌创作的手段，目的是用英语写出好诗，后者是用英语表达的批评写作，目的是阐释原诗的基本特征。② 刘若愚显然属于批评家译者，以李诗的批评研究为旨归。

各民族的语言承载的文化信息不同，语言的传承者的文化身份也有差别。语言又是文化身份的直接反应，并随历史环境的变化而变化。词语是汉诗语言最重要的载体，译者的具体身份会影响其语言的选择能力，尤其影响译诗语言的意义界定和审美倾向。例如：

原诗：

八岁偷照镜，

---

① Marilyn Gaddis Rose, *Translation and Literary Criticism*: *Translation as Analysis*, Beijing: Foreign Language Teaching and Research Press, 2007, p. 13.

② 参见 Liu, James L. Y., *The Poetry of Li Shang - yin*: *Ninth - Century Baroque Chinese Poet*, Chicago and London: The University of Chicago Press, 1969, p. 37.

长眉已能画。

(《无题》第十一首)

译诗：

At eight, she stole a look at herself in the mirror,

already able to paint her eyebrows long.

该诗是晦涩诗，前人的理解和评论见仁见智。原诗中李商隐用"长眉"生动描述了一位少女的爱美之心，其"长眉"审美情趣具有历史传统，源于汉代司马相如的《上林赋》："长眉连娟，微睇绵藐"；晋代崔豹《古今注·杂注》："魏宫人好画长眉"；南朝的何逊《离夜听琴》："美人多……长眉。"可见，"长眉"是古代女子的审美标准。作为中国古典文化的传播者，刘若愚直译为（paint）eyebrows long 是深受中国传统文化的熏陶的结果，这种传统的观念早已铭刻于心，在翻译中成为文化的自觉。

2. 句法选择

工整对仗和变化多端是唐诗的句法特征，也是不可译性的难点。刘若愚对李商隐诗歌形式的工整性了然于胸，深知其难译性。但他尽量结合英语语言文化特征，在追求意合的基础上，表现原作的整饬形式，以寻求中西文化之间的平衡点。刘若愚的特殊身份，决定了他在理解和翻译过程中，善于寻求妥协，以决定译诗的诗体形式，韵律，语言风格，归化和异化策略，以及如何达到译诗"被阅读、被处置、被研究和被欣赏"① 的目的。例如，李商隐的《锦瑟》：

---

① 詹杭伦：《刘若愚：融合中西诗学之路》，文津出版社2005年版，第182页。

锦瑟无端五十弦，

一弦一柱思华年。

庄生晓梦迷蝴蝶，

望帝春心托杜鹃。

沧海月明珠有泪，

蓝田日暖玉生烟。

此情可待成追忆，

只是当时已惘然。

译诗 1：

The ornamented zither, for no reason, has fifty strings,

Each string, each bridge, recalls a youthful year.

Master Chuang was confused by his morning dream of the but-

terfly;

Emperor Wang's amorous heart in spring is entrusted to the cuckoo.

In the vast sea, under a bright moon, pearls have tears;

On Indigo Mountain, in the warm sun, jade engenders smoke.

This feeling might have become a thing to be remembered,

only, at the time you were already bewildered and lost.

译诗 2：

Why should the ornamented zither have fifty strings,

each reverberating with echoes of abygo ne year?

How can you tell the dreamer from the dream, the man from the

butterfly,

or the Emperor's amorous heart in spring from the cuckoo's cry?

Go and seek the moonlit mermaid shedding tears of pearls,

then burn with the jade in the sun till you vanish in smoke.

All this could have become a memory to be cherished.

But for the bewilderment you felt even at the time.

以上两种译文都出自刘若愚。译文 1 几乎完全仿照原诗的语言形式，译诗保留了原诗的诗体，几乎克隆了原诗中的词语组合结构，读者几乎可以按照译诗中词语的顺序读出原诗。此外，翻译为了意义的最接近，译诗无押韵，还保留了原诗中的典故。译文 2 的英语语言表达地道、流畅。刘若愚认为，译文 2 给西方读者留下的印象更直观，可读性更强，但不能作为批评和鉴赏的范本，因为它与原作相去甚远。在《李商隐的诗歌》一书中，刘若愚在正文部分仍然采用最大限度体现原诗意义的直译方法。前文的形式特点表明刘氏在翻译时：首先，在译文后以注释来展示诗中隐藏的文化内涵。其次，《锦瑟》的英译的三个形式特点，也是刘若愚英译李商隐诗歌的普遍特征。总之，刘若愚独特的文化身份和学术思想决定了他在诗歌英译上译诗的形式特点。

3. 修辞选择

李商隐诗歌中有大量修辞格，翻译是难点。尽管刘若愚学贯中西，汉英两种语言驾轻就熟，但这也在一定程度上成为李诗修辞手法翻译的障碍。英汉修辞格的语言表达方式不同，翻译仍然有难度，特别是翻译不仅要译出修辞形式，还要译出修辞格的可读性，要考虑西方读者对修辞格翻译的接受。尽管反复修辞手法在中英文诗歌里都很常见，都表示加强主题信息和语气，但重复词语在英语里并非最佳解决方案。李诗中的重复字，不宜过多译为重复词，刘若愚采取了灵活多变的翻译策略，译出了重复修辞的效果。例如，李商隐的《暮秋独游曲江》：

原诗：

> 荷叶生时春恨生，
> 荷叶枯时秋恨成。
> 深知身在情长在，
> 怅望江头江水声。

译诗：

> When the lotus leaves grew, my spring sadness grew.
> Now that the lotus leaves have withered, my autumn sadness is full.
> I well know that as long as life remains, emotions remain.
> Gazing ahead wistfully by the river, I hear the river's flow.

此译诗是刘若愚英译李诗中的上品，形式、内容、意象，甚至修辞手法都一一对应。译诗不仅重复了两个 lotus leave（荷叶），两个 sadness（恨），两个 remain（在）和两个 river（江），而且也有变通之处。尽管译诗不能完全再现古诗严格工整的格律，但是第二行和第四行末尾的"full"和"flow"是头韵修辞格，也属于重复（语音重复），同原诗中的叠韵修辞"怅望"一词相呼应，重复补偿效果明显。

诗歌翻译的策略体现了译者文化身份中不同特性的博弈。正是刘若愚的离散文化身份，赋予了他在古诗英译中修辞手法的特殊处理方式。作为双重文化身份翻译家，他对中西两种不同文化都有深入的理解和成熟的思想体系。而正是这样复合的身份，离散之中有母国的精神依恋，居住国中有西方文化的认同，必然影响到他的翻译活动，无论是文本的选择，还是翻译的策略。他的翻译活动和作品中也体现了他独特的文化身份和文化观念，这便于我们理解汉学家汉诗英译中的错综复杂的特征，也为翻译批评提供了有效的途径。

第九章　汉诗英译的中西诗学批评

第一节　英伽登层次理论与汉诗英译批评

Burton Watson 是美国当代著名的汉学家和翻译家，从 20 世纪 50 年代初至今已翻译出版了大量的中国古典历史文献、佛经、哲学和诗歌，他不仅翻译的散文经典备受称赞，而且诗歌翻译也独树一帜，不因循前人。研究和探索他的诗歌翻译对我国文化的瑰宝——经典诗歌——的英译和对外传播具有重要的借鉴意义。本章根据英伽登的文学作品的结构层次理论探讨 Burton Watson 译文的特点和翻译策略与方法。

一　英伽登艺术作品结构的层次理论

波兰著名的哲学家、美学家、文学理论家英伽登在其名著《文学的艺术作品》中提出了文学的艺术作品的基本结构理论，英伽登认为文学作品结构包括异质而又相互依存的四个层次，①② 这四个层次理论可阐述如下。

（1）字音和语音组合，并区分了"字音"和"语音素材"，前者的"携带意义"超越个人阅读经验而使阅读和理解成为可能，恒定不变，后者包括与具体阅读有关的一次性的语调、语音、和音的力度等，不稳定。

（2）意义单元，从根本上制约着其他层次。意义指与字音有关的意向关联物，与一个单词相对应的意向性关联物是单个意向性客体，与一个句子相对应的意向性关联物是一种意向性事态，字和句两类关联物都是虚构的。文学文本的文学性储存于由句子和句子所组成的意群，即意义单元之中，句子承载着最初的完整的意义，意义在由语词构成的句子和句群中展开。

（3）图式化观相、观相连续体和观相系列。任何作品只能用有限的字句表达呈现在有限时空中的事物的某些方面，且这些表达和呈示只能是图式化的勾勒，因此作品具有许多"未定点"和"空白"，有待读者的想象连接和具体化。

（4）文学作品的客观世界，即再现的客体，指虚构的、具有不完备性的意向关联物。它是存在于象征和象征系统中的诗的特殊"世界"，西方人的"神话"概念其实就是文学的虚构世界，一般指叙事性的小说世界。英伽登甚至认为对文学的艺术作品的具体化的最终完成就落脚在客体世界，可见这个层面蕴含文学性。③

---

① 参见朱立元主编《当代西方文艺理论》，华东师范大学出版社 2001 年版，第 135—136 页。

② 参见张玉能《西方文论思潮》，武汉出版社 1999 年版，第 370 页。

③ 刘俐俐：《一个有价值的逻辑起点——文学文本多层次结构问题》，《南开学报》（哲学社会科学版）2005 年第 2 期。

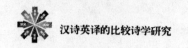
英伽登的四层次理论为古诗修辞风格英译研究提供了一个有价值的新视角。译者既是特殊的读者，又是原文的转换者，翻译策略和翻译方法可以在以上四个层次上操作。

二　层次与翻译方法

（一）语音层

语音层指韵律、谐音、语调、节奏等，涉及音乐美，音乐美直接产生文学性。

该层次既有稳定的成分，也有不稳定的成分，它是文化的产物，具有纯意向性（文学性）。刘勰在《文心雕龙》里也有类似的观点："言语者，文章神明枢机，吐纳律吕，唇吻而已。"范文澜注解说："言语，谓声音，此言声音为文章之关键，又为神明之枢机，声音畅通，则文采鲜而精神爽矣。"①中国古诗中这种"声音"或语音的意向性，即付诸人的感官听觉的声韵、节奏、格律尤为重要。诗歌翻译中，声韵和节奏等是译者不可回避的因素，如何处理这个层次，取决于译者的诗歌音乐审美能力。

虽然 Burton Watson 英译中国古诗没有顾及尾韵，但他对节奏还是把握得比较好。他选译的《楚辞》的《九歌》中的几首，采用跨行连续的方法翻译"兮"字前后的语音停顿，原诗中的每行在译诗中分解成两行，正好再现了原诗的节奏，在一定程度上再现了原诗的节奏美和文学性。例如：

① 汪洪章：《〈文心雕龙〉与二十世纪西方文论》，复旦大学出版社 2005 年版，第131 页。

原诗:

灵连蜷兮既留,

烂昭昭兮未央。

(屈原《云中君》)

译诗:

The spirit, twisting, and turning,

poised now above,

radiant and shining

in endless glory.

古诗中的叠词也是一种节奏,读起来朗朗上口,很有气势。Burton Watson 英译这样的字音组合也使用了不同形式的叠词,以再现原诗的语音效果和音乐美。例如,以下两句诗中的叠词"滔滔""鳞鳞"在译诗中分别译为 surge on surge 和 shoal on shoal,即"A on A 式",是头韵的修辞手法,用音的重复性表达水中的壮观场面和气势。如:

原诗:

波滔滔兮来迎,

鱼鳞鳞兮媵予。

(屈原《河伯》)

译诗:

Waves, surge on surge,

come to greet us;

Fishes, shoal on shoal,

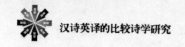

to be my bridesmaids.

又如，Burton Watson 在翻译苏轼的《无锡道中赋水车》（*Describing Water Wheels on the Road to Wu – hsi*）中，头两句的译诗如下：

原诗：

> 翻翻联联衔尾鸦，
>
> 荦荦确确蜕骨蛇。

译诗：

> Whirling, whirling, round, round, a crow with tail in mouth;
> All lumps and bumps protruding, a snake stripped to its bones.

译诗不仅使用了叠词"A – A 式"（以 whirling, whirling 译"翻翻"）和"B – B 式"（以 round, round 译"联联"），用头韵表达原诗的双声，以"恒定不变的语音形式"译"恒定不变的语音形式"，而且以发音带 [au] 的半谐韵（assonance）词 round 和 mouth 翻译，构成一种声音联想效果，并且用两个回声词 lump 和 bump 翻译叠词"荦荦"和"确确"，词根"– ump"常象征物体突出的样子和笨重沉闷的声音。以上两句译诗既表达了水车抽水发出的声音，又描写了水车旋转时出水的形貌，表现了原诗的节奏、情调、意义、风格和纯意向性（文学性）。

此外，苏轼的《和子由"蚕市"》（*Rhyming with Tzu – yu's "Silkworm Fair"*）一诗的前半部分，译诗中大量使用了押头韵 p、s、f 的词，如 plow, plant; sweat, spring, slack, silkworm, stacked , spindle, silk, slice; forget, fun, first, frost 等，尤其是带"s"的是头韵词，象征着蚕市里的蚕蠕动的样子，带"f"的词表示蚕丝的柔滑。请看下文：

原诗：

蜀人衣食常苦艰，蜀人游乐不知还。

千人耕种万人食，一年耕种一春闲。

闲时尚以蚕为市，共忘辛苦逐欣欢。

去年霜降斫秋荻，今年箔积如连山。

破瓢为轮土为釜，争买不翅金与纨。

译诗：

Shu men work hard for food and clothing;

Shu men on vacation never want to stop.

A thousand plow and plant, ten thousand eat;

one year's sweat and ache, one spring lull.

In slack time they hold the silkworm fair,

forget troubles in the scramble for fun.

Last year at first frost they cut autumn reeds;

this year silkworm frames are stacked in hills.

They slice gourds for spindles, mold clay pots;

fine silk and goldwork aren't all that draw a crowd.

（二）语义层

韦勒克认为，意义单元决定文学作品形式上的语言结构、风格与文体的规则。① 语义层主要关涉词、句、段各层次语言单位的意义，

---

① 刘俐俐：《一个有价值的逻辑起点——文学文本多层次结构问题》，《南开学报》（哲学社会科学版）2005 年第 2 期。

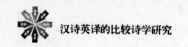

它为整个作品提供了结构框架，是文学作品的关键层次。读者要准确理解词语的意义意向，在具体的语境中实现对文本意义的理解，并进一步实现意向上连贯的、更高级的意义整体（作品内容）的理解。

在文学翻译中，实现对原文语义层的理解是翻译的最基本的步骤，它是通向美学层次的关键一步。古诗中的词层和句层语义都离不开意象。意象是古诗的灵魂，意象和意境是唐诗人王昌龄最先提出的一对古诗中的美学概念，意象是形和意，景和情的综合体，绝不仅仅是客观物体。王国维说："境非独谓景物也。喜怒哀乐，亦人心中之一境界。"① 因此，意象和意境密不可分，也是相互联系又有所区别的意义层次，意境是包括意象在内的语义和整体美学效果。译者只有达到对意象和意境的准确理解才能正确翻译原诗的意义。例如，李白的《送友人》（*Seeing a Friend Off*）：

原诗：

> 浮云游子意，落日故人情。
> 挥手自兹去，萧萧班马鸣。

译诗：

> Drifting clouds – a traveler's thoughts,
>
> setting sun – an old friend's heart.
>
> Wave hands and let us take leave now,
>
> hsiao – hsiao our hesitant horses neighing.

原诗中"浮云"和"落日"意象分别译成了 drifting clouds 和 set-

---

① 王国维：《人间词话》，上海古籍出版社 2002 年版，第 2 页。

ting sun，"游子"和"古人"译成了"a traveler"和"an old friend"，几乎同原诗意义等值。译诗的头两行妙用破折号，实际上是对"浮云"（drifting clouds）和"落日"（setting sun）的解释。生造词 hsiao - hsiao 模仿马鸣声"萧萧"，并用 neighing 补充解释其义，hesitant horses 准确生动地译出了"班马"（离别的马）通人性而不愿离去的感情，译诗生动、自然、忠实地再现了原诗的意义。再如杜甫的《秋兴八首》（其一）：

原诗：

> 玉露凋伤枫树林，巫山巫峡气萧森。
>
> 江间波浪兼天涌，塞上风云接地阴。
>
> 丛菊两开他日泪，孤舟一系故园心。
>
> 寒衣处处催刀尺，白帝城高急暮砧。

译诗：

> Icy dew withers and scars the maple groves；
>
> Witch's mountain，Witch's gorge，bleak with autumn's chill；
>
> on the river，waves leap up to join the sky；
>
> above the outpost，windblown clouds blanket the earth in darkness.
>
> Clumps of chrysanthemums open again – tears for days now gone；
>
> lone boat moored by a single strand – my heart in the gardens of home.
>
> Cold – month clothes everywhere urging speed with ruler and scissors；
>
> high above White Emperor City，the swift pounding of evening mallets.

原诗是诗人通过对巫山巫峡的秋色秋声的形象描写，烘托出阴沉萧森、动荡不安的环境气氛，令人感到秋色秋声扑面惊心，抒发了诗人忧国忧民、壮志难酬和孤独郁闷的心情。意象词翻译生动准确，如"玉露"译为 icy dew，没有硬译为 jade dew，同 withers and scars（凋伤）构成意象组合，再现了秋天的肃杀和阴冷气氛，并且与第二句中的 bleak with autumn's chill（气萧森）和第四句中的 the earth in darkness（地阴）保持色调的一致，在意象词语层和句子层上都基本译出了原诗的感伤格调。

虽然"丛菊两开他日泪，孤舟一系故园心"两句诗的意义历来有不同的解释，译者译为 Clumps of chrysanthemums open again—tears for days now gone; /lone boat moored by a single strand—my heart in the gardens of home，表达了诗人因战乱而四处奔波，思念故乡和为国担忧的思想感情。特别是两处破折号用得好，把比喻中的喻体和本体区别开来，即"丛菊"开/"泪眼"开和"孤舟"被绳系/"心"被"故园"系，通过并置加以联结和区分。词语和句子的翻译都体现了整首诗内容的意向性：悲秋、思家、忧国。

（三）图式层

由于文学作品中再现的客体是非全面的图式化，客体层存在的"不定点"有待于读者在阅读中现实化和具体化，使客体显示出"各种变化"。读者须调动他的感受力、知觉习惯、认知能力和细节来填补，或者通过想象和幻想再造外观的先验图式的不足，补充或增加作品审美价值，扩大其形式功能和美学功能，使文学作品更加丰满和具体化。

在古诗翻译过程中，译者通过各种手段使原文的抽象化、概略化、模糊化在译诗中具体化、形象化、明晰化，这种翻译策略既可以增加译诗的生动性，也可以提高译诗的流畅性和可读性。例如，白居易的《夜雪》（*Night Snow*）：

原诗：

> 已讶衾枕冷，复见窗户明。
>
> 夜深知雪重，时闻折竹声。

译诗：

> I wondered why the covers felt so cold,
>
> then I saw how bright my window was.
>
> Night far gone, I know the snow must be deep——
>
> from time to time I hear the bamboos cracking.

译者深知原诗意义图式化的局限性，不仅在译诗中把"讶"传神地译为 wonder，而且充分发挥想象力，把原诗中描述性的词语"折竹声"译成了生动形象的拟声词 cracking，使原诗中的"不定点"变得具体化和形象化，勾画了原诗中的叙述者寒夜无眠的情景。

再如杜甫的《秋兴八首》（其五），是诗人对帝京长安的回忆，借汉朝宫殿的雄伟气势，描绘了长安宫殿的巍峨壮丽和早朝场面的庄严肃穆，以及以自己曾"识圣颜"而引为欣慰的回忆。

原诗：

> 蓬莱宫阙对南山，承露金茎霄汉间。
>
> 西望瑶池降王母，东来紫气满函关。
>
> 云移雉尾开宫扇，日绕龙鳞识圣颜。
>
> 一卧沧江惊岁晚，几回青琐点朝班。

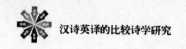

译诗：

> Gates of Penglai Palace look toward the southern mountains;
>
> the dew – catcher's golden shaft cleaves the night sky.
>
> Far to the west the Queen Mother descends by Jasper Lake;
>
> Purple emanations come from the east, flooding Hangu Pass.
>
> Like clouds parting, pheasant – tailed screens unfold;
>
> Dragon scales bathed in sun, we behold the august countenance.
>
> I, who lie beside the vast river, startled at the waning year,
>
> how often by blue – patterned doors have I heard the call to morn-
>
> ing audience!

译者在翻译过程中充分调动形象思维的能力，用 cleave（具有"直插""穿透"之意）这个动词补充了原诗中"承露金茎霄汉间"所缺的动词，形象生动地创造了原诗中汉武帝造的为承露仙人掌之用的柏梁铜柱直插蓝天的宏伟气势，以 Jasper Lake（碧色的湖）翻译"瑶池"，"降"译为 descend by（Jasper Lake），意即"降在瑶池旁边"，可谓理解透彻，by 译得妙，使整句话意义具体化了。"满"译为 flooding（像潮水般淹没），比喻紫气（帝王之气）之浓、之强，"云移雉尾开宫扇"为倒装句，即"云移雉尾宫扇开"，把"开"译为 unfold（展开），比 open（打开）更具生动性和形象性，"日绕龙鳞"译为 dragon scales bathed in sun，译得极富想象力，译文与原文的主位和述位正好颠倒，视角发生逆转，译文突出了"龙鳞"（dragon scale），尤其是 bathed in（沐浴在）译得传神，富有艺术张力。

此外，"识圣颜"译为 we behold the august countenance，很准确地补充了主语"we"，涵盖包括诗人自己在内的上朝的官员，使原诗的主语具体化了。在"一卧沧江惊岁晚"一句中，补充了主语"I"，贴切准确，"岁晚"译为 waning year（像月亮一样渐亏的岁月），指诗人伤悲苍老的年岁，比原诗表达得更形象、更具想象力。最后一句中"点朝班"指依官职大小排列班次先后上朝，译者译为 hear the call to morning audience（听见早朝觐见点名的叫喊声），使原诗意义明晰化。译诗中，译者还在译文之外使用了不少注释，解释有关的神话典故、道家传说以及杜甫做官的经历，加深了读者的印象，便于读者的理解和欣赏。

（四）客观层

这个层次是客体的再现，实质是由虚构的人物、事件等构成了文学作品的世界，句子的纯意向关联物所指向的对象是类似性判断，而不是真正的判断，为了达到作品的客体层次，需要读者"积极地"阅读作品，即以一种特殊的首创性和能动性思考和理解句子的意义，抓住句子意义确定的对象领域。

在翻译过程中，译者一方面作为特殊读者，积极、认真地投入句子所指向的客观层，明确其虚构性，把客体对象所包含的类似性判断，即纯意向关联物的意图转换为另一种语言，而不仅仅局限于对客体的真正的判断（字面意义）的直译，透过"稳定性"把握"流动性"，做到"实"与"虚"二者兼顾。例如，Burton Watson 在《楚辞》中的数字翻译把握了客观性，以下各句中的数字都是直译。

百神翳其备降兮。

A hundred spirits hovered over, descending in escort.

将往观乎四荒。

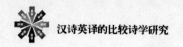

Thinking to go and view the four regions.

屯余车其千乘兮。

I marshaled my chariots, a thousand in number.

驾八龙之蜿蜿兮。

My eight dragons drawing me, writhing and turning.

指九天以为正兮。

I point to the ninth heaven as witness of my uprightness.

然而，这些数字在原诗中都是虚指的，也就是客体的类似性，意为"多"的意思。译诗中数字成了实指，虽然读者完全可以理解，但毕竟缺乏创造性。又如，陆游的《春游》（*Spring Outing*）：

原诗：

> 方舟动破湖波绿，
> 联骑踏残花径红。
> 七十年间人换尽，
> 放翁依旧醉春风。

译诗：

> Paired boats plunging through
>
> the lake waves' emerald,
>
> steeds side by side trampling to dust
>
> the red of blossomed paths—
>
> in a seventy year span
>
> a whole new set of people,

but Fang – weng, just as ever,

drunk in the spring wind.

这首诗里"湖波绿"译为 the lake waves' emerald，其中"绿"emerald，使人产生美好的联想，但"花径红"（小路上开的红花）译为 the red of blossomed paths，只是原诗意象客体的再现，但没有译出原诗句子意义的虚指性，翻译中的判断不准确。

此外，Burton Watson 把杜甫《春望》中的两句诗"感时花溅泪，/恨别鸟惊心"译为 feeling the times, flowers draw tears；/hating separation, birds alarm the heart，完全把原诗当成了客观化的再现，没有理解"感时"即是"感伤的时刻"，"恨别"即为"伤心离别"，译者按照原诗的纯客观化，硬译为 feeling the times（感觉这个时刻）和 hating separation（恨离别），显然没有译出原诗的纯意向关联物的深层意义。

三 从层次理论看 Burton Watson 翻译的局限性

（一）无韵体翻译的僵化性

从语音层次来看，Burton Watson 几乎从不考虑中国古诗中的格律和韵式，他是一位职业翻译家，不是中国文学专家，对中国古诗的韵律不敏感，也无兴趣，他的译诗全部是无韵体，虽然这有利于西方普通读者的阅读和欣赏，但以牺牲声音美和音乐美为代价，毕竟损害了原诗的艺术审美价值，偏离了中国诗歌的诗学和美学规范，这是他的中国古诗英译中存在的通病。

刘若愚说："如果告诉读者一首（中国）诗音步如何如何，韵律如何如何，却将之翻译成无韵诗，那么在我看来对读者是不公平的。"① 他在中国古诗研究中强调诗学或韵律翻译的重要性，这种观点指出了无韵诗翻译所存在的弱点，因为它向英美读者掩盖了原诗格律美的真相，向他们提供了虚假的信息，似乎所有的中国古诗都是无韵的。这种方法贬损了中国诗歌文化的美学价值。Watson 的译诗方式在很大程度上同翁显良的散文式翻译方法类似，尽管后者把诗歌完全转化成了散文。因此，在这方面，Watson 对他的读者是不公平的，因为他的散文倾向的翻译方法改变了原诗的格律，剥夺了读者欣赏韵律美的机会。

忽略诗歌的韵律也会造成译诗语言风格的石化或僵化，译诗失去了音响效果和音乐性，会在总体上导致风格和语言结构的趋同，失去不同诗人的个性。Watson 的无韵式翻译方法代表了西方汉学家翻译中国古典诗歌存在的共同局限性。总之，他的翻译弱点暴露了他的美学诉求和翻译方法的不完善性。

（二）语义翻译的不准确性

从语义层、图式层和客观层来看，虽然 Watson 的译诗绝大部分都忠实于原诗，但仍有不少误译。一是因为他的研究"不充分"②，二是因为他不懂现代汉语，加之当时的中美之间几乎没有直接的文化交流，他无法获得中国文学界有关古诗研究的资料，过于依赖日语的注释，难免会误读和误释。误译在词层、句子层都存在。

上文提到的陆游《春游》中的第一句"方舟动破湖波绿"，其中

---

① James J. Y. Liu, *The Art of Chinese Poetry*, Chicago: University of Chicago Press, 1962, p. 21.

② 陈文成:《沃森编译〈中国诗选〉读后》,《中国翻译》1991 年第 2 期。

"方舟"译为 paired boat，显然把"方"误看成了"双"，屈原《国殇》中的"诚既勇兮又以武"译成了 Truly they were courageous, true men of arms as well，句中的"武"意为"威武"，不应译为 arms（武器），《离骚》中的"芳与泽其杂糅兮"译为 trimmed and embellished with scent and sparkle，这里的"泽"意即汗水，比喻奸佞的"小人"，而不应译为 sparkle（光泽）。陆游的另一首诗《三月十七日夜醉中作》有一句"去年射虎南山秋"，意为"去年秋天我在南山射虎"，可译者却译成了 Last year shouting tigers, south mountain autum，不仅没有补充主语，而且 south mountain autum 也译得别扭，让读者不可捉摸。

Burton 的中国古诗译本深受西方普通读者的欢迎，因为其通俗流畅的风格满足了他们的审美视野，我们可以通过四个层次的分析，探索他翻译的成功之道，他倾向于直译和异化，这对一位西方翻译家来说是难能可贵的。但是，他的翻译也有明显的不足，误读和误译很普遍，尤其是无韵体翻译方法，在很大程度上削弱了原诗的审美价值。但他给我们进行典籍英译提供了宝贵的启示，译文一定要有读者意识，并且译文必须遵循一定的翻译规范。

第二节 "隐""秀"美学范畴与汉诗英译批评

汉诗英译的美学研究开始回归本土美学范畴，并观照西方美学思想，将逐步成为翻译研究的热门话题之一。发轫于中国古代哲学和美学的中国诗学，是对中国古代文论和诗、书、画论的提炼和总结，尤其是刘勰的《文心雕龙·隐秀》所首倡的"隐秀"范畴，对古典诗词美学理论的"隐"美和"秀"美的发展产生了重大影响，不仅对诗歌创作和鉴赏具有指导作用，而且对诗歌的英译研究也很有借鉴意义，已有论者将"隐秀"引入文学翻译研究。①② 不过，"隐秀"理论介入汉诗英译的翻译理论，还有待深化和创新。本节从"隐""秀"关系的视角对汉诗意象、谐音和飞白翻译美学价值进行探讨。

一 "隐"与"秀"的美学特征和相互关系

（一）强调"隐"的文内之义"重旨"和"复意"

《文心雕龙》指出："隐也者，文外之重旨者也"，"隐以复意为工"。周振甫解释说，文辞之外含有另外一重意思，即弦外之音，话里有话，具有复合之意。③ 黄侃解释为"言不尽意，必含余意以为巧"，"隐者，语具于此，而义存乎彼"。④ 也是说文义的多重叠合，而不是赤裸裸的直白和外露。这同燕卜逊的诗歌语言的"含混"理论是一致的。这种诗歌的审美技巧是"用一个词或一种表达手法表达两种或两种以上的不同意味，表现两种或两种以上决然不同的态度"⑤，这种"隐"的美学内涵的"复调性"可资借鉴为诗歌翻译中意象的模糊化处理的理论依据。

---

① 参见孟东红《文学翻译的隐秀观》，《外语研究》2007 年第 1 期。
② 参见申丹《中国古诗翻译模糊美中的隐秀观》，《长沙铁道学院学报》（社会科学版）2008 年第 6 期。
③ 参见周振甫《文心雕龙今译》，中华书局 1995 年版，第 350 页。
④ 参见黄侃《文心雕龙札记》，华东师范大学出版社 1996 年版，第 248 页。
⑤ 汪洪章：《〈文心雕龙〉与二十世纪西方文论》，复旦大学出版社 2005 年版，第 82 页。

（二）强调"隐"的文外之义的"余味曲包"

刘勰说："夫隐之为体，义生文外，秘响旁通……珠玉潜水，而澜表方圆。"这指的是"隐"的言外之意或曰"情在词外"，即语言的含蓄美学效果，使人玩味无穷，百读不厌。刘勰又强调"深文隐蔚，余味曲包"，指文辞含蓄深刻多彩，包含着婉转曲折的无穷余味。尽管"隐"可曲可直，但诗歌美学意蕴的婉曲和含蓄，韵味含而不露，给读者留下无尽的解释空间和想象余地。这种"隐"的非直白性为诗歌翻译中意象的"留白"化处理提供了启示。

（三）强调"秀"的篇中"独拔"和"卓绝"

刘勰说："秀也者，篇中之独拔者也"，"秀以卓绝为巧"，"状溢目前曰秀"。周振甫解释说，秀的独拔，就是拔出流俗，高出一般，是篇中最突出的话。"秀"的"独拔"和"卓绝"既可在个别词句层次上凸显，也可在全篇层次上显露，具有"拔秀"和"显秀"两重含义，"从根本上说，'秀美'是显现于文中的形象鲜明生动之美，'秀美'以其显秀之美对应于'隐美'的蕴含之美"①，"秀"的彰显和"英华"之美昭示着诗歌翻译中译诗的显秀之美的必要性。

（四）强调"隐"和"秀"的自然性

"或有晦塞为深，虽奥非隐；雕削取巧，虽美非秀矣。故自然会妙，譬卉木之耀英华。"也就是说，"隐"美不是晦涩难懂，深不可测；"秀"美不是刻意雕琢。"隐"和"秀"都要自然天成，语言结

---

① 周波：《论"隐秀"的美学意蕴》，《文艺理论研究》2005 年第 6 期。

构要和谐自然。叶朗说，"隐""秀"的审美意象，具体可感，是"直接性和间接性、单纯性和丰富性、有限性和无限性、确定性和不确定性的统一"①。风格的自然与协调，是"艺术美和自然美的统一"，是"中和之美"，是"以自然美作为'中和之美'的最高境界"。② 这为诗歌翻译风格的再现提供了有力的理论支援。

二 汉诗意象翻译的"隐""秀"审美观照

（一）原诗之"隐"与译诗之"隐"

意象是"融入了主观情意的客观物象，或者是借助客观物象表现出来的主观情意"，③ 是诗歌物象的情感化和情感的物象化，是诗歌的灵魂。汉诗英译中，意象的处理方式在很大程度上取决于译者的审美主体性，取决于译者对原诗的"隐""秀"美学风格的再现或再造。例如，李商隐的《碧城三首》（其一）：

> 碧城十二曲阑干，犀辟尘埃玉辟寒。
>
> 阆苑有书多附鹤，女床无树不栖鸾。
>
> 星沉海底当窗见，雨过河源隔座看。
>
> 若是晓珠明又定，一生长对水精盘。

> Citadel of Sapphire walls, twelve turns
>
> of its balustrades,
>
> horn of narwhal wards off dust,

---

① 叶朗：《中国美学史大纲》，上海人民出版社 1994 年版，第 102 页。
② 张松如：《中国诗歌美学史》，吉林大学出版社 1994 年版，第 102 页。
③ 袁行霈：《中国诗歌艺术研究》，北京大学出版社 1998 年版，第 53 页。

fire opal wards off cold.

When letters come from Lang – feng Park,

they are mostly sent by crane;

not a tree grows on Maiden's Bed Hill

that has no phoenix perching.

When stars sink to the ocean's floor,

at these windows they may be seen,

and as rain passes the river's source,

you can watch it over the table.

If only that pearl of day – break

could stay both bright and still,

I would spend my whole life facing

a bowl of crystal.

（Stephen Owen 译）

　　原诗是李商隐最有争议、最隐晦的诗歌之一，使用了八个托物寄情、借史兴怀和仙道比兴方面的意象群：碧城十二、辟尘辟寒、阆苑附鹤、女床栖鸾、星沉海底、雨过河源、晓珠明定、长对精盘，其寓意可能如明代胡振亨所言为"此似咏唐时贵主事"。诗歌有虚实两条线索：虚（明）线为仙人在仙境的生活情境，实（暗）线是唐代公主出家入道修行却凡心未灭，幽会情人的故事。译诗基本上是异化法，以"隐"译"隐"，保守了原诗隐藏的秘密，如上述八个意象群分别译为：Citadel of Sapphire walls/twelve（明指仙人所居的城阙，暗指公主入住的道观），narwhal wards off dust/wards off cold（明指避灰尘/避寒冷，暗指入道/寻欢），letters come from Lang – feng Park/sent by crane（明指西王母所居的城阙里的仙女以鹤传书，暗指未离尘垢的入道公主未绝男女之间的情书来往），Maiden's Bed Hill /phoenix perching（明指女床山鸾凤，暗指男女情事），stars sink to the ocean's floor（虚实皆指长夜将逝，黎明即来），rain passes the river's source（明指仙女朝暮之间的幽会，如同汉代张骞为寻黄河之源而乘木筏遇牛郎织女于天河幽会和宋玉所写巫山神女和楚怀王梦中"朝为行云，暮为行雨"式的相会，暗指道观之中的公主与情人幽会），pearl of day – break/both bright and still，facing a bowl of crystal（明指仙女留念黑夜的密会，实指公主不愿独对青灯空对月）。

很明显，译诗意象完整地保留了原诗中幽晦深曲的隐喻、象征、暗示、双关、典故等"隐美"风格，没有直截了当地道出原诗的旨趣，只译明线，不译暗线，不露声色，保守了原诗的秘密，保持了"重旨"和"复意"的美学价值，译诗再现了原诗的"义生文外，秘响旁通"的审美意蕴和"余味曲包"的美学效果，给读者留下了丰富的想象空间。

诗歌翻译中意象并置的仿译也是译者"隐"式翻译的审美主体性，不定的人称主语和逻辑关系都可以隐而不发，在译诗里传递原诗的隐美意旨和意趣。如：

原诗：

> 大漠孤烟直，
>
> 长河落日圆。

（王维《使至塞上》）

译诗：

Vast desert: a long some, straight.

Long river： the setting sun， round.

（Wai－lim Yip　译）

　　叶维廉的译诗受到庞德仿译法的影响，确切地说，受到汉诗意象并置的语言结构的影响，译诗意象的模糊性和非逻辑性，同原诗在句法形态上对应一致，以物（译诗意象）观物（原诗意象），通过模仿保留原诗的审美之"隐"。正如叶维廉评价庞德类似的诗行（Canto 64）Prayer： hands uplifted/Solitute： a person， a nurse 所说："诗人……不想借助述义行为，便把语法上连接上所需要的连接因素大大地削减（造成一种扭曲的语法），使这个形象的视觉性加强，使这个形象的形状与姿势突出。"① 译诗也是为了突出意象的视觉效果而合理利用了英语语法的扭曲，原诗的意象美并非一语道破，而是以模糊含蓄译模糊含蓄，制造了意象的形式"隐"美。清代刘熙载总结这类艺术效果说："情隐而显，势正而曲。"说的就是朦胧和"隐"产生的艺术审美想象力。类似的译法还有把"碧海青天夜夜心"（李商隐《嫦娥》）译为：

in the sapphire sea， the blue heavens，

her heart night after night.

（Stephen Owen　译）

（二）原诗之"秀"与译诗之"秀"

　　"秀"的"独拔"和"卓绝"就是秀美的彰显，不加掩饰和隐晦，意象结构上露而不掩，意义直接明晰，情感上直抒胸臆，审美效果上警策独拔，意蕴高度概括，既可言情，亦可喻道。诗歌翻译中原

---

① 叶维廉：《中国诗学》，人民文学出版社 2006 年版，第 222 页。

诗的"秀"美风格要求译诗也必须对应"秀"美风格。译诗用恰当自然的语言再现原诗丰富的情感，而不是用平庸、浅薄的语言敷衍硬译。例如，李商隐的《无题》：

原诗：

> 昨夜星辰昨夜风，画楼西畔桂堂东。
>
> 身无彩凤双飞翼，心有灵犀一点通。
>
> 隔座送钩春酒暖，分曹射覆蜡灯红。
>
> 嗟余听鼓应官去，走马兰台类转蓬。

译诗：

> Last night's planets and stars, last night's wind,
>
> by the painted tower's side, east of Cassia Hall—
>
> for us no nearness of phoenixes winging side by side,
>
> yet our hearts became as one, like the rhino's one – thread horn.
>
> From opposing seats we played pass – the – hook, spring wine
> was warm.
>
> On rival teams we played what's – under – it? —wax candles
> shone red.
>
> When I heard the drums that called me back to work,
>
> I raced my horse to Orchid Terrace like tumbleweed torn loose.
>
> （Burton Watson 译）

原诗采用蒙太奇和意识流的手法"赋"写昨夜和今朝、对方和自己的交错和穿梭镜头，极力铺陈怀念美人的苦闷和感伤的心理情感，译诗也应"自然会妙"，"符合译语的接受倾向和接受者的传统审美心理"①，译诗的会妙在于原诗的美学价值和译诗的美学价相契合。无论是视觉意象，如 planets and stars，painted tower，Cassia Hall，phoenixes winging side by side，rhino's one – thread horn，opposing seats，wax candles shone red 等，或醒目，或动感，还是感觉和听觉意象，如 our hearts became as one，warm，heard the drums 等，真实可感，具体生动，抑或是动作意象，如 played pass – the – hook，played what's – under – it，raced my horse，tumbleweed torn loose 等，形象直露，游戏犹如"状溢目前"，这些意象都是秀词秀句，语言不俗，传递了原诗的美学意蕴，没有遮蔽原诗意象的神韵。

（三）原诗的"隐""秀"美与译诗"隐""秀"的适位和越位

古诗中的"隐""秀"并非各自独立，互不往来，二者有时同现一诗，但各有侧重。刘熙载在《艺概》里指出"炼章法为隐，炼句法为秀"，诗歌的全篇总旨为隐，并不排除局部为秀。隐秀交织，秀中有隐，隐中有秀，有时难以截然分开。诗歌翻译中要遵循隐秀关系的模式，达到跨文化的审美对话。例如：李商隐的《霜月》有云：

原诗：

青女素娥俱耐冷，月中霜里斗婵娟。

译诗：

The Blue Woman，the Pale Maid

both put up with the cold，

in moonlight and in the frost they hold

---

① 刘宓庆：《翻译美学导论》（修订本），中国对外翻译出版公司 2005 年版，第 338 页。

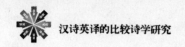

a contest of beauty and grace.

（Stephen Owen　译）

原诗形成"亦秀亦隐，亦隐亦秀，秀中有隐，隐中有秀的语言风貌"[1]，是诗人对神话意象的想象，"青女"和"素娥"是隐喻，指青霄玉女（霜雪之女神）和月神嫦娥，超凡神女，争美竞妍。诗以想象为主，意境清幽空灵，冷艳绝俗。诗之唯美和秀美倾向清晰可见。但译诗中 Blue Woman（青女）和 Pale Maid（素娥）是直译，隐藏了两位女神的文化形象，是隐美，没有直接点出中国文化美学的意象，而全诗的基调是秀美，如 put up with the cold（耐冷），hold a contest of（斗）和 beauty and grace（婵娟）；译得直截了当，隐美和秀美适位，完美再现了原诗的秀中有隐的美学意蕴。不过，诗歌中的隐秀关系在翻译中有时也会错位。如王维的《相思》：

红豆生南国，春来发几枝？
愿君多采撷，此物最相思。

译诗 1：

The Love Pea

This scarlet pea is from the southern land,

Where e'en in autumn with fresh sprigs it grows.

I would that you pick as many as you can—

For fond remembrance nothing is like those!

（王宝童　译）

---

① 黄世中：《论李商隐诗的隐秀特征》，《文学评论》2003 年第 5 期。

译诗2：

ONE – HEARTED

When those red berries come in springtime,

Flushing on your southland branches,

Take home an armful, for my sake,

As a symbol of our love.

（Witter Bynner 译）

原诗每句话都不离红豆，相思之情表达得入木三分，前三句是隐写，委婉含蓄，最后一句是点题，是秀句。两位译者不约而同地都把标题译成"秀"，点明主题，王译不仅译出了尾韵，而且还忠实地译出了"隐"中有"秀"的意象审美模式，（译诗中的 autumn 而非 spring，是因为基于不同的版本），但 Bynner 的译诗把"愿君多采撷"译为"Take home an armful, for my sake"，"for my sake"表明了译者主体性的介入，使"隐"意提前"秀"出，译者按捺不住心中的情感，替诗人提前迸发。这是隐秀关系在翻译中的错位，是"秀"的越位。最后一句"此物最相思"，两位译者的译文都是显露的"秀"句，但王译似乎比 Bynner 译文更含蓄一些。

三 汉诗英译的"谐""讔"艺术效果

（一）"谐""讔"与"隐""秀"的关系

《文心雕龙》指出："'谐'之言'皆'也，辞浅会俗，皆悦笑也。"这指的是与笑话有关的通俗作品。诗歌的谐趣也有这种艺术效果。"谐趣是一种最原始的普遍的美感活动。凡是游戏都带有谐趣，凡是谐趣都带有游戏。"① 诗歌的谐趣产生好笑的幽默性和趣味性，可谓"秀"的美学意蕴。《文心雕龙》还说："'讔'者，'隐'也；遁辞以隐意，谲譬以指事也。"这说的是通过表层隐含意义和隐约的言辞来暗藏某种深层意义，用曲折的譬喻来暗指某件事物。刘勰认为："谜也者，回互其辞，使昏迷也。或体目文字，或图象品物。"意指"谜"用改头换面的辞句来迷糊对方，或离文拆字，或刻画事物的形状。"谜"和"隐"实际上是一回事。但刘勰又说："义欲婉而正，辞欲隐而显"，强调"谜"的内容婉转正确，文辞含蓄恰切。

朱光潜认为，"谐都有几分恶意，隐与文字游戏可以掩盖起这点恶意"，"隐常与谐合，却不必尽与谐合"。② 因此，"谐"和"隐"的关系也是一种"秀"和"隐"的关系，"谐"忌太直，借助于"隐"，"谐"可巧妙地到达讽刺嘲笑的目的。谜语是"隐"（谜面）和"秀"（谜底）的巧妙结合，谜语和歇后语都是隐语，有时也有"谐"的效果。朱光潜还指出，"谜语不但是中国描写诗的始祖，也是诗中'比喻'格的基础"③，"隐语用意义上的关联为'比喻'，用声音上的关联则为'双关'"④。也就是说，诗歌和谜语同源，两种文学样式从产生之时就是完美的结合体，诗歌隐语中，"比喻"和"双关"具有重要的审美意义。

（二）谜体诗英译的美学价值

谜体诗是诗与谜同体，利用形、音、义的变异形式的暗示，用表面隐语的形式表达暗含的内容，语言形象生动，隐与露巧设奇妙，含

---

① 朱光潜：《诗论》，北京出版社 2005 年版，第 26 页。
② 同上书，第 39 页。
③ 同上书，第 43 页。
④ 同上书，第 46 页。

蓄幽默。"谜语最基本的独具的艺术特色是重隐括、重回互、重暗示。"① 因此，谜体诗的"隐"与"显"、"藏"与"露"的巧设方式尤为重要。谜体诗英译要体现这种暗示性和诱导性的特色，合理再现"隐""秀"模式。例如，《红楼梦》第二十二回贾家制作灯谜，元春作的谜体诗如下：

能使妖魔胆尽摧，身如束帛气如雷。

一声震得人方恐，回首相看已成灰。

译文一：

Monsters I can affright and put to flight；

A roll of silk my form，my thunderous crash；

Strikes dread into the hearts of all；

Yet when they turn around I've turned to ash.

（杨宪益　戴乃迭　译）

译文二：

At my coming the devils turn pallid with wonder.

My body's all folds and my voice is like thunder.

When alarmed by the sound of my thunderous crash.

You look round I have already turned into ash.

（霍克思　译）

元春的谜语诗的谜底是爆竹，谶语暗示了元妃不幸早亡、贾家在

---

① 买鸿德：《曲回别趣，深藏妙机——古诗类说之七：古代谜体诗浅说》，《西北民族学院学报》（社会科学版）1993 年第 4 期。

朝中失去政治靠山，昔日的奢华顷刻化为灰烬。两种译文都译出了谶语的暗示性，保留了原诗的隐语的"辞欲隐而显"的艺术特征，"隐"在"秀"外，引起读者的丰富联想。杨译和霍译都注重翻译用韵，其中，杨译用 affright 和 flight 是押阳韵，且 affright、flight 和 form 是押头韵/f/，其声音的暗示性使人联想到爆竹在空中飞动的情景，此外，crash 和 ash 押尾韵/－ash/，且/－sh/连同 strike 和 silk 中的/s－/，使人联想到爆竹落在地上发出的"丝丝"声。霍译的尾韵是随韵（英雄偶句）aabb 式，令人联想到法语诗中属于古典悲剧性的相应韵式，深谙欧洲文化的霍克思自带这种文化的诱导性。可见，两种译文的"隐"不仅隐在意"秀"之外，而且隐在韵"秀"之外，其译艺的隐括和藏奇，可见一斑。

（三）汉诗英译双关"谐""讔"的美学价值

无论是谐音双关，还是语义双关，都是以一个词表层语音之"秀"（同音、近音异义和一词多义及同形异义）后面，潜藏着深层的另一个词之"隐"意，"秀"（表面意义）和"隐"（深层含义）相互配合，音韵和谐，妙趣横生，幽默含蓄，风趣生动，耐人寻味，以表达含蓄、曲隐的思想感情。但两全其美在翻译中难以兼顾，只好有所割舍。例如，王维的诗歌《柳浪》，折柳就代表惜别之情，"柳"与"留"谐音，"浪"与"郎"谐音。在英语文化里，weeping willow 表示悲伤之情，因此，willow 的联想意义是"忧伤"，宇文所安把"柳浪"直译为"Willow Wave"，并加注释解释了"柳"与"留"谐音、折柳送别的文化内涵。与此类似，李白的《忆秦娥》里有两句词："年年柳色，/霸陵伤别。"许渊冲译为"Year after year, do you not grieve/To see' neath willow people leave?"译文也是只译出了表层意义，深层意义还有待读者自己去揣摩。有时译者译出深层的"隐"意，放弃原诗的"秀"意（意象）。如《红楼梦》的《护官符》中有两句：

原诗：

丰年好"大雪"，珍珠如土金如铁。

译诗1：

The Hsuehs in their affluence

Are so rich and grand.

Gold is like iron to them

And pearls like sand.

（杨宪益　戴乃迭　译）

译诗2：

The Nanking Xue

So rich are they,

To count their money

Would take all day.

（霍克思　译）

原诗中"雪"与金陵大家族"薛"谐音，两种译文不约而同地采用了音译法译出了原诗的深层意义，即"薛家"，但都没有保留表层意义，舍"秀"留"隐"，译诗显得很直白，少了几分"谐趣"，这也是不得已而为之。不过，译诗略加变通，基本再现了原诗的谐音效果，是一种更高的审美境界。如：

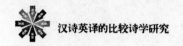

原诗：

春蚕到死丝方尽，蜡炬成灰泪始干。

（李商隐《无题》）

译诗：

The silkworm till its death spins silk from love – sick heart；

The candle only when burnt has no tears to shed.

（许渊冲　译）

原诗中的"丝"谐音"思"，巧用谐音，以蚕丝谐情思，以烛泪喻相思之泪，其语音的审美意义至善至美，译诗保留了 tear（眼泪和泪状物）的多义性，再现了意义的双关美，而"丝"与"思"的谐音，虽然没有完成保留，但通过 silk 和 love – sick heart 的对举，谐音之"隐"意由隐到显，"隐""秀"并置，意义的"缺场性"转化为"在场性"，且安排了 silkworm、spin、silk 和 sick 构成头韵，以功能对等的方式，再造了原诗的意象和意境，实现了一种新的"隐""秀"审美关系。

（四）汉诗英译的语音飞白的美学价值

"明知其错，故意记录、援引或运用白字的修辞手法叫飞白。"[1]飞白包括语音飞白、字形飞白和语义飞白。诗歌的语音飞白可产生滑稽幽默和讽刺的特殊效果。例如，《红楼梦》第九回里贾宝玉的小厮李贵说了一句话：

---

[1]　李定坤：《汉英辞格对比与翻译》，华中师范大学出版社 1994 年版，第 390 页。

　　哥儿已念到第三本《诗经》，什么"呦呦鹿鸣，荷叶浮萍……"

译文一：

The young master has studied three volumes of the Book of Songs, down to "Yu - yu cry the deer, lotus leaves and duckweed."

（杨宪益　戴乃迭　译）

译文二：

Master Bao has read the first three books of the Poetry Classic, sir, up to the part that goes

'Hear the happy bleeding deer

Grousing in the vagrant meads.'

（霍克思　译）

　　《诗经·小雅·鹿鸣》的原诗是："呦呦鹿鸣，食野之苹。"但李贵不识字，误听为"荷叶浮萍"，鹦鹉学舌地模仿宝玉念念之词，令人忍俊不禁，增添了小说的"谐趣"。杨译直译为 lotus leaves and duckweed，译出了原文飞白的实象，却没有译出飞白的效果，把语音"隐"的效果显露出来，只有"秀"，没有"隐"，失去了滑稽可笑的"谐"味。霍译巧用飞白，以语音相近的词 grousing（牢骚）译"食野之苹"中之"食"字，代替 grazing（食草），又用 bleeding（流血）代替 breeding（饲养），几乎天衣无缝，滑稽幽默，巧妙保留了原诗飞白的"谐讔"之美。

　　因此，《文心雕龙》的"隐秀"美学观引入汉诗英译批评，极大地改善了诗歌翻译研究的生态环境，为汉诗英译批评提供了美学研究的新视角。原诗"重旨"和"复意"之"隐"美，以及原诗的"独

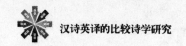

拔"和"卓绝"之"秀"美，在译文里能否得到再现，是检验译诗忠实性的重要标准。同时，原诗和译诗之间的"谐""讔"关系的处理方式的不同，体现了译者的审美主体性和译诗不同的美学价值。

第三节 "随物赋形"和"随人著形"诗学 观念与汉诗英译批评

翻译批评是翻译的衍生物，汉诗英译批评是汉诗英译的必然产物。西方翻译家英译汉诗历经一个多世纪，传教士、外交官、诗人和职业汉学家翻译了大量的中国古典诗歌，他们同中国翻译家的翻译选材、目的、策略、方式和传播效果不尽相同，中外学者对中西译者的翻译批评也见仁见智。王佐良较早关注到英美译者的汉诗英译的批评研究，①但时至今日，学界还在争论不休。这不仅是"谁来评"和"为谁评"的问题，而且更重要的，批评的标准是什么？批评的标准和翻译的标准有何异同？谁来译？为谁而译？为什么而译？如何译？这些都值得从不同的视角作深入的探讨。典籍翻译研究热潮中涌现的汉诗英译研究者，人人都是批评者，成绩斐然，但是对西方译者，特别是对西方汉学家的汉诗英译批评还缺乏有分量的成果，中国古代的诗性智慧是珍贵的文化传统的结晶，不仅是诗歌创作的经验总结，而且对我们思考汉诗英译的批评方法也有重要的启示意义。

---

① 参见王佐良《另一面镜子：英美人怎样译外国诗》，《中国翻译》1991 年第 3 期。

一　"随物赋形"与翻译的忠实度

中国古典诗歌创作中，诗人的诗话是创作经验的高度概括，也是中国特色的诗学理论，尽管大多数诗话不及《文心雕龙》的系统性和理论性，但创作经验的寥寥数语对文论研究有重要的启迪作用。"随物赋形"是苏轼提出的诗学概念，苏轼在《画水记》云："画奔湍巨浪，与山石曲折，随物赋形，尽水之变，号称神逸。"苏轼又在《自评文》云："吾文如万斛泉源，不择地皆可出，在平地滔滔汩汩，虽一日千里无难。及其与山石曲折，随物赋形，而不可知也。所可知者，常行于所当行，常止于不可不止，如是而已矣。其他虽吾亦不能知也。"他反复强调在文学创作中，"随物赋形"指潇洒自如地描摹客观事物，描写手法随着文章风格的变化而变化，灵活多变是为了适应文章内容表达的需要。这里隐含着文学创作的忠实自然观，对后世影响极大。

"随物赋形"可以作为文学批评的尺度之一，评价作家的创作风格的特征，并可引入文学翻译批评领域，作为特定类型翻译的批评标准。汉学家的汉诗英译属于学术翻译，为中国诗歌的研究提供了丰富的"原装"素材，便于展示汉诗的结构、修辞和语言的"章法"，为分析的细致化作铺垫。正如"随物赋形"在创作中自然描摹客观事物的"忠实性"，以灵活多变的语言风格再现事物的复杂性和曲折性，在翻译批评领域，"随物赋形"可以借用来作为方法论的理论基础，分析汉学家翻译中译诗同原诗的关系，探讨学术翻译中译文同原文的对应程度。

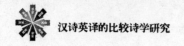

（一）语言结构

诗歌的语言结构是典型的"形"，汉字音节的单音性，字形的方块状，便于诗句组合的整饬性，汉诗结构短小精悍，字位灵活，视觉效果悦目。英语音节的多样性和词形的非规则性，不易组合对称的句式，且语法规则的作用明显。汉学家的汉诗学术翻译体现了"随物赋形"的基本原则。对汉学家而言，关注原诗的语言结构模式比关注译诗的本土化特征更重要，所以，形式的对应，甚至"形美"是优先考虑的因素，这便于解释原诗的形式的价值。汉学家讲究"形美"，同许渊冲的"三美论"中的"形美"迥然不同。许氏从中国译者的角度（也是从中国读者的角度）看待汉诗英译，不是从西方读者的审美需要和学术需要出发，特别是其翻译的读者对象也不是西方汉学界，而主要在中国本土发行，其"形美"标准很难得到西方读者的认同，难以产生影响，从而受到学界的批评。① 但是，针对不同目标对象的"形美"，意义大不相同，汉学家的翻译不是面向普通读者，而是面向汉学界的精英，他们的形式对应对汉诗研究具有重要的学术价值，是研究汉诗结构的利器，他们在翻译中坚持"随物赋形"，可以展现译文的形式特征，借此可发现翻译在研究过程中的运行轨迹。例如：

原诗：

　　西驰丁零塞，
　　北上单于台。

（陈子昂《感遇》其三十八）

---

① 参见周红民《中国古典诗歌翻译：究竟为谁而译？》，《外语研究》2014 年第 4 期。

译文：

To the west I galloped to Ting－1ing's passes,

to the north I climbed the terrace of the Khan.

宇文所安在唐诗翻译中，以再现原诗的整饬美为翻译美学的目标，对汉诗中的平衡诗学有独到的见解，把形式主义的美学同汉诗的骈体化美学融合起来，译文随原诗的对称美，赋予英语的形式对称美，结构顺序对应，都是"To... I..."结构模式，甚至连字数都对等，都是十个词。又如，

原诗：

蜗房卷堕首，
鹤颈抽长柄。

（张说《咏瓢》）

译文：

A snail's shell—its hanging head curls up;

A crane's neck—it sprouts a long handle.

（宇文所安　译）

此例中两句译诗的句型结构基本一致，"蜗房"和"鹤颈"分别译为 a snail's shell 和 a crane's neck，在译诗中以并列形式作为特写，两者的后面都带有破折号，后接意义完整的句子，在形式和意义上两句译诗都同原诗保持高度对应关系，不过，第二句译文同原诗更相似。又如，陶渊明的《拟古》（其四）：

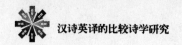

原诗：

仲春遘时雨，始雷发东隅。

众蛰各潜骇，草木纵横舒。

翩翩新来燕，双双入我庐。

先巢故尚在，相将还旧居。

自从分别来，门庭日荒芜。

我心固匪石，君情定何如？

译诗：

Spring's second moon brings timely rain;

Thunder rumbles in the east.

Insects stir from secret places.

Grasses, trees and brush spread green.

Wings! Wings everywhere! The new come swallows,

pairs and pairs, within my home

find last years nest still here,

and come, together, to rest, again.

Since you and I were parted, I have

watched the garden gate pile up in leaves.

My heart's no rolling stone.

And yours?

Do you love me still?

(Seaton 译)

上例是美国汉学家 J. P. Seaton 的译文，从句法结构来看，译诗同原诗大致对应，如描写燕子飞翔神态的两组叠字"翩翩""双双"也译为叠词"wings！Wings"与"pairs and pairs"，是形象和形态的生动模仿。另外，"新来燕"译为"The new come swallows"，几乎没有考虑英语的语法形式，以求得极端的对等。不过，Seaton 的译文的语言比较灵活，且不是研究著作中的译文，而是中国诗歌选集中的译文，但仍然是"随物赋形"的典型，译文准确地再现了原诗的意义和句法特征，保留了原诗的神韵。宇文所安和 Seaton 两位汉学家都不约而同地坚守译诗语言结构同原诗的对应，意义相符，都受到了西方读者的好评。

（二）修辞

修辞学是西方人文科学的支柱之一，新修辞学不是一个新的学科，但它继承和发展了传统修辞学，对听众/读者的划分更加细致明确，对文本而言，读者意识更强，显示了与时俱进的特色。文学创作是修辞体验的过程，文学阅读也是修辞体验的过程，是体验作家的作品的修辞话语和审美的过程。中国古典诗歌富有修辞内涵，需要读者用心体验，而作为特殊读者的译者，必须对原诗进行跨文化的修辞体验，获取原诗的修辞密码，在译诗中进行修辞重构。汉学家在翻译中的修辞体验，首先落实在对原诗的修辞特色的认知和投射方面，这是他们的研究者的职业需要使然。例如：

兴庆池侍宴应制

沈佺期

碧水澄潭映远空，紫云香驾御微风。

汉家城阙疑天上，秦地山川似镜中。

向浦回舟萍已绿，分林蔽殿槿初红。

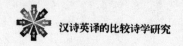

古来徒奏横汾曲，今日宸游圣藻雄。

译文：

A clear pool of emerald waters reflects the distant void.

A scented wood carriage in a purple cloud rides the faint breeze.

Wall and towers of the House of Han seem as though in Heaven.

Mountains and streams of the land of Ch'in are as in a mirror.

The turning boat faces the shore—waterweeds already green;

A hall in the midst of the forest, hidden—the hibiscus are turning red.

Since ancient times men have yearned in vain for the joy of crossing the Fen.

But on the royal excursion today, His Majesty's rhetoric is stronger.

（宇文所安 译）

诗中的"御风"语出《庄子·逍遥游》："夫列子御风而行，泠然善也。""御风"是"神仙"的隐喻，指羽化成仙，原诗中代指皇帝，译文是"ride breeze"，保留了隐喻的说法，并在诗后作了解释。"疑天上"和"似镜中"都是比喻，译文分别译为"as though in Heaven"和"as in a mirror"，都是比喻修辞。"宸"是帝王的住所，代指"帝王"，译文把这个转喻直接明确为royal，此外，把"圣"译为His Majesty，出于满足读者的修辞需要。可见，译者在翻译中的"随物赋形"，一方面随原诗的修辞之"物"赋对应的修辞之"形"，以便读者了解原诗的修辞特点；另一方面，为了方便读者的接受，译文还作了适度的归化处理，弱化了比喻修辞。

汉学家的"随物赋形"并不是机械的赋"形",而是要适度观照读者的接受能力。有时,有的汉学家的汉诗英译灵活自如,如泉水般自由自在。不同的汉学家对汉诗的语言的美学形式、情感和意蕴理解不同,依据的训诂学文献不同,修辞的翻译策略和方法也不相同。"新修辞学认为,对事物的认识不只局限一种视角,对事物的知识不是永恒不变的,它依认知主体而异,知识与主体的认知分不开。"① 汉学家的认知差异在译文的修辞中可见端倪。例如:

野有死麕

野有死麕,白茅包之。

有女怀春,吉士诱之。

林有朴樕,野有死鹿。

白茅纯束,有女如玉。

舒而脱脱兮!无感我帨兮!无使尨也吠!

译文:

In the Wilds, a Dead Doe

In the wilds, a dead doe,

white rushes wrap it.

In spring's embrace, a girl

and lucky, a lordling

that treasured her there.

A stand of oaks, in the wilds,

---

① 邓志勇:《新修辞学的体验观》,《当代修辞学》2016 年第 3 期。

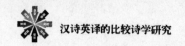

a dead doe, in white rusheswraped,

a girl, pure as jade.

"Oh, easy, undress, undress me, oh!

I carenaught for my robe, my dear:

but can you keep the dogs from barking!"

（Seaton 译）

译者在翻译过程中，有些地方把"随物赋形"发挥到极致，"克隆"原诗的语言表达方式，如"white rushes wrap it"（白茅包之），"in white rushes wraped"（白茅纯束），"a girl, pure as jade"（有女如玉），这些词语和修辞都是高度的模仿。但与此相反，有些地方的翻译很自由，主要是译者自己的理解，如"舒而脱脱兮"，根据《说文解字》，"舒"即"缓"，"脱"是"娧"的通假字，《说文》解释为"好"。此句意为亲昵的动作要轻柔，而非"脱衣"，表达了少女在男子面前的理性而又羞涩的心态，译文为"Oh, easy, undress, undress me, oh!""无感我帨兮"（别碰我的围裙）译为"I care naught for my robe, my dear"（亲爱的，我不想穿衣服），文意如现代西方色情场所脱衣舞女的轻佻表演，译者这样翻译，可能是为了取悦当代西方嬉皮士式的读者。这也同译者的翻译思想分不开，Seaton 十分赞同意大利谚语"翻译即叛逆"，以及美国诗人罗伯特弗罗斯特所言："诗是翻译所失。"① 不过，汉学家翻译汉诗，大都严谨、忠实，诗形和诗意都符合原诗。

---

① J. P. Seaton, *The Shambhala Anthology of Chinese Poetry*, Boston：Shambhala Publications, inc., 2006, p. xi.

（三）意象

汉诗中的意象是意境的基本元素，是诗歌的核心构件，包括主观和客观因素，意象的密集度反映了诗歌的可读性和文学价值。莫砺锋指出，唐诗名篇的意象组合的普遍规律为"疏密相济"，诗歌意象"比较合理的"密度是许多疏密有致的佳作的标志。① 翻译中的意象密集度的再现是"随物赋形"的表达能力的表征，汉学家为了讲解汉诗中的意象，一般在翻译中不会轻易省略意象，意象在译文中保存越完整，研究素材越全面，对阐释十分有利。例如，韩愈的《陆浑山火和皇甫湜用其韵》中的密集意象：

> 虎熊麋猪逮猴猿，
>
> 水龙鼍龟鱼与鼋，
>
> 鸦鸱雕鹰雉鹄鹍，
>
> 燖炰煨爊孰飞奔，
>
> 祝融告休酌卑尊。

译文：

> Tigers, bears, deer, boarlings, even the apes and gibbons,
>
> Waterdragons, lizards, turtles, fish, and tortoises,
>
> Ravens, owls, vultures, hawks, pheasants, snowgeese, and quail—
>
> Allboiled, broiled, roasted, ash – baked—
>
> Which of them could fly or flee?

---

① 参见莫砺锋《论唐诗意象的密度》，《学术月刊》2010 年第 11 期。

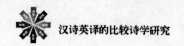

Thefire – god was taking a day off to feast.

（Owen　译）

韩愈的这首诗以险、怪、奇而著称，意象的密集度极高，描写了陆浑山火的汪洋恣肆，各种动物狼奔豕突，形象生动。译文中的各种动物意象，如 tiger，bear，deer，boarling，ape，gibbon，waterdragon，lizard，turtle，fish，tortoise，raven，owl，vulture，hawk，pheasant，snowgeese，quail，绵延铺陈，全部排列。而各种火势的意象，如 boiled，broiled，roasted，ash – baked 等，都是过去分词形式，排列也很整齐，甚至还有押头韵的节奏感。宇文所安的翻译充分施展"随物赋形"的审美主体性，所有的意象都一一再现，由此可见译者严谨求实的态度，便于读者了解原诗意象的密集度，作为批评的微观视域。又如，沃森翻译寒山诗一首：

原诗：

> 鸟语情不堪，其时卧草庵。
>
> 樱桃红烁烁，杨柳正毵毵。
>
> 旭日衔青嶂，晴云洗渌潭。
>
> 谁知出尘俗，驭上寒山南。

译文：

The birds and their chatter overwhelm me with feeling:

At times like this I lie down in my straw hut.

Cherries shine with crimson fire;

Willows trail slender boughs.

The morning sun pops from the jaws of blue peaks;

Bright clouds are washed in the green pond.

Who ever thought I would leave the dusty world,

and come bounding up the southern slope of Cold Mountain?

（沃森 译）

　　唐朝默默无闻的僧人、三流诗人寒山的诗歌在美国产生了重要影响，自从 Gary Snyder 英译了 24 首寒山诗后，在美国掀起了翻译寒山诗的热潮，寒山诗在美国受到的追捧充满了传奇色彩，并返回中国，唐诗研究界开始重新评价寒山诗的价值，这种现象受到我国翻译界和比较文学界的高度重视。原诗为五言诗，意象密度错落有致，参差不齐，第一联和最后一联的意象都很稀疏，分别有"鸟语"（birds and their chatter）、"草庵"（straw hut）和"尘俗"（dusty world）、"寒山南"（southern slope of Cold Mountain），其中"鸟语"译为两个意象 bird 和 chatter。第二联和第三联意象的密度较高，译文中的 cherry, crimson fire, willow, slender bough, morning sun, jaws of blue peak, bright cloud 和 green pond 分别对应"樱桃""红烁烁""杨柳""毵毵""旭日""青嶂""晴云"和"渌潭"，只是"杨柳"仅译出了 willow（柳），缺失了 poplar（杨），"渌"译为 green 似乎不妥。译文基本兼顾了原诗的意象的密度和强度，勾勒了一幅超凡脱俗的画面。沃森在意象翻译中，把"随物赋形"的诗学思想嵌入译诗意象的再现和意境的再造之中。意象，特别是民族文化含量不高的意象，可译性高，译文同原文的契合度高，形态的对应度较文化的对应度强。

　　汉学家在处理文化意象的翻译过程中，有时对意象作适度变形，或者意象词语前面加上限定词作解释。例如，陈子昂《入峭峡安居溪伐木溪源幽邃林岭相映有奇致焉》一诗曰：

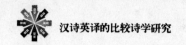

誓息兰台策，将从桂树游。

因书谢亲爱，千岁觅蓬丘。

译文：

I vow to give up my plans in the Royal Library,

go travelling in the hermit land of cassia.

Thus I write to take leave of friends and loved ones,

for a thousand years I'll search for Fairy Hill.

（宇文所安　译）

"兰台"本是楚国的台名，后来演变为朝廷收藏历史典籍的图书馆，在唐朝，秘书府一度改称"兰台"。上例中的"兰台"显然指官场，译文是 Royal Library（皇家图书馆），"桂树"同吴刚被罚在月亮上砍伐桂树做无用功的神话有关，隐含着远离尘世之意，后来通常表示辞官归隐林泉，过着隐居生活，译文为 hermit land of cassia，在"桂树"的拉丁名 cassia 前加上 hermit（隐居），hermit 本意指基督徒在基督教圈外隐居，现在也指脱离社会生活的隐居，"蓬丘"指蓬莱山，是隐士向往的仙境，译为 Fairy Hill，功能对等。这些文化意象的翻译也基本是"随物赋形"的具体化，虽有变异，但基本形态没变。这是汉学家翻译中翻译理念的自觉性同"随物赋形"的契合。

二　"随人著形"与翻译的改写

"随人著形"是明朝"文宗"宋濂提出的诗学概念，他在《林伯恭诗集序》中指出："诗，心之声也；声因于气，皆随其人而著形焉。是故凝重之人，其诗典以则；俊逸之人，其诗藻而丽；躁易之人，其诗浮以靡；苛刻之人，其诗峭厉而不平；严庄温雅之人，其诗自然从容而超乎事物之表。如斯者，盖不能尽数之也。"① 在诗歌创作中，不同精神气质的诗人的诗风迥然不同，诗人的创作是"心声"的自然流露，诗人的性格对风格起决定作用。不过，诗人性格和气质的形成有其复杂的心理、社会环境、诗歌潮流和诗学观方面的原因。

"随人著形"不仅表现在诗歌创作方面，而且对诗歌的翻译风格也有合理的解释力。不同的译者因生活习惯、学习经历、工作阅历、审美倾向、政治立场和才能不同，特别是精神气质和性格不同，翻译风格也随之不同。这是因为诗人翻译家同职业汉学家有不同的文学追求，他们对待原诗的态度不同，翻译的目的也不一样，读者对象的定位不同。一般而言，诗人翻译家更看重译文的文学性，时代的诗学潮流或多或少会操纵译者的审美主体性，译者的诗学观也是发挥作用的重要因素，因而在汉诗英译中，改写的可能性更大。

（一）译者的生活体验与翻译的风格

译者的生活和工作经历会对译者的审美情趣和审美体验产生影响，最终会在一定程度上影响译者的精神气质，译者在翻译中的选词可能依赖于日常生活的感受，把生活经验融入审美体验之中。史耐德（Gary Snyder）曾经英译过日本西行法师的诗歌，其中有一句译文是：

> By aswarmp
>
> in anautum evening
>
> ashige flies up

---

① 左东岭：《论宋濂的诗学思想》，《首都师范大学学报》（社会科学版）2009年第4期。

史耐德观察到啄木鸟（即日语 shige）飞的样子是爆发式向上奋飞的，而不是先下坠再上飞或平飞，所以选择 fly up 一词。他通过视觉图像获得的经验是翻译中语言选择的基础，这也为他的汉诗英译创立了样板。史耐德从小生活在美国西部的荒野，青年时代很长时间在与世隔绝的山林中当护林员，深刻体会了大自然中的白云、树林、山涧诗意，并阅读了大量的禅宗著作，甚至打坐参禅。这些无疑丰富了禅意的审美内涵。他在汉学家陈世骧的帮助下，开始研究和翻译寒山诗，一下子找到了与禅诗通灵的感觉，寒山诗中的自然生态观同他的生活体验极其契合，因此，他翻译寒山的诗歌便是自然而然的选择，且寒山诗中的质朴、简洁、空灵的风格也影响了他的翻译风格。例如，寒山的《杳杳寒山道》：

原诗：

　　　杳杳寒山道，落落冷涧滨。

　　　啾啾常有鸟，寂寂更无人。

　　　淅淅风吹面，纷纷雪积身。

　　　朝朝不见日，岁岁不知春。

译文：

Rough and dark—the Cold Mountain trail,

Sharp cobbles—the icy creek bank.

Yammering, chirping—always birds

Bleak, alone, not even a lone hiker.

Whip, whip—the wind slaps my face

Whirled and tumbled—now piles on my back.

Morning after morning I don't see the sun

Year after year, not a sign of spring.

（Snyder　译）

寒山的这首诗很特别，每句的开头都是叠字，史耐德对叠字的翻译方法不尽相同，"淅淅""朝朝"和"岁岁"使用了叠词"whip, whip""morning after morning"和"year after year"，但其他叠字几乎都是分解处理，以多样化形式表达原诗叠字的意义，尤其是"yammering, chirping"（啾啾）和"whirled and tumbled"（纷纷）分别以并列近义词分词的形式，表达了原叠字的意义。译诗句法的语言打破了常规，多为并列词组，只有三句是完整的句子，译文简洁、通俗、明了，把原诗的空灵之美的意境展现在读者面前。lone hiker（孤独的远足者）把诗中的"人"具体化了，这可能是他把过去生活体验中观察到的现象直接移入译诗之中了。

（二）译者的创作冲动与翻译的风格

诗人译者的审美意识更具自主性，翻译中的个性化的创作成分高，其翻译风格凸显"随人著形"的风貌。王红公作为美国 20 世纪"垮掉派"的先锋，主张革新，在道义上主张基于为"整个人类的责任"的"革新"（revolutionary），① 在文学上提倡并身体力行地进行英语诗歌创作的开拓创新，这种责任感驱使他更加关注美国诗歌的命运，对其诗歌翻译活动产生了深远的影响。他的"诗歌翻译同情观"是译者翻译风格转换的基石，换言之，同情是译者审美观照和审美转换的前提条件，同情是审美的基础，审美是同情的结果。诗歌翻译中的审美移情也有赖于同情。

---

① Morgan Gibson, *Revolutionary Rexroth*, Hamdon: Archon Books, 1986, p. 24.

近代经验主义美学家博克说："同情应该看作一种代替，这就是设身处在旁人的地位，在许多事情上旁人怎样感受，我们也就怎样感受。"① 正如朱光潜所指出的，近代美学的"移情说""内模仿"说都以"同情说"为基础。② 译者的"同情"观决定了译者必须和诗人保持同样的"身份"，和诗人同呼吸，共患难，对诗人的思想和情绪感同身受。因此，译者看重的是诗人的情感，而不是原诗的语言。这种创译升华了原诗的精神价值和审美价值，是对原诗的审美核心的模仿，而不是对原诗结构的"忠实"模拟，这有别于传统翻译观。译者在"同情"的基础上，把自己的情感化入原诗，把原诗的感情经验移入译诗，从"由我及物"（投射译者的情感审美体验），经过审美"观照"（我与物之间的交织和融合），到"由物及我"（反射原诗的情感要素），实现译者的审美"移情"。

"同情"与"他者"之间关系密切，"同情"一方面，可增加译者和原诗人的亲密接触，感同身受；另一方面，也可载入自己的情感经验，造成译者对诗人的情感疏离，把"他者""他者化"。王红公的情感翻译倾向，强调翻译不是认知原作（"理解原作"），而是"感受原作"③，在某种程度上是对原诗人话语权力的解构，在审美上是"他者中的他者"对原诗审美意蕴和情感的"他者化"。王红公声称："成功的诗歌翻译的基本标准是同化。"④ 也就是说，译者在感受原诗的审美过程中，用读者可接受的美学话语进行"归化"，移植自己的情感入译诗中，"把自我投入他者的欢娱之中的作家学到的不仅是文

① 转引自陈明《艺术创新思维概论》，安徽大学出版社 2006 年版，第 21 页。
② 同上。
③ 李永毅：《雷克斯罗斯的诗歌翻译观》，《山东外语教学》2006 年第 1 期。
④ Rexroth, Kenneth, "The Poet as Translator", Bradford Morrow（ed.）*World outside the Window: the Selected Essays of Kenneth Rexroth*, New York: New Directions Pub. Corp., 1987, p. 171.

字的技巧，而是学到了诗质"，"想象定会不仅召唤消失的经验细节，而且可使他者完满"。① 即扩大受众的情感想象力，诱导读者的审美转向，并增大译者的创作训练机会，为诗歌创作提供"潜文本"样式，实现美学情感的创新。例如，杜牧《赠别·其二》（*We Drink Fare-well*）：

原诗：

多情却似总无情，唯觉樽前笑不成。

蜡烛有心还惜别，替人垂泪到天明。

译文：

Chilled by excess of passion,

Unsmiling, we drink farewell.

The candle, overcome by sorrow,

Weeps for us all through the night.

译诗在基本表现原诗情感的基础上，加大了创译的力度，以 Chilled（失去热情）一词译"无情"，以 overcome by sorrow（笼罩悲伤的情绪）译"惜别"，着重强化了诗人与感情笃深的歌女的悱恻缠绵的情思，译诗拆解了原诗的形式藩篱，植入了译者自己的同情因素，分别用 passion 和 unsmiling，candle 和 sorrow 成对的准押韵效果，用通俗的语言向读者解释翻译的合理性，渲染译诗的悲情。王红公认为，译者不是代言人，而是竭力辩护的"律师"，以说服

---

① Rexroth, Kenneth, "The Poet as Translator", Bradford Morrow (ed.) *World outside the Window: the Selected Essays of Kenneth Rexroth*, New York: New Directions Pub. Corp., 1987, p. 190.

"陪审团"。① 即诗歌翻译主要是"律师"（译者）同"陪审团"（读者）之间的关系，译者的任务如同律师设法说服或证明自己主张的正确性，接受自己翻译方式的合理性。译者以情感人，以理服人，打动读者的心，俘获读者的审美同情，在译文中留下自己的声音。王红公的"同情"翻译的心理基础，隐含着张扬个性的文学实验，这同"随人著形"的诗学观点在本质上有相似性。

尽管如此，职业汉学家的忠实翻译同"随物赋形"的契合性和诗人翻译家的创新同"随人著形"的相似性，并非绝对关系，汉学家的汉诗英译不乏改译的实例，而诗人译者的翻译也有很多是忠实翻译的典范，至少有部分翻译很规范。"随物赋形"和"随人著形"作为汉诗英译的批评方法，虽然不是尽善尽美，但是可作为翻译批评研究的新视角。

第四节　接受美学的"空白"理论与汉诗英译批评

宇文所安编译的《中国文学选读》（*An Anthology of Chinese Literature*），向西方译介了大量中国唐诗。对英语读者而言，其译作"脍炙人口，易于接受"②，颇具研究价值。"空白"作为接受美学中的核心概念，对探究诗歌译作的意蕴美学价值及读者的接受具有重要借镜意

---

① Rexroth, Kenneth, "The Poet as Translator", Bradford Morrow (ed.) *World outside the Window: the Selected Essays of Kenneth Rexroth*, New York: New Directions Pub. Corp. , 1987, p. 171.

② Liu Tao Tao, "Review of An Anthology of Chinese Literature: Beginnings to 1911", *Notes and Queires*, Vol. 4, 1997.

义。然而当前对诗歌"空白"的研究，多集中在对意象、意境"空白"的解读及其所具备的艺术审美价值上，对诗歌中"空白"的翻译研究有所涉及，但还不够深入，缺乏在文本细读基础上，对特定译者的翻译策略研究，尤其缺乏深层次的解读与剖析。鉴于此，本节以"空白"为切入点，研究宇文所安的唐诗翻译策略，深入解读宇译本中所渗透的文化、美学、哲学倾向及根源。

一　"空白"及其对诗歌翻译的借镜意义

"空白"是接受美学的核心概念。接受美学主要代表人物伊瑟尔认为，"文学作品的文本所使用的语言"是一种"具有审美价值"的"表现性语言"，包含许多没有得到质的确定性的潜在因素，他称之为"不确定性"与"空白"。① 这种"不确定性"与"空白"构成了一个由多层次结构构成的意向性客体，就是文本的所谓"召唤结构"，读者的阅读活动就是对"召唤结构"中"空白"的建构。"空白"也是中国古典文论中的一个重要范畴。与西方当代文论清晰明确的"空白"概念不同，中国古代文论的"空白"概念"模糊"而"无限"。② 尽管其与西方文论中"空白"产生于不同的哲学和诗学背景，但在内涵和艺术价值上颇有相通之处。苏轼云："故了群动，空故纳万境。"此处"空"即为"空白"之意。中国古代的书法中讲求"墨出形，白藏象"，绘画美学中"空白变化，计白当黑"的理念，都凸显了"空白"在艺术美学价值传真当中的重要作用。

"空白"对唐诗翻译具有重要的借镜意义。在中国古典诗学中，

---

① 马新国：《西方文论史》，外文出版社 2002 年版，第 581 页。
② 参见李克和、张唯嘉《中西空白之比较》，《外国文学研究》2005 年第 1 期。

空白是艺术美不可或缺的重要构成。① 作为古典文学精髓的唐诗，重要的美学表征就是"空白"的存在。唐诗英译的过程，"不是词句的形式对应，而是语义信息和美感因素的整体吸收与再创造"②。空白"没有得到质的确定因素"，恰是语义信息和美感因素的重要载体。因而对"空白"的处理与翻译精当与否，是衡量译作信息传真及意蕴美学价值传真的重要标准。译者对唐诗中空白的翻译策略，彰显了译者在翻译过程中的文化取向，反映了译者在翻译审美上的态度，也在一定程度上体现了译者在处理翻译活动各主体间关系上的原则。本节将以宇文所安英译孟郊诗歌为例对此加以细化阐释。

二　宇文所安对"空白"的翻译策略

孟郊的诗作以其"造语奇特、峭硬""凄苦"的独特风格和"精炼新颖"的语言而颇具艺术魅力。孟郊是宇文所安"心目中最为杰出、独特的诗人之一"③。其《中国文学选读》中英译了孟郊诗歌14首。然而，到目前为止，鲜有对孟郊诗作的宇文所安英译本研究。笔者通过对孟郊诗歌的挖掘和分析发现，其诗作中存在这三类"空白"：表象空白、深层空白、综合空白。这些空白按照各自属性分属于三个层面，即语言时空层面、文化时空层面、文学意蕴时空层面。语言时空层面的空白具体表现为语义和语用空白；在文化时空层面，空白的表现形式是互文性文化词内涵的多重性；在文学意蕴时空层面，空白的表现形式是由意象组建的意境所内化的多重解读

---

① 参见李克和、张唯嘉《中西空白之比较》，《外国文学研究》2005 年第 1 期。
② 姜秋霞、权晓辉：《文学翻译过程与格式塔意象模式》，《中国翻译》2000 年第 5 期。
③ 王寅：《如果美国人读一点唐诗——专访宇文所安》，《南方周末》2007 年 4 月 4 日。

及审美空间。宇文所安在英译孟郊诗歌时，差异化地对"空白"进行了处理及翻译。

（一）语言时空层面

在文学作品中，语言文字是构成文学作品的物质材料，是作家借以传达文学形象的物质手段。① 因而在语言时空层面对空白的填补，对原作信息的传真具有重要作用。在这一层面，宇文所安对"空白"的处理主要体现为语义的明确化及语用的个性化：

1. 语义明确化

在孟郊的诗歌当中，语义空白主要表现为语义在能指与所指上存在不确定性，即指称的不可测性。语言作为一种交际符号，其能指与所指之间存在一定差异并不罕见。因此在翻译的过程中需要明确指称，填补空白。例如：

原诗：

风吹柳线垂，

一枝连一枝。

（《春日有感》）

译文：

And the breezes blow willow strands hanging,

Whose eachbrance is twined with another.

---

① 毛荣贵：《翻译美学》，上海交通大学出版社 2006 年版，第 230 页。

原诗中"连"的能指与所指不同于常规用法,"连"本意为相连接、相关联。此句中实指柳枝相互缠绕。诗人勾勒了一幅草木经春雨滋润,春风吹拂,日益茁壮,生意盎然的图景。如将"连"译为"connect",译入语读者接受的信息就会出现语义空白。宇文所安将其译为"twined",精准地把握了原文在语义上的所指,有效地填补了语义空白,使译入语读者得以获取准确信息。

2. 语用个性化

弗罗斯特曾说过,诗就是"翻译中失掉的东西"①。这在很大程度上源于诗歌语言"空白"的美学特性在译本中的遗失。语用空白,"是指语言在特定的语境里使用,可以引发多种理解的话语形式,给读者留下思维空间。驱动读者的审美想象,从而造成'意犹未尽',令人遐想联翩的艺术效果"②。因此,译者在对原文进行个性化解读后,只有尽可能地保留空白,才能实现诗歌美学价值的传真。宇文所安融会东西方文化,其创作的译文充分考虑到了对原作语用空白的保留。例如:

原诗:

> 情爱不在多,
>
> 一夕能伤神。

> (《偶作》)

译文:

> Love's troubles are not in numbers:
>
> just one evening scars the soul.

---

① 转引自张致祥《西方引语宝典》,商务印书馆2001年版,第180页。
② 谭载喜:《翻译·模糊法则·信息熵》,《中国翻译》2010年第4期。

上例中，"情爱"内涵丰富，读者的解读趋于多重化。宇文所安将"情爱"译为"Love's troubles"，是一种个性化的解读视角，自然地为译入语读者保留了多重的解读空间，保真了原作的审美空白，耐人寻味。

（二）文化时空层面

文化的传承与演变离不开文化意象的互文性（intertextuality）。由于唐诗中的很多意象都具有文化互文性，因此诗歌的文化意象对于译入语读者而言存在文化时空层面的空白。宇文所安对其进行了差异化处理，可分为两类：

1. 文化"克隆"

孟郊的诗歌当中引经据典，文化意象的互文性明显。部分文化意象，宇文所安对采用"文化克隆"的策略，只将字面意思译出，不阐明原语的深内涵，甚至舍弃互文性，从而在译文中创设审美空白，让诗歌本身"自行翻译"，延展诗歌的审美视界。例如：

原诗：

> 昔为连理枝，
> 今为断弦声。

> （《感兴》）

译文：

> Before, we were branch twined with branch;
> now I am notes from a broken string.

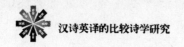

原诗：

清桂无直枝，

碧江思旧游。

（《夜感自遗》）

译文：

On the pure cassia, no straight boughs,

I think on past travels upon the green rivers.

"连理枝""断弦声"均出自典故。"连理枝"，有张正见诗"同心绮秀连理枝"；断弦，北周庾信《怨歌行》"为君能歌此曲，不觉心随断弦"；"清桂"与唐代的科举考试相关。唐人称折桂即为及第之意，这里用以表达折桂不易。宇文所安对文化空白进行了"克隆"，直译文化词，创设空白，置译语读者于广阔的解读空间，迫使其根据自身的文化视界对空白进行个性化填补，在诗歌自身翻译的基础上，品味诗歌的唯美意象。正如蒋骁华所言，"只译典故的字面意思，而不加说明或注释，可以让读者通过大胆、奇谲、出人意表的译文强烈感受到原文的神秘、怪异、有趣、甚至美妙"①。

2. 文化"中立"

宇文所安处理部分文化词时，采用文化"中立"策略，使其"不能太缺乏国家色彩，也不能太富有国家色彩"。这使译语读者能有效把握原诗内涵，在适当的审美距离下，对译文中保留的空白进行玩味探究，增强译文的审美张力。例如：

---

① 蒋骁华：《典籍英译中的"东方情调化翻译倾向"研究》，《中国翻译》2010 年第 4 期。

原诗：

独有愁人颜，

经春如等闲。

（《春日有感》）

译文：

Only the face of a joyless man,

passes spring as if not caring.

"等闲"即为"平庸""平常"的意思，等闲之辈已是惯用成语。译文转化为"not caring"，原文和译文存在认知和审美上的差距。译文既能够表达平庸之人的主要特征"漫不经心，无所事事"，同时又消减了过多的文化色彩，使空白得以保留，激发读者的想象力去思考"not caring"的具体状态，更易于译语读者的解读与情感共鸣。

原诗：

小大不自识，

自然天性灵。

（《老恨》）

译文：

To tell no difference between large and small

is the true nature of things, Heaven's gift.

此句中"小"指蚁，"大"指牛，借以讽世人不解诗。《庄子·逍遥游》中有言"此小大之辨也"。"小""大"在《逍遥游》中颇具哲学思辨的意味，将视界的辩证关系予以明晰。这两句讲人若能超越小大之辨，自可摆脱眼前孤苦景况。译文将其直译为"large and small"，将古老东方文明中凝练的哲学智慧去文化处理，直观化、具体化的译文中立于原语和译语文化，创设了信息和审美空白。同时，"天"译为"Heaven"而非归化处理为"God"。其译文保留了一定的文化色彩和原始意象，但并未过度渲染。正如有学者所言，"宇文所安的译作没有过多地牺牲原作的风格，而是着力将原诗的本来面貌传达给译语读者"①。这对译语读者而言同样创设了解读和审美空白。这种语言本身内化的异质文化无须过度处理，即可激发译语读者对异质文化的猎奇心理，满足其审美需求，也易于激发译语读者对"同一感"的共鸣。

（三）文学意境时空层面

唐诗英译中，对意境的创造性再现，是原作艺术美学价值得以在译入语语境获得生命力的灵魂，因而也是文学意蕴时空层面对空白进行填补的核心内容。宇文所安在文学意境的层面对空白的处理主要体现在以下三方面。

1. 句法异域化

异域化句法是指模仿中国古诗的句法结构所组建的英文句子。这种译法"成为对汉字的直述，成为原文的镜像，而不是以'翻译'的面目出现"②。宇文所安英译孟郊诗歌中，出于对意境空白的凸显，保

---

① David McCraw，"Review of An Anthology of Chinese Literature"，*Southern Humanities Review*，（2），1998.

② 刘禾：《帝国的话语政治》，杨立华等译，生活·读书·新知三联书店2009年版，第257页。

留了这种异域化的句法。例如：

原诗：

冷露滴梦破，

峭风梳骨寒。

（《秋怀之二》）

译文：

Chill dews drip his dreams to pieces,

biting winds comb the bones cold.

孟郊的诗歌用词考究，诗意盎然。原诗"滴""梳"的创造性运用创设了一个冷峭、凄美的意境，读者的想象延宕衍生。宇文所安创作了颇具"镜像效果"的译文，着力"让译入语读者感觉到自己似乎就是在读原作"。在英文的句法中，"drip"和"comb"并无此类用法，但其在诗歌语言中的创造性运用，使得晶莹剔透的"dew"萌生了灵动感，"dream"变得空灵而有形，"pieces"将"梦破"具体化形象化地表现出来；"comb"的运用，使得峭风的无形力量变得生动有形，"cold"不合句法的运用将峭风的强劲力量淋漓尽致地表现了出来。原诗意象构建的寒、悲、哀、愁的意境在译作中得以再现，审美空白得以凸显。

2. 抽象表达具体化

宇文所安英译唐诗时，凭借深厚的艺术造诣，将抽象表达具体化，创造了审美想象空白，使译语读者能通过直观体验获得审美享受。例如：

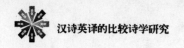

原诗：

后路起夜色，
前山闻虎声。

（《京山行》）

译文：

On the road behind night's hues are rising,

in the mountains ahead I hear tigers roar.

原诗：

唯有一点味，
岂见逃景延。

（《偷诗》）

译文：

There is only that tiny spot of taste;

unnoticed, the daylight's fleet passage.

通过抽象表达具体化，原诗的意境美在译文中得到了延展。"起夜色""逃景延"译为"night's hues are rising"，"the daylight's fleet passage"，将汉语中抽象的内涵直观化、具体化地显现出来：夜色正在降临的动态效果凸显在读者的眼前；时光匆匆而去的抽象内涵演变为眼前日光迅速消逝，白昼交替的直观体验。而这种审美效果，即便品读原作也很难获得。

3. 创设修辞构建审美空白

诗歌翻译的重要目标，就是使原诗的意境在译文中得以再现。修辞的构建创造的审美空白，是诗歌的意境美得以实现的必要手段和策略。宇文所安在英译唐诗时，通过创设修辞，构建了审美空白，使得原诗的意境在译语中鲜活而有感染力。例如：

原诗：

> 利剑近伤手，
> 美人近伤身。

译文：

> Too near, the sharp sword wounds a hand;
> too near, the woman will wound a life.

原诗：

> 秋月颜色冰，
> 老客志气单。

（《秋怀之二》）

译文：

> The autumn moon's complexion is ice,
> aged wanderer, will's energy thinned.

译作将"美人""伤身"译为"wound a life"，显然是将"美人"比作"利剑"得出的译文。原诗的隐喻是通过对偶句表现出来的，而译文中，译者巧妙地将抽象的"伤害"演变为剑伤，运用

"would"创设了暗喻，延展了诗歌的审美空白；第二个例子中"颜色"本无修辞，而译文中运用拟人化表达"complexion"（肤色、面色），使得"月亮"这一客观的物体拟人化，使其变得鲜活而有生命力，"complexion"更能传达诗人的孤独、苦闷及原诗寒、悲、哀、愁的意境。

三　空白翻译分析

孟郊诗歌中存在着表层空白（语言时空层面）、深层空白（文化时空层面）、综合空白（文学意境时空层面）。宇文所安在英译孟郊诗歌中对以上三个层面的空白分别进行了处理。其对空白的翻译策略在文化上彰显了其"交互文化"的立场；在翻译审美上反映了对读者审美需求的观照；在哲学上渗透了交往理性中的平等原则。

（一）从文化的角度，宇文氏译本彰显了译者"交互文化"的立场

翻译理论家安东尼·皮姆（Anthony Pym）提出的"交互文化性"（Interculturality）概念拓宽了翻译研究的文化人类学维度。皮姆提出，"译者不单属于目标语文化或原语文化，更准确地说，他是属于这两种文化的重叠或交汇部分"即所谓的"交互文化"。① 宇译本中对空白的翻译策略恰体现了译者"交互文化性"的立场。

宇文所安对表层空白和深层空白的处理，语用个性化及文化"中立"策略渗透着"文化交互性"的影响。具体而言，宇译本在一定程度上保留了原作的本土化色彩，以此作为区分异质文化的基本属性；

---

① 转引自田怡俊、包通法《辜鸿铭译者文化身份与翻译思想初探》，《上海翻译》2010年第1期。

同时，原作过度的民族文化特色在一定程度上被消减，这就使得民族特性化的因素在去文化色彩后，拓展到全球主义文化的大背景下，仍具备可译性。这种策略的选择源于宇文所安在英译典籍中坚持"世界诗歌"的理念。宇文所安指出，"世界诗歌"是"具有民族风味的异国情调"，译作必须"占据一个差异性的边缘空间"。"既不可'太普通'"，又不可"异国情调太浓"，二者要达到"中和（commensurate）"。① 深入解读这一理念，即可对译者内化的"文化交互性"见一斑而窥全豹。

在宇文所安世界诗歌的理念中，译作需占据"差异性的边缘空间"，即要求译作的"世界性"和"中国性"有机统一。这就彰显了译者同时具备的中国文化心态和国际文化心态，主张文化共性。试想，如若译者将自身归属于"目标语文化"或"原语文化"，是否还能具备这种开放的视野与情怀呢？宇文所安深知"文化交互性"的核心内涵，凭借其深厚的中国传统文化底蕴及融贯东西的广博学识，追寻一种全球性文化，将其自身定位于源语和译语文化的"重叠或交汇"部分即交互文化的立场上，恰到好处地把握了传统文化阐释中"度"的问题，其译作可以唤起异质文化背景下的读者对于相同或相似诗歌主题的情感共鸣。正如乐黛云所言："伟大作品在被创造时，总是从自身文化出发，筑起自身文化壁垒；在被欣赏时，又因人们对共同经验的感知而撤除了不同文化之间的隔阂。"② 宇文所安站在交互文化的立场上，在拆除文化壁垒方面做出了重要贡献。

---

① Stephen Owen, "Stepping Forward and Back：Issues and Possibility for 'World Poetry'", *Modern Philology*, Vol. 100, No. 4, *Toward World Literature：A Special Centennial Issue*, May, 2003.

② 乐黛云：《比较文学与比较文化十讲》，复旦大学出版社 2004 年版，第 69 页。

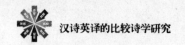

（二）从审美的角度，宇文氏译本反映了译者对读者审美

需求的观照

从翻译审美的角度而言，审美客体的美只有与特定的审美主体相结合才有意义。① 由此可见，译者须着力使作为审美客体的译文符合译语读者的审美倾向。而译者翻译策略的选取，在很大程度上取决于译者的审美主体性。宇文所安充分发挥译者的审美主体性，使译文的审美特质和译语读者的审美倾向达到契合。他曾指出，"古老的文本和文化产物会被不同地诠释，如果诠释走得太远，不能响应现代的兴趣，那么保守的冲动会纠正它"②。审美倾向必然是"现代兴趣"的决定因素。其译作以读者的审美需求为立足点，"能动"地、"创造"地"对审美对象的审美潜质"进行了"高度的启动、激发"。③ 孟郊的诗歌中，"空白"是颇具审美潜质的因素。正如有学者所言，"空白"是"激发、诱导读者进行创造性填补和想象性连接的基本驱动力"④。伊瑟尔也提出，"空白是文学作品的基本结构。文学作品的意义与审美潜能蕴藏在空白之中。在提供足够的理解信息的前提下，一部作品包含的空白越多，审美价值越高，并且越能激发和调动读者阅读和参与创造的积极性"⑤。

宇文所安英译孟郊的诗歌时，充分发挥译者的审美主体性，凭借高超的审美判断能力，意识到空白的审美潜质，全力将其复制为译语

---

① 刘宓庆：《翻译美学导论》（修订本），中国对外翻译出版公司 2005 年版，第 165 页。

② ［美］宇文所安：《把过去国有化：全球主义、国家和传统文化的命运》，《他山的石头记——宇文所安自选集》，江苏人民出版社 2003 年版，第 350 页。

③ 刘宓庆：《翻译美学导论》（修订本），中国对外翻译出版公司 2005 年版，第 173 页。

④ 朱立元：《接受美学导论》，安徽教育出版社 2004 年版，第 179 页。

⑤ 章国锋：《二十世纪欧美文论名著博览》，中国社会科学出版社 1998 年版，第 287—291 页。

美的信息。在对原作的综合空白进行处理的过程中，通过保留异域化句法凸显审美空白、抽象表达具体化创造审美空白、创设修辞构建审美空白等手段，使得原作中的空白美在译语中再现，进而使得译作的解读空间多维化，读者审美视界拓展化、审美体验个性化。在这一过程中，读者的联想、想象力被充分调动，原作的唯美情境在读者的观览、品味、领悟中以独特的方式再现。这对于译者而言，是难能可贵的。简言之，通过空白的保留与创设，使得原作的审美潜质在译入语中得到激发和再现，从而使得译入语的读者在反复的玩味与品读中感受到民族文化的独特魅力。

（三）从哲学的角度，宇文氏译本渗透了交往理性中平等
　　　　对话的原则

哈贝马斯提出了著名的"交往行为理论"。他认为，交往行为是在主体与主体之间以语言为中介进行的，以理解为目标，遵循有效性规范，达成共识，从而实现合作协调的关系。① 在世界政治、经济、文化多元化的大背景下，能否以平等的话语权进行交流是民族文化走向世界的关键所在。哈贝马斯认为："不同信仰、价值观、生活方式和文化传统之间，必须实现符合交往理性的话语平等和民主。"② 哈贝马斯的理论对研究主体之间的互动关系及异质文化之间的平等交流具有重要意义。宇文氏译本中渗透着各主体间平等对话的原则。

宇文所安在翻译空白的过程中，充当了原作者和读者主体交互性协调与平衡的中介。不同于语言和文化霸权主义者固守所谓的欧美精

---

① 姚纪纲：《交往的世界——当代交往理论探索》，人民出版社2002年版，第35页。
② 章国锋：《二十世纪欧美文论名著博览》，中国社会科学出版社1998年版，第24—26页。

英文化，宇文所安"把语言看作一种达成全面沟通的媒介"①，充分尊重了汉语本身的话语权。综合而言，从三个层面的空白处理过程中，在语义空白（表象空白）上对原语本意的准确传递、在文化空白（深层空白）上对意象的"克隆"、在意境空白（综合空白）上对原语表达结构及原作者特有风格的保真，都充分体现了译者已将原语纳入与译语平等交流商谈这一平台之上。如前所述，译语读者作为平等的交流主体，译者也充分考虑了这一群体的认知能力、视域差异、审美取向。其既不过分归化，也不过分异化，兼顾作者和读者的"折中式"翻译，使其作为"文学经纪人"，承担了诗歌的语言和美学的转换者，在对二者进行平衡的过程中，译者的主体性受到了合理的限制，三者得以相互承认、相互发现、相互制约。这具有至关重要的作用，这使得东西方在语言、文化、艺术的精髓等方面的平等交流成为可能，为世界文化的不断演进与发展注入了新的活力。

宇文所安作为唐诗研究和翻译专家，其英译的唐诗具有很高的研究价值。本节从微观的层面入手，研究了宇文所安对表象空白（语言时空层面）、深层空白（文化时空层面）、综合空白（文学意境时空层面）的差异化的处理及翻译策略。进而深入挖掘，指出宇文所安对空白的翻译，在文化上彰显了其"交互文化"的立场；在翻译审美上反映了对读者审美需求的观照；在哲学上渗透了交往理性中平等的原则。宇文所安对"空白"的翻译策略，为传统文化在国际文化系统中的有效运作提供了可供参考的范本。

---

① ［德］哈贝马斯：《交往行为理论：行为合理性和社会合理性》，曹卫东译，上海人民出版社2004年版，第95页。

结 束 语

汉学家的汉诗英译的审美过程和策略，都同他们的文化身份、审美主体性、翻译认知能力、重构能力和解释能力有密不可分的关系，汉学家出于不同的翻译目的并具备双语语言、文学和文化素养，其译文呈现不同的面貌。汉学家的翻译很难归纳成一个统一的模式，不同类型的汉学家大都注重翻译的忠实性，翻译作为文学分析的一种手段，为文学研究服务，站在西方文化的立场上，对异化翻译策略情有独钟，主动译介汉诗的异化特色，反映了他们吸收汉诗特性的博大胸怀，这同韦努蒂弱者心态下的阻抗式异化翻译策略有着本质的不同。汉学家和诗人翻译家的汉诗英译不尽相同，后者的兴趣更集中于汉诗译文的文学风味，变异的程度较大，有时近乎创作式翻译。两类翻译家的翻译批评也不能依据同一标准，要考虑各自的翻译目的和翻译特征。汉学家的汉诗英译研究，不仅可发现他们的翻译和传播规律，总结中国古典诗歌翻译的经验教训，挖掘汉诗在英语国家的影响力，而且对当下的中国文学"走出去"的翻译传播也有借鉴意义。

参 考 文 献

〔意〕翁贝托·艾柯：《诠释与过度诠释》，王宇根译，生活·读书·新知三联书店 1997 年版。

〔美〕艾兰：《水之道与德之端》，张海晏译，上海人民出版社 2002 年版。

〔美〕爱德华·萨皮尔：《语言论》，陆卓元译，商务印书馆 2006 年版。

〔美〕安乐哲：《和而不同：比较哲学与中西汇通》，温海明编，北京大学出版社 2002 年版。

〔德〕恩斯特·卡西尔：《神话思维》，黄龙保等译，中国社会科学出版社 1992 年版。

〔苏〕巴赫金：《巴赫金集》，张杰编选，上海远东出版社 1998 年版。

〔英〕彼德·琼斯：《意象派诗选》，裘小龙译，漓江出版社 1986 年版。

包通法：《文化自主意识观照下的汉典籍外译哲学思辨——论汉古典籍的哲学伦理思想跨文化哲学对话》，《外语与外语教学》2007 年第 5 期。

包通法等：《"天人合一"认识样式的翻译观研究》，《外语学刊》2010 年第 4 期。

曹丹红：《许钧．试论翻译的隐喻性》，《中国外语》2012 年第 1 期。

曹顺庆：《中西比较诗学》（修订版），中国人民大学出版社 2010 年版。

［英］查尔斯·查德维克：《象征主义》，肖聿译，丛丽校，北岳文艺出版社 1989 年版。

陈植锷：《诗歌意象论》，中国社会科学出版社 1990 年版。

陈橙：《文选编译与经典重构：宇文所安的〈诺顿中国文选〉研究》，上海外语教育出版社 2012 年版。

陈福康：《中国翻译理论史稿》，上海外语教育出版社 1996 年版。

陈大亮：《译意与译味的区别与联系》，《北京第二外国语学院学报》2009 年第 8 期。

陈大亮：《古诗英译的思维模式探微》，《外语教学》2011 年第 1 期。

陈吉荣：《翻译建构当代中国形象》，中国社会科学出版社 2012 年版。

陈明：《艺术创新思维概论》，安徽大学出版社 2006 年版。

陈新仁、蔡一鸣：《为提喻正名——认知语义学视角下的提喻和转喻》，《语言科学》2011 年第 1 期。

陈永国主编：《翻译与后现代性》，中国人民大学出版社 2005 年版。

陈文成、沃森编译：《〈中国诗选〉读后》，《中国翻译》1991 年第 2 期。

［法］程抱一：《中国诗画语言》，涂卫群译，江苏人民出版社 2006 年版。

从滋杭：《中西诗学的碰撞》，国防工业出版社 2008 年版。

储斌杰：《诗经与楚辞》，北京大学出版社 2000 年版。

［美］戴维·斯沃茨：《文化与权力：布尔迪厄的社会学》，陶东风译，上海译文出版社 2012 年版。

狄兆俊：《中英比较诗学》，上海外语教育出版社 1996 年版。

莫自佳、余虹：《欧美象征主义诗歌赏析》，长江文艺出版社 1988 年版。

董芬芬：《〈离骚〉的主线意象及其寓意》，《兰州大学学报》（社会科学版）2003 年第 4 期。

邓启耀：《中国神话的思维结构》，重庆出版社 2004 年版。

邓小军：《杜甫曲江七律组诗的悲剧意境》，《北京大学学报》（哲学社会科学版）2011 年第 4 期。

邓国军：《中国古典文艺美学“表现”范畴及其命题研究》，巴蜀书社 2009 年版。

邓志勇：《新修辞学的体验观》，《当代修辞学》2016 年第 3 期。

［美］费诺罗萨：《作为诗歌手段的中国文字》，赵毅衡译，《诗探索》1994 年第 2 期。

丁为艳、刘金龙：《论古诗词曲英译中空白艺术的处理》，《山东教育学院学报》2008 年第 4 期。

杜心源：《翻译的他性》，《中国比较文学》2016 年第 1 期。

［美］厄尔·迈纳：《比较诗学》，王宇根等译，中央编译出版社 1998 年版。

［德］恩斯特·卡西尔：《神话思维》，黄龙宝、周振选译，中国社会科学出版社 1992 年版。

范伟军：《中国古典诗歌意境空白论》，《河北学刊》2002 年第 6 期。

方汉文：《比较文学理论》，北京师范大学出版社 2013 年版。

冯友兰：《中国哲学简史》，北京大学出版社 1996 年版。

冯庆华：《红译艺坛——〈红楼梦〉翻译艺术研究》，上海外语教育出版社 2006 年版。

洪迪：《字思维是基于字象的诗性思维》，《诗探索》2003 年第 1－2 期。

傅惠生：《典籍英译应注意有意味形式的研究》，《中国外语》2007 年第 5 期。

高鸿：《跨文化的中国叙事》，生活·读书·新知三联书店 2005 年版。

高倩艺：《读王维〈凉州郊外游望〉》，《东华大学学报》（社会科学版）2011 年第 4 期。

高友功、梅祖麟：《唐诗三论》，商务印书馆 2013 年版。

葛校琴：《副文本翻译中的译本制作者控制》，《山东外语教学》2015 年第 1 期。

辜正坤：《中西诗比较鉴赏与翻译理论》，清华大学出版社 2010 年版。

顾祖钊：《窥意象而运斤》，《兰州学刊》2016 年第 6 期。

郭建中：《异化与归化：道德态度与话语策略》，《中国翻译》2009 年第 2 期。

郭杰：《屈原新论》，吉林大学出版社 2006 年版。

顾明栋：《论跨文化交流的终极平等》，《中山大学学报》（社会科学版）2015 年第 5 期。

［德］哈贝马斯：《交往行为理论：行为合理性和社会合理性》，曹卫东译，上海人民出版社 2004 年版。

〔美〕哈利斯:《隐喻的多重用法》,汪堂家译,《江海学刊》2006 年第 2 期。

〔美〕哈罗德·布鲁姆:《影响的焦虑》,徐文博译,江苏教育出版社 2005 年版。

〔德〕海德格尔:《人,诗意地安居》,郜元宝译,广西师范大学出版社 2000 年版。

韩泉欣:《孟郊集校注》,浙江古籍出版社 1995 年版。

郝艳娥:《文本空白的模糊与清晰化:中国古典诗歌翻译研究》,硕士学位论文,河北大学,2008 年。

贺璋路:《中国先秦思想中的水观探略》,《学术研究》2009 年第 2 期。

黄杲炘:《从柔巴依到坎特伯雷——英语诗汉译研究》,湖北教育出版社 1999 年版。

胡淼森:《西方汉学家笔下中国文学形象的套话问题》,《文学评论》2012 年第 1 期。

胡雪冈:《意象范畴的流变》,百花洲文艺出版社 2002 年版。

黄侃:《文心雕龙札记》,华东师范大学出版社 1996 年版。

黄世中:《论李商隐诗的隐秀特征》,《文学评论》2003 年第 5 期。

季进:《钱锺书与现代西学》,上海三联书店 2002 年版。

季羡林:《季羡林谈翻译》,当代中国出版社 2007 年版。

江枫:《形似而后神似》,《中国翻译》1990 年第 2 期。

姜夫亮:《屈原赋今译》,北京出版社 1987 年版。

姜秋霞、权晓辉:《文学翻译过程与格式塔意象模式》,《中国翻译》2000 年第 5 期。

蒋洪新:《英诗新方向:庞德、艾略特诗学理论与文化批评研

究》，湖南教育出版社 2001 年版。

蒋骁华：《典籍英译中的"东方情调化翻译倾向"研究》，《中国翻译》2010 年第 4 期。

蒋寅：《古典诗学的现代诠释》，中华书局 2003 年版。

［美］杰弗里·哈特曼：《荒野中的批评》，张德兴译，天津人民出版社 2008 年版。

［美］康达维：《欧美赋学研究概观》，《文史哲》2014 年第 6 期。

孔惠怡：《文学·翻译·文化》，北京大学出版社 1998 年版。

劳承万：《中国诗学道器论》，安徽教育出版社 2010 年版。

乐黛云、王向远：《比较文学研究》，福建人民出版社 2006 年版。

黎德锐：《论诗歌的"空白"艺术及"张力"效应》，《名作欣赏》2008 年第 11 期。

李定坤：《汉英辞格对比与翻译》，华中师范大学出版社 1994 年版。

李建昆、邱燮友：《孟郊诗集校注》，新文丰出版公司 1997 年版。

李克和、张唯嘉：《中西空白之比较》，《外国文学研究》2005 年第 1 期。

李清良：《一位西方学者的中西阐释学比较》，《北京大学学报》（哲学社会科学版）2006 年第 4 期。

李清良：《钱锺书"阐释循环"论辨析》，《文学评论》2007 年第 2 期。

李清良：《中国阐释学》，湖南师范大学出版社 2001 年版。

李玉良：《〈诗经〉英译研究》，齐鲁书社 2007 年版。

李永毅：《雷克斯罗斯的诗歌翻译观》，《山东外语教学》2006 年第 1 期。

李庆本:《宇文所安:汉学语境下的跨文化中国文学阐释》,《上海交通大学学报》(哲学社会科学版)2012年第4期。

李庆本:《跨文化美学:超越中西二元论模式》,长春出版社2011年版。

黎志敏:《庞德的"意象"概念辨析与评价》,《外国文学》2005年第3期。

连淑能:《论中西思维方式》,《外语与外语教学》2002年第2期。

连淑能:《中西思维方式:悟性与理性》,《外语与外语教学》2006年第7期。

梁高燕:《诗经翻译研究》,知识产权出版社2013年版。

林嘉新、陈琳:《从世界文学角度重读〈骆驼祥子〉的两个译本》,《同济大学学报》(社会科学版)2015年第4期。

刘端若:《十九世纪英国诗人论诗》,人民文学出版社1984年版。

刘禾:《帝国的话语政治》,杨立华等译,生活·读书·新知三联书店2009年版。

刘岩:《中国文化对美国文学的影响》,河北人民出版社1999年版。

刘华文:《汉诗英译的主体审美论》,上海译文出版社2005年版。

刘华文:《诗歌翻译中的格物、感物和体物》,《外语研究》2010年第4期。

刘焕阳:《中国古代诗歌艺术研究》,山东大学出版社2008年版。

刘军平:《西方翻译理论通史》,武汉大学出版社2009年版。

刘俐俐:《一个有价值的逻辑起点——文学文本多层次结构问题》,《南开学报》(哲学社会科学版)2005年第2期。

刘宓庆:《翻译与语言哲学》,中国对外翻译出版公司2001年版。

刘宓庆：《翻译美学导论》（修订本），中国对外翻译出版公司2005年版。

［美］刘若愚：《中国诗学》，杜国清译，幼狮文化公司1997年版。

刘圣鹏：《叶维廉比较诗学研究》，齐鲁书社2006年版。

刘小枫：《诗化哲学》，华东师范大学出版社2007年版。

陆侃如、牟世金译注，《文心雕龙译注》，齐鲁书社1995年版。

刘亚猛：《国际译评与中国文学在域外的"活跃存在"》，《中国翻译》2015年第1期。

刘亚猛：《追求象征的力量：关于西方修辞思想的思考》，生活·读书·新知三联书店2004年版。

刘亚猛：《西方修辞学史》，外语教学与研究出版社2008年版。

刘业超：《文心雕龙通论》（中编），人民出版社2012年版。

刘毅青：《"为诗辩护"：宇文所安汉学的诗学建构》，《文学评论》2014年第4期。

刘士林：《中国诗性文化的理论探索及其传承创新路径》，《河南大学学报》（社会科学版）2011年第6期。

［美］柳无忌：《中国文学新论》，倪庆汽译，中国人民大学出版社1993年版。

卢军羽：《汉语古诗词英译理论研究的现状与展望》，《外语学刊》2009年第2期。

卢永和：《"诗言志"与"诗是某种制作"——中西诗学理论原点之异》，《学术论坛》2009年第1期。

［美］鲁道夫·阿恩海姆：《艺术与视觉》，藤守尧、朱疆源译，四川人民出版社2001年版。

［德］路德维希·维特根斯坦：《哲学研究》，陈嘉映译，上海人

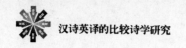

民出版社 2005 年版。

[美] 罗森：《诗与哲学之争》，张辉译，华夏出版社 2004 年版。

[英] 罗素：《西方哲学史》（上），何兆武、李约瑟译，商务印书馆 2007 年版。

罗益民：《新批评的诗歌翻译方法论》，《外国语》2012 年第 2 期。

罗选民：《互文性与翻译》，博士学位论文，岭南大学，2006 年。

马伟：《宇文所安的唐诗译介》，硕士学位论文，上海师范大学，2007 年。

马新国：《西方文论史》，外文出版社 2002 年版。

买鸿德：《曲回别趣，深藏妙机——古诗类说之七：古代迷体诗浅说》，《西北民族学院学报》（社会科学版）1993 年第 4 期。

毛荣贵：《翻译美学》，上海交通大学出版社 2006 年版。

毛正天：《随物宛转　与心徘徊：诗的生成机制》，《学术论坛》2005 年第 10 期。

孟华：《比较文学形象学》，北京大学出版社 2001 年版。

孟华：《试论他者“套话”的时间性》，乐黛云、张辉主编《文化传递与文学形象》，北京大学出版社 1999 年版。

孟东红：《文学翻译的隐秀观》，《外语研究》2007 年第 1 期。

莫砺锋：《论唐诗意象的密度》，《学术月刊》2010 年第 11 期。

聂珍钊：《文学伦理学批评：伦理选择与斯芬克斯因子》，《外国文学研究》2011 年第 6 期。

翦缺：《我在思考未来诗歌的一种形态——宇文所安访谈录》，《书城》2003 年 9 月。

潘晓莹：《宇文所安和许渊冲唐诗英译对比研究》，硕士学位论文，武汉理工大学，2008 年。

庞秀成：《中国古典诗歌翻译叙事"主体"符码化的理论和实践问题》，《外国语》2009 年第 3 期。

朴相泳：《略论"气韵生动"及其美学意义》，《理论学刊》2005 年第 4 期。

钱锡生、季进：《探寻中国文学的"迷楼"——宇文所安教授访谈录》，《文艺研究》2010 年第 9 期。

钱锺书：《管锥编》，中华书局 1979 年版。

钱锺书：《谈艺录》，生活·读书·新知三联书店 2001 年版。

秦秀白：《英语语体和文体要略》，上海外语教育出版社 2004 年版。

邱霞：《中西比较视域下的刘若愚及其研究》，知识产权出版社 2012 年版。

邱晓、李杰：《论新批评文学理论对宇文所安唐诗研究的影响》，《陕西师范大学学报》（社会科学版）2011 年第 6 期。

覃召文：《中国诗歌美学概论》，花城出版社 1990 年版。

申丹：《中国古诗翻译模糊美中的隐秀观》，《长沙铁道学院学报》（社会科学版）2008 年第 6 期。

沈家煊：《从唐诗的对偶看汉语的词类和语法》，《当代修辞学》2016 年第 3 期。

沈一帆：《宇宙与诗学：宇文所安"非虚构传统"的形上解读》，《暨南学报》（哲学社会科学版）2012 年第 9 期。

施荣华：《论谢赫"气韵生动"的美学思想》，《云南师范大学学报》（社会科学版）2005 年第 2 期。

尚永亮：《〈离骚〉的象喻范式与文化内涵》，《文学评论》2014 年第 2 期。

石剑峰:《关注那些被文学史过滤了的诗人》,《东方早报》2007年11月6日。

石虎:《论字思维》,《诗探索》1996年第2期。

史冬冬:《论宇文所安中国诗学研究中的"非虚构传统"》,《中国文学研究》2007年第1期。

史冬冬:《他山之石——论宇文所安中国古代文学与文论研究》,巴蜀书社2010年版。

史鸿文:《中国艺术美学》,中州古籍出版社2003年版。

[美] 史景迁:《文化类同与文化利用》,廖世奇、彭小樵译,北京大学出版社1997年版。

史忠义:《中西比较诗学初探》,河南大学出版社2008年版。

[英] 斯图亚特·霍尔:《文化研究读本》,罗钢、刘象愚主编,中国社会科学出版社2000年版。

苏宝荣、武建宇:《训诂学》,语文出版社2005年版。

[美] 苏珊·朗格:《艺术问题》,滕守尧、朱疆源译,中国社会科学出版社1983年版。

[美] 苏珊·朗格:《情感与形式》,刘大基等译,中国社会科学出版社1986年版。

孙致礼:《在目标语中发现"原文的回声"——读〈求婚〉译文有感》,《中国翻译》2009年第2期。

谭善明:《修辞与结构的游戏——耶鲁学派文论理论研究》,《中国文学研究》2014年第1期。

谭载喜:《翻译·模糊法则·信息熵》,《中国翻译》2010年第4期。

谭载喜:《译者比喻与译者身份》,《暨南学报》2011年第5期。

瞿宗德、魏清光：《翻译中的意义空白填补机制研究》，华东理工大学出版社 2009 年版。

陶乃侃：《庞德与中国文化》，首都师范大学出版社 2006 年版。

汤一介：《和而不同》，辽宁人民出版社 2001 年版。

汤君：《翻译伦理的理论审视》，《外国语》2007 年第 4 期。

［英］唐纳德·雷诺兹等：《剑桥艺术史》，钱乘旦译，中国青年出版社 1994 年版。

唐勇：《专访汉学家宇文所安：我想给美国总统讲唐诗》，《环球时报》2006 年 9 月 3 日。

田怡俊、包通法：《辜鸿铭译者文化身份与翻译思想初探》，《上海翻译》2010 年第 1 期。

童庆炳：《中国古代文论的现代阐释》，中国人民大学出版社 2010 年版。

王秉钦：《20 世纪中国翻译思想史》，南开大学出版社 2005 年版。

汪洪章：《〈文心雕龙〉与二十世纪西方文论〉》，复旦大学出版社 2005 年版。

王前：《论"象思维"的机理》，《中国社会科学院研究生院学报》2002 年第 3 期。

王方：《虚实掩映之间》，百花洲文艺出版社 2005 年版。

王峰：《唐诗经典英译研究》，中国社会科学出版社 2015 年版。

王国维：《人间词话》，上海古籍出版社 2002 年版。

王宁：《"世界文学"与翻译》，《文艺研究》2009 年第 3 期。

王宁：《民族主义、世界主义与翻译的文化协调作用》，《中国翻译》2012 年第 3 期。

王宁：《西方的汉学研究与中国人文学术的国际化》，《上海交通

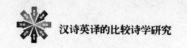

大学学报》（社会科学版）2012 年第 4 期。

王树人、喻柏林：《论"象"与"象思维"》，《中国社会科学》1998 年第 4 期。

王树人：《中国的"象思维"及其原创性问题》，《学术月刊》2006 年第 6 期。

王树人：《中国哲学与文化之根——"象"与"象思维"引论》，《河北学刊》2007 年第 5 期。

王向远：《比较文学系谱学》，北京师范大学出版社 2009 年版。

王晓路、史冬冬：《西方汉学语境中的中国文学阐释与话语模式——以宇文所安的解读模式为例》，《中外文化与文论》2008 年第 1 期。

王寅：《如果美国人读一点唐诗——专访宇文所安》，《南方周末》2007 年第 4 期。

王寅：《认知语言学》，上海外语教育出版社 2007 年版。

王贵明、刘佳：《今吟古风——论埃兹拉·庞德诗歌翻译和创作中的仿古倾向》，《北京理工大学学报》（社会科学版）2006 年第 6 期。

王进、高旭东：《意象与 IMAGE 的维度——兼谈异质语言文化间的翻译》，《中国比较文学》2002 年第 2 期。

王元化：《文心雕龙注疏》，广西师范大学出版社 2004 年版。

王岳川：《汉字文化与汉语思维——兼论"字思维理论"》，《诗探索》1997 年第 2 期。

王岳川：《当代西方最新文论教程》，复旦大学出版社 2011 年版。

王佐良：《另一面镜子：英美人怎样译外国诗》，《中国翻译》1991 年第 3 期。

［美］威廉·A.哈维兰：《文化人类学》，瞿铁鹏、张珏译，上海社会科学院出版社 2006 年版。

魏谨：《李杜诗篇的人文意蕴与翻译策略》，《外语学刊》2009 年第 3 期。

魏瑾：《意象之辨：从 imagism 说起》，《外语与外语教学》2008 年第 11 期。

吴风：《艺术符号美学》，北京广播学院出版社 2002 年版。

吴其尧：《庞德与中国文化》，上海外语教育出版社 2006 年版。

吴功正：《中国文学美学》，江苏教育出版社 2001 年版。

吴建民：《中国古代诗学原理》，人民文学出版社 2001 年版。

吴战垒：《中国诗学》，人民出版社 1991 年版。

吴志杰：《中国传统译论专题研究》，上海译文出版社 2009 年版。

吴志杰、王育平：《以诚立译——论翻译的伦理学转向》，《南京社会科学》2008 年第 8 期。

席珍彦：《宇文所安中国古典文学英译述评》，硕士学位论文，四川大学，2005 年。

夏廷德：《翻译补偿研究》，湖北教育出版社 2006 年版。

萧华荣：《中国古典诗学理论史》（修订本），华东师范大学出版社 2005 年版。

萧华荣：《中国诗学思想史》，华东师范大学出版社 1996 年版。

谢思炜：《禅宗与中国文学》，中国社会科学出版社 1993 年版。

徐复观：《中国艺术精神》，华东师范大学出版社 2001 年版。

徐珺、霍跃红：《典籍英译：文化翻译观下的异化策略与中国英语》，《外语与外语教学》2008 年第 7 期。

孙克强、郑学：《宋濂诗学浅论》，《北京社会科学》2014 年第 6 期。

徐志啸：《北美学者中国古代诗学研究》，上海古籍出版社 2011
年版。

徐志啸：《文学史及宫廷诗、京城诗——宇文所安唐诗研究论
析》，《中国文化研究》2009 年春之卷。

［古希腊］亚里士多德：《尼各马可伦理学》，廖申白译注，商务
印书馆 2003 年版。

［古希腊］亚里士多德：《诗学》，陈中梅译注，商务印书馆 1996
年版。

杨义：《李杜诗学》，北京出版社 2001 年版。

柳扬编译：《花非花——象征主义诗学》，旅游教育出版社 1991
年版。

姚纪纲：《交往的世界——当代交往理论探索》，人民出版社
2002 年版。

叶朗：《中国美学史大纲》，上海人民出版社 2001 年版。

叶维廉：《道家美学与西方文化》，北京大学出版社 2002 年版。

叶维廉：《中国诗学》，人民文学出版社 2006 年版。

叶维廉：《道家美学、中国诗与美国现代诗》，《中国诗歌研究》
2003 年第 00 期。

［德］伊瑟尔：《审美过程研究——阅读活动：审美响应理论》，
霍桂恒、李宝彦译，中国人民大学出版社 1988 年版。

易闻晓：《中国古代诗法纲要》，齐鲁书社 2005 年版。

裔传萍：《宇文所安唐诗翻译的诗学建构语境与考据型翻译模
式》，《外语研究》2015 年第 1 期。

余光中：《余光中论翻译》，中国对外翻译出版公司 2002 年版。

［美］宇文所安：《中国传统诗歌与诗学》，陈小亮译，中国社会

科学出版社 2013 年版。

［美］宇文所安：《把过去国有化：全球主义、国家和传统文化的命运》，《他山的石头记——宇文所安自选集》，江苏人民出版社 2003 年版。

［美］宇文所安：《中国文论：英译与评论》，王柏华、陶庆梅译，上海社会科学院出版社 2003 年版。

［美］宇文所安：《追忆——中国古典文学中的往事再现》，郑学勤译，生活·读书·新知三联书店 2014 年版。

［美］宇文所安：《他山的石头记——宇文所安自选集》，田晓菲译，江苏人民出版社 2003 年版。

［美］宇文所安：《中国"中世纪"的终结——中唐文学文化论集》，陈引驰、陈磊译，田晓菲校，生活·读书·新知三联书店 2006 年版。

［美］宇文所安：《初唐诗》，贾晋华译，生活·读书·新知三联书店 2014 年版。

［美］宇文所安：《迷楼——诗与欲望的迷宫》，陈章灿译，田晓菲、王宇根校，生活·读书·新知三联书店 2014 年版。

［美］宇文所安：《晚唐——九世纪中叶的中国诗歌（827—860）》，贾晋华、钱彦译，生活·读书·新知三联书店 2011 年版。

［美］宇文所安：《中国早期古典诗歌的生成》，王宇根、田晓菲等译，生活·读书·新知三联书店 2012 年版。

［美］宇文所安主编：《剑桥中国文学史》（上卷），刘倩等译，生活·读书·新知三联书店 2013 年版。

袁行霈：《中国诗歌艺术研究》，北京大学出版社 1998 年版。

袁新：《论"文学译本是'气韵生动的生命形式'"》，博士学位

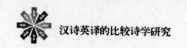

论文，上海外国语大学，2007 年。

乐黛云：《比较文学与比较文化十讲》，复旦大学出版社 2004 年版。

[美] 约翰·纽鲍尔：《历史和文化的文学"误读"》，乐黛云、张辉主编《文化传递与文学形象》，北京大学出版社 1999 年版。

萧兵：《楚辞的文化破译：一个微宏观互渗的研究》，湖北人民出版社 1991 年版。

翟乃海：《哈罗德·布鲁姆再论"影响误读"》，《当代外国文学》2012 年第 2 期。

翟乃海：《影响误读与互文性辨析——兼论哈罗德·布鲁姆影响诗学的性质》，《齐鲁学刊》2012 年第 2 期。

詹杭伦：《刘若愚：融合中西诗学之路》，文津出版社 2005 年版。

赵毅衡：《诗神远游——中国如何改变了美国现代诗》，上海译文出版社 2003 年版。

赵沛霖：《先秦神话思想史》，学苑出版社 2002 年版。

赵新林：《IMAGE 与象——中西诗学象论溯源》，中国社会科学出版社 2005 年版。

张弘：《中国文学在英国》，花城出版社 1992 年版。

张保红、刘士聪：《文学翻译中绘画因子的借用》，《中国翻译》2012 年第 2 期。

张法：《中国美学史》：四川人民出版社 2006 年版。

张方：《虚实掩映之间》，百花洲文艺出版社 2005 年版。

张涤云：《论宋濂的诗学理论》，《华中师范大学学报》（哲学社会科学版）1997 年第 5 期。

张福庆：《唐诗美学探索》，华文出版社 2000 年版。

张今：《文学翻译原理》，河南大学出版社 1998 年版。

张晶：《灵性与物性》，《社会科学战线》2006 年第 2 期。

张晶：《〈文心雕龙〉审美四题》，《解放军艺术学院学报》2008 年第 4 期。

张立文：《中国和合文化导论》，中央党校出版社 2001 年版。

张龙海：《哈罗德·布鲁姆论"误读"》，《当代外国文学》2010 年第 2 期。

张隆溪：《中西文化研究十论》，复旦大学出版社 2005 年版。

张隆溪：《走出文化的封闭圈》，生活·读书·新知三联书店 2004 年版。

张隆溪：《"道"与"逻各斯"》，江苏教育出版社 2006 年版。

张隆溪：《同工异曲》，江苏教育出版社 2006 年版。

张隆溪：《阐释学与跨文化研究》，生活·读书·新知三联书店 2014 年版。

张南峰：《特性与共性》，《中国翻译》2000 年第 2 期。

张松如：《中国诗歌美学史》，吉林大学出版社 1994 年版。

张思齐：《诗心会通》，中央编译出版社 2014 年版。

张玉能：《西方文论思潮》，武汉出版社 1999 年版。

张旭东：《全球化时代的文化认同：西方普遍主义话语的历史批判》，北京大学出版社 2005 年版。

张孝评：《论诗的意象空白》，《西北大学学报》1999 年第 2 期。

张艳楠：《"美国新批评"的文化政治与本体论维度》，《社会科学辑刊》2014 年第 3 期。

张致祥：《西方引语宝典》，商务印书馆 2001 年版。

章国锋：《二十世纪欧美文论名著博览》，中国社会科学出版社

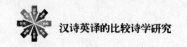
1998 年版。

章国锋：《哈贝马斯访谈录》，《外国哲学》（人大复印资料）2000 年第 4 期。

赵颖：《翻译隐喻观论纲》，《外国语文》2016 年第 2 期。

赵中国：《传统易学论域中太极之义的变迁》，《河南大学学报》（社会科学版）2013 年第 6 期。

赵忠山：《中国古典诗歌的空白结构及心理效应》，《求索》1995 年第 5 期。

曾洪伟：《审美性·政治性·非政治性——哈罗德·布鲁姆文学批评的悖论性》，《国外文学》2012 年第 2 期。

曾记：《"忠实"的嬗变———翻译伦理的多元定位》，《外语研究》2008 年第 6 期。

曾凡：《中国文化英雄与中国文化的价值系统》，《中州学刊》2010 年第 3 期。

郑晓峰：《巫咸考》，《古籍整理研究学刊》2014 年第 1 期。

郑敏：《诗与哲学是近邻》，北京大学出版社 1999 年版。

钟玲：《美国诗与中国梦：美国诗里的中国文化模式》，广西师范大学出版社 2003 年版。

周振甫：《文心雕龙今译》，中华书局 1995 年版。

周振甫、冀勤：《钱锺书〈谈艺录〉读本》，上海教育出版社 1992 年版。

祝朝伟：《建构与反思——庞德翻译理论研究》，上海译文出版社 2005 年版。

朱光潜：《诗论》，上海古籍出版社 2005 年版。

朱光潜：《西方美学史》，人民文学出版社 2004 年版。

朱立元：《接受美学导论》，安徽教育出版社 2004 年版。

朱立元：《当代西方文艺理论》，华东师范大学出版社 2001 年版。

朱明海：《翻译审美批评的共识真理观》，《译林》2012 年第 4 期。

朱耀伟：《当代西方批评论述的中国图像》，中国人民大学出版社 2006 年版。

朱易安、马伟：《论宇文所安的唐诗译介》，《中国比较文学》2008 年第 1 期。

朱徽：《中国诗歌在英语世界》，上海外语教育出版社 2009 年版。

朱志良：《中国美学十五讲》，北京大学出版社 2006 年版。

朱志瑜：《翻译研究：规定、描写、伦理》，《中国翻译》2009 年第 3 期。

宗白华：《意境》，北京大学出版社 1989 年版。

郑燕虹：《肯尼斯·雷克思罗斯的"同情"诗歌翻译观》，《外语教学与研究》2009 年第 3 期。

左东岭：《论宋濂的诗学思想》，《首都师范大学学报》（社会科学版）2009 年第 4 期。

周波：《论"隐秀"的美学意蕴》，《文艺理论研究》2005 年第 6 期。

周红民：《中国古典诗歌翻译：究竟为谁而译?》，《外语研究》2014 年第 4 期。

Andre Lefevere, "Translation Practice(s) and the Circulation of Cultural Capital: Some Aeneids in English", Susan Bassnet & Andrew Lefevere. (ed.). *Constructing Cultures: Essays on Literary Translation*. Shanghai: Shanghai Foreign Language Education Press, 2001.

Andre Lefevere, *Translation*, *Rewriting and the Manipulation of Liter-*

ary Fame. Shanghai: Shanghai Foreign Languages Education Press, 2005.

Anthony Pym, "The Introduction: The Return to Ethics in Translation Studies", *The Translator*, No. 2, 2001.

Bernhard Fuehrer, "Reviewed work(s): An Anthology of Chinese Literature: Beginnings to 1911 by Stephen". *The China Quarterly* (*Special Issue: Reappraising Republic China*), 1997: 470 – 471.

Burton Watson, *Early Chinese Literature*. New York: Columbia University Press, 1962.

Burton Watson, *The Columbia Book of Chinese Poetry*. New York: Columbia University Press, 1984.

Christopher Beach, *The Cambridge Introduction to Twentieth – Century American Poetry*. Chongqing: Chongqing Press, 2006.

Christine Froula, "The Beauties of Mistranslation: On Pound's English After Cathay", Zhaoming Qian, (ed.). *Ezra Pound and China*. Ann Arbor: University of Michigan Press, 2003.

D. P. Tryphonopoulos & Stephen J. A. (ed.). *The Ezra Pound Encyclopedia*. Westport: Greenwood Press, 2005.

David Hawkes, *The Songs of the South: An Ancient Chinese Anthology of Poems by Qu Yuan and Other Poets*. London: Penguin, 2011.

David McCraw, "Review of An Anthology of Chinese Literature", *Southern Humanities Review*, (2), 1998.

Douglas Robinson, *The Translator's Turn*. Beijing: Foreign Language Teaching and Research Press, 2006.

Douglas Robinson, *Western Translation Theory from Herodotus to Nietzsche*. Manchester: St. Jerome Publishing, 1997.

Edward Hall, *Beyond Culture*. New York: Anchor Books, 1989.

Edwin Gentzler, *Contemporary Translation Theory*. Shanghai: Shanghai Foreign Languge Education Press, 2004.

Eugene ChenEoyang, *Transparent Eye: Reflections on Translation, Chinese Literature, and Comparative Poetics*. Honolulu: University of Hawaii Press, 1993.

Eugene Chen & LinYaofu. *Translating Chinese Literature*. Indiana University Press, 1995.

Eva Huang, "Book Review: An Anthology of Chinese Literature: Beginnings to 1911", *Translation and Literature*, Vol. 7, Part I, 1998.

Ezra Pound, *The Confucian Odes: The Classic Anthology Defined by Confucius*. New York: New Directions Books, 1959.

Gary Snyder, *Riprap and Cold Mountain Poems*. San Francisco: Grey Fox Press, 1965.

Geoffrey Leech, *A Linguistic Guide to English Poetry*. Beijing: Foreign Language Teaching and Research Press, 2001.

Heide Ziegler, *The Translatability of Cultures*. Suttgart: Metzler, 1999.

James J. Y. Liu, "Book View: The Poetry of the Early Tang". *The Journal of Asian Studies*, (1), 1978.

James J. Y. Liu, *The Poetry of Li Shang - yin: Ninth - Century Baroque Chinese Poet*. Chicago and London: The University of Chicago Press, 1969.

James J. Y. Liu, *The Interlingual Critic*. Bloomington: Indiana University Press, 1982.

James J. Y. Liu, *The Art of Chinese Poetry*. Chicago: University of

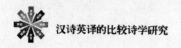

Chicago Press, 1962.

James J. Y. Liu, *Chinese Theories of Literature*. University of Chicago Press, 1975.

James J. Y. Liu, *Language - Paradox - Poetics: A Chinese Perspective*. Princeton: Princeton University Press, 2014.

Jan W Walls. "Review: The Poetry of the Early T' ang by Stephen Owen", *Harvard Journal of Asiatic Studies*, (2), 1978.

Jenny & Andrew Chesterman Williams. *The Map: A Beginner's Guide to Doing Research in Translation Studies*. Shanghai: Shanghai Foreign Language Education Press, 2004.

J. P. Seaton, *The Shambhala Anthology of Chinese Poetry*. Boston: Shambhala Publications, inc. , 2006.

Kenneth Rexroth, "The Poet as Translator", Bradford Morrow, (ed.), *World outside the Window: the Selected Essays of Kenneth Rexroth*. New York: New Directions Public Corp. , 1987.

Kwame Anthony Appiah, "Thick Translation", Lawrence Venutii. (ed.) . *The Translation Studies Reader*. New York & London: Routledge, 2000.

Lawrence Venuti, *The Scandals of Translation: Toward an ethics of difference*. London & New York: Routledge, 1998.

Liu Wu - Chi. Irving Yucheng Lo. (ed.) *Sunflower Splendor: Three Thousand Years of Chinese Poetry*. Indiana University Press, 1990.

Luise Von Flotow, *Translation and Gender*. Shanghai: Shanghai Foreign Language Education Press, 2004.

Marilyn Gaddis Rose, *Translation and Literary Criticism: Translation*

as Analysis. Beijing: Foreign Language Teaching and Research Press, 2007.

Morgan Gibson, *Revolutionary Rexroth.* Hamdon: Archon Books, 1986.

Nadel, *Ira B. Ezra Pound.* Shanghai: Shanghai Foreign Language Education Press, 2001.

Paul W Kroll, *The Poetry of the Early T' ang by Stephen Owen.* Chinese Literature: Essays, Articles, Reviews (CLEAR), (1), 1979.

Pauline Yu, *The Reading of Imagery in the Chinese Poetic Tradition.* Princeton: Princeton University Press, 1987.

Peter Wilson, *A Preface to Ezra Pound.* Beijing: Peking University Press, 2005.

Saussy Haun, *Great Wall of Discourse and Other Adventure in Cultural China.* Cambridge: Harvard University Asia Centre, 2001.

Stephen Owen, "A Defense", *Chinese Literature*, (2), 1979.

Stephen Owen, *An Anthology of Chinese Literature: Beginnings to 1911.* New York: Norton, 1996.

Stephen Owen, "Stepping Forward and Back: Issues and Possibility for 'World Poetry'". *Modern Philology*, (4), 2003.

Stephen Owen, *The Great Age of Chinese Poetry: The High Tang.* New Haven: Yale University Press, 1981.

Stephen Owen, *The Late Tang: Chinese Poetry of the Mid – Ninth Century.* Harvard University Asia Center, 2006.

Stephen Owen, *The Poetry of Early Tang.* New Haven: Yale University Press, 1977.

Stephen Owen, *Traditional Chinese Poetry and Poetics: Omen of the*

World. Madison: The University of Wisconsin Press, 1985.

Stephen Owen, *Transparencies: Reading the T' ang Lyric*. Harvard Journal of Asiatic Studies, (2), 1979.

Stephen Owen, "What is World Poetry?", *The New Republic*, November 19, 1990.

Sherry Simon, *Gender in Translation*. London & New York: Routledge, 1996.

Steiner, G. *After Babel: Aspects of Language and Translation*. Shanghai: Shanghai Foreign Language Education Press, 2001.

Tao Tao Liu, *Review of An Anthology of Chinese Literature: Beginnings to 1911*. Notes and Queires, 1997 (4): 579.

Wai – lim Yip, *Ezra Pound's Cathay*. Princeton University Press, 1969.

William Dolby, "Book Review: An Anthology of Chinese Literature: Begings to 1911". *Bulletins of the School Oriental and African Studies*, Vol. 3, 1997.

Xie Ming. "Pound as a Translator". Nadel, Ira B. (ed.) *The Cambridge companion to Ezra Pound*. Shanghai: Shanghai Foreign Language Education Press, 2001.

Yucheng Lo & William Schultz. *Waiting for the Unicorn: Poems and Lyrics of China's Last Dynasty, 1644 – 1911*. Bloomington: Indiana University Press, 1986.

Zoltan Kövecses, *Metaphor: a Practical Introduction*. Oxford: Oxford University Press, 2002.

Zoltan Kövecses, *Metaphor in Culture: Universality and Variation*. Cambridge: Cambridge University Press, 2005.